北漂诗篇

第五卷

师力斌　安琪——主编

中国言实出版社

图书在版编目（CIP）数据

北漂诗篇 . 第五卷 / 师力斌，安琪编 . -- 北京：
中国言实出版社，2022.1
ISBN 978-7-5171-4036-8

Ⅰ . ①北… Ⅱ . ①师… ②安… Ⅲ . ①诗集—中国—
当代 Ⅳ . ① I227

中国版本图书馆 CIP 数据核字（2022）第 054791 号

北漂诗篇（第五卷）

责任编辑：王建玲
责任校对：史会美
扉页题字：师力斌
内文插画：安　琪

中国言实出版社出版发行
地址：北京市朝阳区北苑路 180 号加利大厦 5 号楼 105 室（100101）
编辑部：北京市海淀区花园路 6 号院 B 座 6 层（100088）
电话：64924853（总编室）　　64924716（发行部）
网址：www.zgyscbs.cn
E-mail: zgyscbs@263.net

经销：新华书店
印刷：北京温林源印刷有限公司
版次：2022 年 5 月第 1 版　2022 年 5 月第 1 次印刷
规格：710 毫米 ×1000 毫米　1/16　22.75 印张
字数：300 千字

定价：68.00 元
书号：ISBN 978-7-5171-4036-8

代序｜《北漂诗篇》：劳动者的诗记

——关于《北漂诗篇》的一次对话

师力斌　陈　涛

陈涛：首先祝贺《北漂诗篇》第四卷出版。我想如果不是疫情的缘故，从 2017 年至今应该出版五卷了吧？为何想去编选这样一套系列诗集？

师力斌：谢谢。因是网络征集编选，受疫情影响不大。每卷进度是这样的，次年编选上年作品，因此有时一本会跨两年。《北漂诗篇》是北漂诗人的一次集中展示。随着改革深入、社会主义市场经济体系的逐步建立、户籍制度的改革和农村剩余劳动力的增加，人口流动时代到来了。据统计，1995 年北京市的流动人口从 1994 年的 63.2 万人，一跃增加到 180.8 万人，增加了两倍多，2000 年北京市流动人口的数量达到 256.1 万人，十年后达到 704.7 万人，平均每年增加 40 多万人。外来北漂者已不限于艺术、诗歌、影视、音乐等艺术家群体，各行各业的人群涌入北京，寻求生存机会和发展空间。特别是零售、餐饮、家政、建筑、保安、快递等第三产业从业者，以及大量的农村进城务工人员，成为北漂的重要群体。在早期圆明园画家村之后，新的北漂诗人群体出现了。除了宋庄、皮村等地，越来越多的北漂诗人散居京城各地，活动频繁。

2016 年底，诗友安琪提出，能否编一本北漂诗选，为北漂诗人提供一个展示平台。我觉得这是一个重要的想法。以底层劳动者为主体的草根阶层，尽管是城乡建设不可或缺的重要力量，但在我们的文化传播中难觅踪迹。对于许多北漂诗人来讲，他们的生活状态、文化诉求只存身于自己的诗歌当中，多放在抽屉或手机里。即使在诗歌圈，这些诗人也付之阙如。缘此，北漂诗选就有了特别的意义。

陈涛：可以预见，编选这样一套系列诗集，它的经济效益应该不会太好，当时出版的时候是否很困难？另外，虽然北漂诗人很多，但是他们散落于城市的各个角落，发现他们也是一件困难的事情，你们是如何做的？

师力斌：是这样，出版新诗一般来说无法谈经济效益。幸运的是，中国言实出版社是一家有情怀、有担当的出版机构，特别注重社会效益。编选《北漂诗篇》的想法得到了出版社社长王昕朋先生和他的同事们的大力支持。这样，编选国内文学史上第一本北漂诗选的设想很快就得以落实。

发现北漂诗人主要靠网络。2016年12月14日，我和安琪在微博、微信等网络平台发布了公开征集启事。这个启事清楚地呈现了编选思路：

> 改革开放以来，特别是新世纪以来，"北漂"一族已经成为首都经济社会的重要建设者，以及首都文化的重要建设者。北京作为首都，以其各方面的优势成为全国各地外出谋求发展的有志之士的首选，"北漂"一词应运而生。"北漂"一族作为高速流动时代一个特殊的社会群体，身历物理与精神的位移，其文化创造力不可忽视，"北漂"诗人群体更是其面貌独特、富有活力的一群。他们分布在北京的各个行业，许多已取得丰硕成果，但作为一个群体现象尚未得到充分的重视和研究，目前尚无任何一本诗选予以记录。我们希望能够借助这个诗歌选本，为北漂诗人做证，你们的青春、你们的激情、你们的创造力和想象力……

正是这个启事开启了《北漂诗篇》的历史。启事发布后，收到了大量来稿，陌生的名字纷纷进入我们的视野。我和安琪都注意到，北漂诗人大都处于匿名状态，写诗不为出名、挣钱，甚至不为发表，如果不是这套丛书在网上公开征集，许多诗人都不投稿。比如，我在天涯论坛发现一位叫乐源静雯的诗人，写得接地气，但已经是几年前的诗歌帖子了，我只能在论坛留言，等了很长时间才联系到她本人。我们发现，每一首诗都是一个人生瞬间，每一个诗人都有故事。一位网友曾跟我说，看到的北漂诗人只是冰山一角。水面下的北漂者又有多少呢？

书稿编排过程中，北漂诗人不识北设计了封面和内文版式。安琪贡献了几十幅精彩的钢笔线画作为插画。2017年4月，第一部北漂诗人诗选《北漂诗篇》公开出版，共收录158名北漂诗人，417首（组）诗歌。北漂诗人这个庞大的诗人群体首次集结亮相。之后，连续出版了《北漂诗篇》2018卷、2019卷、2020卷，共收入作者580人次（有的诗人多次收入），约400位诗人，诗歌约1500首（组）。400位诗人，虽未占到北漂总人数的万分之一，但已经是一个庞大的精神驻地。一个保安就是10个保安，一个保姆就是100个保姆，一个快递员就是1000个快递员、10000个快递员。400位诗人，400种经历，400种面目，400种情感，400种文化想象，放在当代中国，也相当壮观。

陈涛：的确，每一首诗都是一个人生瞬间，每一个诗人都有故事。我很好奇，怎样的诗人才算是北漂诗人？是根据他们是否有北京户口来判断吗？当你面对他们的作品时，你的选择标准是怎样的？

师力斌：是的，诗选面向漂在北京没有北京户口的诗人，他们可能在北京工作了很多年，但没有解决户口。入选诗歌主要考虑作品本身，而且反映北漂生活的诗歌优先考虑，要接地气，有生活质感，正如安琪所说的"活出来的诗歌"。在编选第一本的时候，考虑到之前有很多优秀诗人长期北漂，却刚好在编选前离开北京，不再具有北漂身份，就特意设置了一辑，比如梁小斌、白连春等代表性诗人，将这些"前北漂"诗人呈现，作为历史记录。总体上讲，还是以诗歌质量为首要考虑因素。当面对那些在生活的间隙里写下的生动文字时，常想起那句"见字如面"的话。

陈涛：四卷本的《北漂诗篇》中，收录了大量的诗歌作品。我阅读这些作品，最大的感受是真实，它们带着诗人们真切的体温。对文学作品而言，真实是第一位的。其中很多诗歌，有非常高的品质。这其中，有哪些诗人和作品给你留下了深刻的印象？

师力斌：多谢你的赞扬，这对我和《北漂诗篇》都是巨大的鼓励。俗话说，民间有高手。这里涌现了一批优秀诗人，如宋庄的画家诗人，皮村新工人文学小组的诗人，还有在北京各处从事各种职业的优秀诗人；涌现了一大批触动人心的诗歌作品，特别是一些年轻的新人新作，情感充沛，技法老到，是我和安琪在编选之前万万没有想到的。

"90后"诗人刘浪的诗，沉稳智性，外柔内刚，戏剧性与叙事性完美结合，让我看到了当代诗歌触摸时代的能力与水准。刘浪以一首反映出租屋生活的短诗《由于狭小》引发微信朋友圈的共鸣：

> 由于狭小，屋里的每件东西都有多种用途
>
> 唯一的桌子，既是饭桌也是书桌
>
> 仅有的窗户，既用于采光也用于眺望
>
> 那扇门，一旦关上就没有另外的出口
>
> 这张床，是他们争吵的地方也是他们和解的地方

王金明呈现了北漂族本雅明式的震惊体验："地下是没有四季的道路，睡着了也可以被带到下一站"（《北漂第一年》），"不要忽略最微小的悲悯 / 你安窗户的时候 / 神透视过你的肺腑"（《今夜》），"他相信，大部分创造，都源于 / 对自己命运无望的人"（《公司创业者》），"钢铁的车厢每天反刍着人群 / 人世的味道晃荡着时光隧道 / 玻璃幕墙露出事物内部的脸 / 熟视无睹又面目全非 / 所谓高峰就是集体出工收工 / 这最盛大的传统解说着时代 / 多少祖传的农人移居到楼群中 / 像落叶让灵魂成群结队又互不相识"（《城中记》）。

花语对生活固执的爱让我鼻酸：

> 就越来越多地同情那些
>
> 有瑕疵的事物

比如，缝补多年

依然清晰的裂痕

陶醉的青瓷，划手的豁口

咬人的猫

凋谢的玫瑰

刺出血珠前的蛮横

　　　　　　　——《当我越来越多地看到自己的短处》

当我看到王邦定《下班的路上》，北漂者生存的不易深深震撼了我：

西四环，从北向南

右车道一男子

贴心抱着周岁模样的婴儿

单手开车

看着，看着

我泪流满面

那年，开始北漂

那年，孩子成了留守儿童

陈涛：这些作品也都给我留下了比较深的印象。它们平白如话，却内含张力，有着一种深刻的无奈与落寞。恕我直言，刚才这些诗歌都偏冷色调，可否再告知一些让我们内心感觉到温暖的作品？毕竟，温暖也是一种力量。

师力斌：北漂诗歌的色调丰富，色彩绚烂。确有一些因生活窘状，偏于暗淡清冷。但也不乏色调明丽、温暖可心的诗作。比如，张祈笔下的生活有着鲜明的现代性审美观念及高度的艺术性，纠结而又温馨，破碎而又圆融："明天它们是否还会振翅起飞／——那颗不时被充满被移空的心／又将要向着哪里翱翔"（《夜色中的停机坪》）；"我走过珠穆朗玛／我放牧贺兰山下／我抚摸野草的丝绸／我咀嚼凋零的花儿／／我听到一支歌谣／来自大地深处／——宛若灿烂的星河／它从岩石的胸膛涌出"（《独白》）。这首诗开阔有力，让我忽生现代王之涣的幻觉。张祈诗歌不但写出了奔波与疲劳，也写出了停驻与安慰，不但呈现了破碎与忧伤，也唤醒了幸福与希望：

温暖如节日的问候

在融雪的初春夜晚传来

妩媚的焰火，杂乱的鞭炮
灯光明亮的餐馆
这一切都使异乡的游子
感觉到一种淡淡的忧伤

其中混合着难以言及的
希望与幸福

     ——张祁《温暖如节日的问候》

再如张华《某农民工》对家庭和爱的信仰：

为了一份糊口的工作，忍辱负重
为了一处栖身的蜗居，几平米就够
苦，不算啥。累，不算啥。痛，不算啥
只要心里装着一个完整的家
在空闲的时候，学学城市人到公园里走走
左手牵着爱人的右手，右手拉着儿子的左手
围成一个小小的圈。爱
就在其中

还有很多卑微可贵的信仰：

我认为源于内心的包容
可以穿透所有的钢筋水泥

     ——胡松夏《快递哥》

冯朝军《微信里一片洁白》写出了期冀：

——我信这拥挤的地铁
每个人都怀着一片雪，只待我们相识

袁丰亮《清晨的光亮》借麻雀的羽翅写出环卫工人的光亮：

我看到，早起的路途
又多了一种绚美
麻雀张开的翅膀
飞高了
飞起，又落入凡间的树上

还有马跃《煤矿掘进工》：

在黑暗里
掘太阳

用锹掘
用炮掘

用雨掘
用命掘

用黑脸掘
用白牙掘

用倔强掘
用不屈掘

在地心里
掘出火

　　安琪在后记中说，2019 年卷《北漂诗篇》以煤矿工人马跃的诗作《煤矿掘进工》开篇
体现了编者对劳动的尊重，黑暗中劳作的煤矿掘进工，心中有光明的信念，他们是在掘火、
掘太阳，用倔强掘、用不屈掘。如果说马跃收入 2018 年卷《北漂诗篇》的《煤矿工人》一
诗更多感伤、更多抱怨、更多苦涩、更多无奈、更多不平的话，2019 年卷的《煤矿掘进工》
则更多自信、更多面对、更多勇气、更多力量、更多担当。这也是北漂群体面对生活的真
实：叫苦不是办法，奋斗才是出路。
　　特别是皮村新工人文学小组的诗人们，更是写出了 20 世纪 80 年代以来少有的团结、进
取、温暖、乐观的格调。这些诗作，都在"漂"的情境中写出了普遍关怀，超越一己之思。

虽不是大庇天下寒士，但也有推己及人，令人动容。

还有很多优秀的北漂诗人，恕不一一。

陈涛：关于《北漂诗篇》，我认为它不同于一般性的诗选，它的价值并不仅仅是文学性的，同时还是社会性的。不知你如何评价这一系列诗集？

师力斌：我特别认同你的判断。《北漂诗篇》是当代诗选中独特的存在。如果用一句话来概括，我想说，这是一本劳动者的诗记。不是名家诗选，不是获奖专集，这里虽然也有名家，但他们都是以北漂的身份出现。这些诗人都是自力更生的劳动者，从事各种行业。

他们在历史长河中，刹那间的感受、面貌、情绪，其实都是历史的珍贵浪花，这些诗句正是这样的浪花，停驻、定型、浮出水面，被人们看到。我们捧出的不是长河，而是一朵朵长河中的浪花。他们聚集在一起，便有了壮观的景象。我的第一篇序言用"北漂一族的文化想象和精神地图"作为标题，即是此意。

批评界的不少学者关注到了《北漂诗篇》的社会历史文化价值。

诗评家程一身说，与其他反映北漂族的书不同，《北漂诗篇》首先是"我的诗篇"。在这里，北漂者不再是报告文学、小说或剧本中被他人描绘的对象，而是漂泊者自身的书写，这就省略了间接的代言人，使漂泊者与写作者达成了统一，从而保证了生活与写作之间的直接性、鲜活性和复杂性，并增强了作品的真实性。其次，《北漂诗篇》是灵魂的诗篇……当然，《北漂诗篇》也是命运的诗篇。

批评家胡一峰说，"在书中，我读到了一种创造中国新文化的努力"，"我以为，北漂当然首先是户籍意义上的，但同时也是文化意义上的"。

批评家张利群写道：北漂，由名及形，由形及性。收入此书的作者，让我看到了他们"身在路途时，心在修行中"的身影。每一个北漂族，背井离乡，视他乡为故乡，抛小家，寻大家，弃安逸，求苦索。为心中志向，为心灵安宁。明知沙尘裹身，明知前路漫漫，却依旧以身相试，前赴后继。大有一种沧桑悲凉，却又极度乐观浪漫主义的情怀。

张德明教授认为，"北漂诗歌是具有现实感和历史性的动人之作，是录写现代人真实生活境况和内在心灵轨迹的当代'史诗'"。

有媒体说《北漂诗篇》是诗歌版的"北京志"，是北京文化的新地标，我很认同。

陈涛：我想经过持续多年的编选，你对北漂诗人群体有了相对深入的了解，你如何看待这一群体？诗歌对他们意味着什么？

师力斌：从一开始的偶然试水简单了解，认为这是一个新的、被忽略的诗人群体，到后来的持续编选深度关注，对这个群体的理解越来越深。北漂诗人是一个数量庞大的新文艺群体。新文艺群体带来新诗歌、新文化，还可能产生新创造。他们不被流行文化所淹没，坚守自己的表达，保持文化上的多样性和丰富性。像皮村新工人文学小组所在的城中村，非城也非村，是城也村，正是这种非彼非此、你中有我、我中有你的新城市社区、新文艺群体，可能蕴藏着新的文化创造活力。

我们在谈论诗歌的时候在谈论什么？对于北漂诗歌而言，诗歌首先是一种生活方式，文化方式，改变和塑造着诗人们的生活和情感，这比单纯的诗歌写作更值得关注。《北漂诗篇》是诗人们在北京生活方式的呈现，是他们文化认同的一个媒介，一个平台。某种程度上，是《北漂诗篇》发现了北漂诗人，在此之前，这些漂泊在北京的诗人们有过"盲流""北漂""农民工""自由职业""进城打工者"等各种名称。现在，北漂诗人使他们找到了认同感。每年《北漂诗篇》的首发式或者诗朗诵会，其实是诗人们交往的节日，很多诗人自发从京城各地聚拢而来，会后又回到原来的生活。宋庄诗人花语主持的花语诗社，聚集了一批诗人，举办的诗歌年会、画展等活动，成为诗人们抒发心声、进行交流的平台。

陈涛：你刚才提到了皮村，我也曾经去过那里，见到了范雨素、小海等人，还与他们做了一场交流。他们是一群对文学充满热情的人，虽然他们的生活不易，但是每个人都给我一种乐观与淡然，我想，这也是文学的力量。关于皮村，你有什么特别想讲的？

师力斌：朝阳区金盏乡皮村新工人文学小组的出现，令我眼前一亮。我想多说几句。这正是新文化群体的典型代表，有着新文化创造的潜力。该小组成立于2014年9月，发起人是社会工作者付秋云。小组集中了一批北漂诗人：孙恒，许多，小海，万华山，范雨素，苑伟，郭福来，金红阳，寒雪，徐良园，王春玉，张钰，李若，寂桐等。范雨素是皮村新工人小组的知名学员，因一篇文章《我是范雨素》在网上走红。文学小组常有讲座。来自北京大学的年轻教师张慧瑜以及其他北京院校的一批教师学者，先后成了这里的志愿者老师，他们利用周末来上课。2018年起，小组创办了"劳动者文学奖"，旨在"达成更多劳动者的文学诉求，倡导劳动的尊严与价值"。2019年五一劳动节，编辑出版了《新工人文学》刊物。2020年10月16日晚，小组成员应邀参加了董卿主持的《朗读者》节目。

在社会学和思想史的意义上，这帮聚集在北京皮村的打工诗人，呈现了20世纪80年代以来完全不同的文化想象。他们不仅写出了打工生活的另一番面貌，而且重新提供了有关集体、互助、友爱、平等、进取、乐观等新的价值观。集体的想象，是皮村工友之家文学小组成员诗歌写作的重要方面。苑长武的《这里是皮村》是一个代表性的文本。"村里来了一群有梦想的年轻人——/一个背着吉他走天下的河南人/一个普通话说得很烂的江浙人/一个怀揣着相声梦的内蒙古人/一个性格豪放像架子鼓的东北人/一个眼睛比崔永元还小的豫中人……/还有几个志同道合的打工姐妹/用七万五千元创办了一所'同心'学校/新工人艺术团在这里安下了家。"他们还"创办了同心互惠公益商店""服务社区工友降低生活成本"。这个文本包含了对集体的强烈认同感，也承载了这个时代进城打工者新的文化诉求。它描绘了北京皮村这样一个城中村的文化存在，有时候想起来，在3000万人口的北京城，皮村简直就是个奇迹。当同一楼道里的居民们形同路人，当一个人数上千的单位的职工在茫茫人海中感到孤身无朋，当疯狂的网购、热闹的聚会、酒酣歌爽等狂欢式消费结束之后顿觉冷清之时，大多数人都会为孤独凄清所困扰。而皮村这群新工人，以打工艺术团、打工文化博物馆、文学小组等流动人口合作型的文化组织，正在创造新的文化。他们提供了超越个人、对付人情冷漠、治疗现代大城市病的文化想象。他们举办的打工春晚正是这样的代表。劳动者自己就是演员。打工春晚的美学，是劳动的美学，意在将普通劳动者，特别是体力劳动者、快递员、建筑工人、服装工人、电焊工、装修工等的生活审美化。这些人形象粗糙，扎眼，缺乏专业化训练和镜头感，却自己创造了文化表达空间，塑造了一种崇尚团结互助、推崇劳动光荣、鼓励积极创造的新的劳动美学。

孙恒的诗歌是这种新文化的代表性表述。"它不唱富人有几个老婆，也不唱美女和帅哥 / 它只唱咱穷哥们儿的酸甜苦辣，它只唱咱自个儿的真实生活""它不唱晚会上的靡靡之音，也不唱剧院里的高雅之歌 / 它只唱黑夜里的一声叹息，它只唱醉酒后的放浪之歌"（《我的吉他会唱歌》）。孙恒《团结一心讨工钱》《天下打工是一家》这样的诗歌，一方面是打工者为生计而斗争的写照，一方面更是团结这一观念的呈现。它在个人的文化想象中重新表达了团结互助的可能性。

一个可以抱团取暖、互助友爱的集体，是新工人诗歌的特点。正因为有了皮村文学小组、打工艺术团这样的集体支撑，他们的诗歌才表达出自豪与自信。"80 后"新锐诗人小海（非江苏小海）写出了这样的诗句——"我现在依然还要无比骄傲地告诉你 / 我又多了一个绝对高逼格牛顶天的庞大称谓 / 北漂"（《一个北漂的自白书》）。孙恒在《劳动者赞歌》中大声地喊出了"劳动者最光荣"的呼声，很可能说出了千千万万普通打工者的心声。打工艺术团另一位重要代表，立意为普通劳动者歌唱的歌手许多，他的《生活是一场战斗》则将打工生活积极、乐观、进取的精神传达出来。联想石一枫中篇小说《特别能战斗》，这些不同的文本共同传达了我们这个时代潜在的、新颖的精神状态，具有可贵的思想价值。我更愿意将之看作治疗现代化城市病的新办法，比处处贩卖的心灵鸡汤更有价值。皮村打工诗人群体的实践有力地证明，独立自主的个人奋斗，与团结友爱的集体精神，在现代化、城市化、全球化的当下，同样大有用武之地。

陈涛：《北漂诗篇》准备继续编下去吗？有没有一个目标？譬如十卷？关于这套系列诗集，你最喜欢，或者说你希望听到大家怎样的评价？

师力斌：众多北漂诗人热切期待这套书能编下去，五卷，六卷，七卷，八卷……一本本出，当然激动人心，但是，要考虑到出版社的承受能力。我也希望有更多的人关注这个项目。2020 年，该书被评为中国言实出版社 25 周年最具影响力丛书之一。

我最希望听到人们多年以后还会说，《北漂诗篇》是良心之选，价值之选，是一套好诗选。《北漂诗篇》几乎是零投资的"北漂博物馆"，将几百位北漂诗人的生活永远留住。这里边记录了他们的住所、出行、衣食、社会交往，以及喜怒哀乐。有的是持续的，有的是某些片断、瞬间。像阿琪阿钰这样的诗人，已经离开了北京，到全国游历，但他的诗歌依然保留着他在宋庄的诗歌书店和他的小院。《北漂诗篇》这座纸上博物馆还原了被历史遗忘的一些东西，提供大历史、名人史所缺少的历史细节。试想，如果不是《醉翁亭记》，我们很难想象欧阳修当时的醉态和山中行迹。如果不是《诗经》，我们更无以想象两千年前先人们的生活图景。艺术批评家牧野认为："诗人师力斌、安琪主编的《北漂诗篇》更像一部'灵魂收容所'，相信在时间的长河里，《北漂诗篇》一定与《朦胧诗选》《中间代诗全集》一起，构成社会转型期的三部曲。《北漂诗篇》的重要性恰恰在于，它是两位诗人以观察者的眼光采集到的众多飘忽不定的灵魂，为时间留下了精神的真相。我想这是一部向 19 世纪法国巴黎致敬的诗书，相信所有北漂者，无论文人还是旅行者，都会认同这一观点的。"

目录

附录

辑一

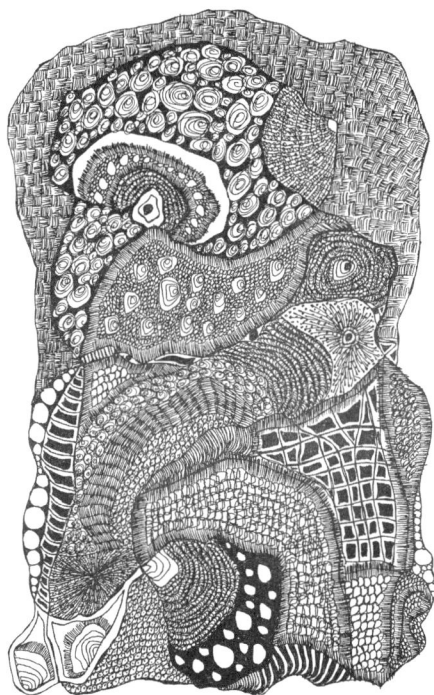

那些白色和黑色的秘密
安琪 2019-12-1

一个人的异乡（六首）

王邦定

一个人的异乡

风钻进衣领
风钻进膝盖的缝隙
他赶在路上

风吹冷灶台
风吹冷碗筷
龙头冰封，凝结最后一滴泪

夜一次次穿刺他的身体
喊住了痛
止不住一声叹息

路灯，在窗外的枝丫中躲闪
在他眼中点燃

漂泊

路人惊讶的眼里
是他大声呼喊出的压抑
奔向荒野
离家 2000 公里的荒野
除了细沙就是荆棘
一只孤雁叫出了他的落寞
黄沙也覆盖了
他这半生的坑坑洼洼
两手空空连同夕阳沉落
苏醒后的夜
低泣着他的碌碌无为

少年离父母，中年离妻儿
他生来忧伤

蝉

夏的森林，水滴垂直坠落
蝉蛹松松眼
十年了吧
这片森林深深困住了它

流星划过，惊飞的萤火虫
那点光
引领它拱出泥土

艰难地上树，撕裂自己重生
逃离这片森林

城市里没有一寸属于它的土地
常含着汗水和泪水
飞翔，飞翔
歌唱一生

雨夜

深夜两点，雨刚停
我站在露台
风穿过空荡荡的巷子
路灯还在等归人
到处都是檐滴
天低至房顶
靠几根电线杆撑着

村里多是北漂的农民工
独自在异乡
雨淋醒了他们
听着水滴声声的思念

遇见

黑夜引我而入，这谜一样的力量
向你奔赴而去

惺惺相惜是两个地域的距离
夜凉如水

千百种呼喊、破了星空
激流般涌向你的城
每朵浪花都写着你的名字

夜莺在相遇的路旁歌唱
人间四月天
满是你含笑的眼睛

我向夜深处走去
秘密花园开满了对你的思念

雪人的眼泪

他渴望夏的抚摸
柏拉图的触角伸向远方

你惊鸿一瞥，他向阳而生

你离开，让他忧伤
僵硬的笑开始残缺

挣扎、焦虑和恐惧
这场风暴让他像个孩子

太阳拉开的弓箭，正对着他的心

王邦定，男，1975年9月23日出生在浙江温州一个四面临水的大门岛上。2008年北漂至今，现借居北京立垡村。

结晶盐（三首）

非墨

结晶盐

给我太阳
温度和
火
我将挤干每一粒盐中的水分
就像眼睛
看见你的时候
挤干每一滴泪水

挤干了水
我才能明白你的软弱里藏着的坚硬
挤干了水
我才能明白你钻石般的晶莹透明
挤干了水
我才能明白你的味道里富含时间的苦涩
需要水的稀释和食物的诠释

红叶石楠

我盼望你长出红叶，浑身着火
就像春天丰满的身体里意外地长出秋天
我甚至于想象你开出鲜嫩红色的花朵
一种从未经历风霜的苍老和无厘头的痛苦
我想忽略掉年龄的差距
模仿你，能够由红变绿，像成仙的老道
具有返老还童的特异功能
我怀疑自己眼花和神经错乱，你满枝头都在流血
凝固成一些刚刚破茧待飞的蝴蝶
这样多好呵，我就可以学弗拉基米尔·纳博科夫
不再写散文或小说，而到野外
全身心地去捕捉一种稀缺的鳞翅类昆虫
制成标本，用红木镜框装裱起来，摆在书桌上

待夜深，用乳白色台灯灯光照着
像面对一轮新月，读一首新写的诗歌

立冬

冬天突然在眼前突兀地站立起来的时候
总让我猝不及防地恐惧
像一只蟋蟀在我的心里没缘由地慢慢死去
我实在不像李白
看见平稳的河流突然从酒杯里站立起来的时候
能够从容地吟咏黄河之水天上来
我实在不像别人，看见蛇突然从镜片上站立起来的时候
能够迅雷不及掩耳精准敏捷地伸手死死抓住七寸
我实在不像别人
在不应该遇见你的地方和时间突然再次意外地看见你
还能够像面对风中的一片红叶，无动于衷，视而不见
想你的时候，必须孤独
孤独是一把文火，经久而不熄灭

非墨，本名谭风华。1970 年 8 月 31 日生于湖南怀化通道县坪阳乡。高级工程师。出版有诗集《屐红高跟鞋的雨》《滤》《诗魂是碎的》《樗是一种树》，散文集《城·色》《捡拾灵魂的碎片》。2002 年初到北京至今。

北漂感言：漂泊是需要参照系的，或者故乡，或者童年，或者某人，或者记忆中仍然放不下的那段情感。

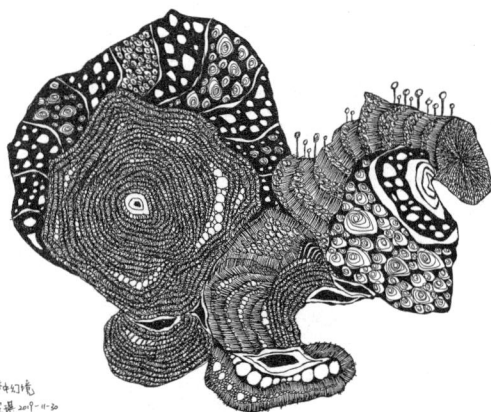

梦中的烟火（三首）

冷江

我想你了，妈妈

我想你了，妈妈
想你远在池州
江水涨潮的声音一遍遍淘洗你
茫然的眼睛
翠鸟偶尔掠过水面
五彩的翅膀像绚丽的晚霞

多年以前了
你细碎而流离的梦
总是那么猝不及防
一次次地在空中激荡
像漫天的星星雨
敲打我们脆脆的玻璃心房

我想你了，妈妈
池州的雨天沉静得如一湾无边的海
你疏落的睫毛像一尾鳍
我幼小的身子稳稳地立着
伸出双手
洁白的月儿轻轻地碰上指尖

你的微笑洋溢出黎明的光泽
而我再大的心
在你面前
都有一扇小小的舷窗
那时或者有空气颤抖和轰鸣
或者有遥远天际透过来的一线线晨曦

我想你了，妈妈
就像今夜灯火通明的池州
月光笼着清溪河

河水在通济桥下默默流着
而我眼前满满的黑色的雪
静静地落满窗棂

风刮来上世纪的气息

上个周末
去逛琉璃厂的中国书店

那天下着小雨
雨水让整个琉璃厂罩在梦里

其实
琉璃厂已经不是过去的琉璃厂了

自然
中国书店也不是旧日的中国书店了

唯一不变的是
那些发黄的旧书和我面黄肌瘦的表情

我被这些旧书包围
不知道是我在看旧书还是旧书在看我

心底里有一阵风刮来
那是初冬的暖意抑或是上世纪才有的气息

看着看着
眼里有浑浊的泪流下来

梦中的烟火

儿时有很多梦
每一个梦都能自由奔跑
绿叶在树枝上沉吟
露珠很亮
有一种光泽
离我们很遥远

天空悬挂着白亮的雨箭
我们都坐着小船
在风中摇摆
母亲的眼睛怕光
每一次都迎风流泪

泪光中
我梦见
儿时的烟火
在老屋的灶膛前明明灭灭
像母亲闪烁的眼神

这样的光亮
总在我梦里出现
热烘烘的甜香
以炊烟的姿态升起
祖祖辈辈将你我包围

冷江，1973 年生，安徽池州人。北京市作协会员、中国诗歌学会会员。在全国各类刊物发表小说、散文和诗歌数百万字，作品散见于《青年文学》《北京文学》《安徽文学》《草原》《河南文学》《读者》《散文百家》等近百种报纸杂志。有作品入选各类年选。1996 年开始北漂。

北漂感言：北漂对我来说，是人生中一个重要的转折点。让我领略了人生中的酸甜苦辣，也经历了人世间的悲欢离合。如果说，人的一生像一棵树，那么北漂就是我人生这棵树上最厚实的树杈，从此，一蓑风雨任平生；从此，能在苦难中感受岁月静好！

一口碗掉在了地上（四首）

祝鹏

一口碗掉在了地上

一口碗掉在了地上，清脆
打破夜的寂静
十平米的土坯房里，烈风
捅开窗户，又从
木门的缝隙里钻出
潮湿的霉菌
如同眼睛，悬挂半空
我与你
面面相觑

那个夏天，起灵后
被砸碎的孝子碗，把你
带到了一个令人怀疑的地方
人世间，称之为
天堂

唯一一次

也许你不知道，在我
二十四岁的那个晚上
天空下着小雨
母亲披着蓑衣，把
所有的亲戚都走了个遍
父亲一根接一根地抽着旱烟
彻夜无眠

也许你不知道
我把这些年的血汗钱都取了出来
又将所有
能卖，不能卖的家什
通通卖掉，还是

凑不齐一份彩礼

也许你不知道
在被拒绝谈婚的那个夜晚
我喝了点酒，记忆中
这是唯一一次
活得像个男人

窥视

冬日的一切都是不真实的，窗外
飘着雪花的天穹
荫翳的部分，是
沉睡的眼睛

你所看到的一切，都
无法完成书面表达
雪花与雪花彼此相遇
人海中，摆出一张冰冷的脸
渐行渐远

你觉得什么奢望真实呢？
沉默了一个冬天的白蒜
悄悄探出头来，窥视
人间烟火

唤醒灵魂

下雾的早晨，上帝
给人间戴上了一层面纱

站在三十层的阳台上
一座座高楼，仿佛
成了另一个世界的墓碑
上面刻着你的、我的
名字，生前的事迹，以及
死后的追忆

一辆轿车，闪烁着奄奄一息的

眼睛。试图穿透这片虚幻的
另一个世界。拐角的地方
发出了一声呐喊。那是留给世人
最后的警钟。在厚重的历史书中
占用了，一个省略号的位置

祝鹏，1987年生。2013年漂居北京至今。各大网站签约作者。著有长篇小说十三部。诗歌、散文、小说散见于各类期刊及年度选本。

北漂感言：漂在北京，有苦有甜，有笑有泪，梦想要么从这里开始，要么从这里破碎。

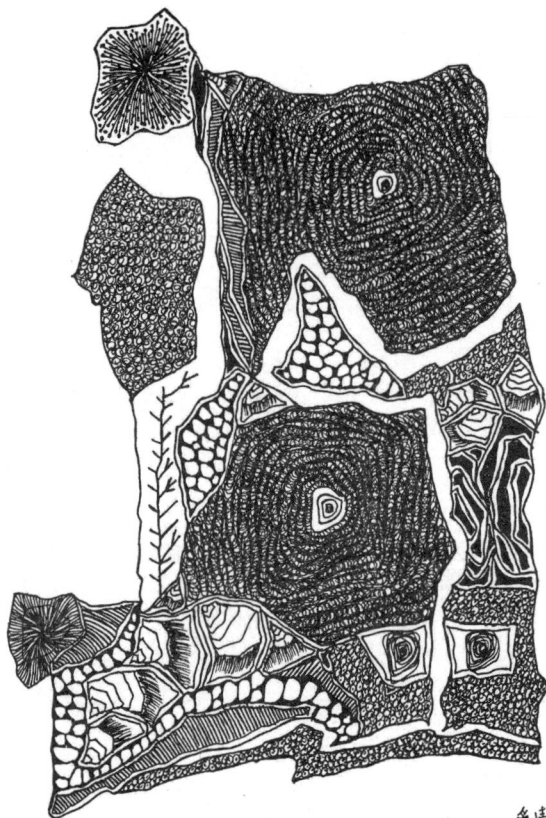

鱼情义
安琪 2021-2-14

现场（四首）

现场

那是金属撞击发出的声响，
场地向四周蔓延，
以肉眼可见的速度。

银色脚手架，橙色吊机
伸向生活的巨大触角
承载了全部生活的重量，美好，希冀。

湮没于时光的角落和缝隙，星星点点
支撑浩渺现场，沉积坚硬岩层。
人类用尽蛮荒之力，建造
遥不可及的幸福。

金属流动的风暴彻夜贯穿城市。
习惯了夜以继日
变动不居，
使远方不再遥远。

自然、非自然的板块，变换
以不同的排列方式，呈现：
为皮囊生活的日子保持敏捷
果断积极。

旅人

穿透黑夜，接近薄雾和黎明
接近十月的阳光

幸福与否？看过身体跟心灵之间的距离
痛苦无从掩饰支撑膝弯的重量

你我都不曾是旅人
却把希望交付了远方在路上

筚路蓝缕漂泊半生，当汽笛鸣响
谁不曾有过回家的渴望

鲸落

雪花落地。我一再地写下：
岩石。坚定且固执

用雪花挽起雪花
下在午夜的雪，抽象的雪
一场温情挽回的枯萎

何其短暂，却依然经历了那么多
足够纪念的生活

走过的每一步路
吞咽的每一粒粮食
都成为身体的一部分
生命其中的一个环节

短暂的间隙。你不会记起
一场盛大的哀悼：雪缓缓降落
漫天飞絮遮挡了，那些
习惯于日常的生活

轨迹

曲线？跳跃？
一切都是命运的安排
沉沉浮浮的点与点，回时的路
找不回来时的路。

转过城市拐角，记忆
永远是后视镜中日见老态的你们
紧走几步，挥别的手

回时的路更远。
你教会我们的规矩，有一些
我知道做得不够好，而另一些
我不知道做得够不够好。

活着，在一个逼仄的空间。
现在，另一个拥挤的空间。

我看见路边的蒲公英
所有的伞都已张开，等风来：
从一个空旷到下一个。
再不回来。

坚果，原名常建国，70后，山东人，现居北京。做过工人、车间主任、销售、企业高管、编辑。诗作入选《诗人作家新编》《北漂诗篇》等十余种选本，在各类报纸杂志发表诗作一百余首，部分诗作在诗歌大赛中获奖。

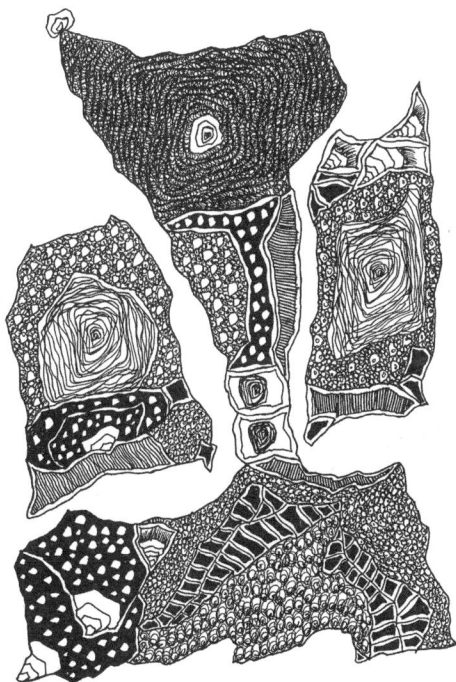

巴别塔之后／安琪
2021-2-6

身体，小孩，熊（二首）

李仲原

身体，小孩，熊

那一年我离开巴彦淖尔
看见大街上，
有那么多走困了的人。
其中一个五岁的孩子站在那里，
看别人过掉自己的一生。

雪白的，一头熊，走过来，
嗅，
我身体里的蜜罐。

身体里有片海，没有访客。
把海晃动成威士忌，没有人醉。
方形房间，菱形镜子。
我看着我自己
我质问我自己
我告诉我自己
我还不认识我自己

童年

拿着蓝色气球的
小男孩
靠窗而坐
公交车缓行
车窗玻璃上印着蓝色气球的影子
透明的蓝色影子，罩在窗户外面正在过马路的中年男人的头上
那个中年男人的头变成了蓝色气球
蓝色气球正好叠化他的脑袋
他以抒情的蓝色走在巴彦淖尔的街上
我觉得有趣，想拍下这个场景
转眼，小男孩下了车

蓝色气球也下了车

那个中年男人也变回普通的男人，步履匆匆穿过马路，脸上是生活的艰辛

瞬间，蓝色气球布满假笑褶子的脸

童年长成了社会的样子

那么快速

快速，拿着刚打开相机的人，来不及记录下这一瞬

李仲原，1998 年生于内蒙古巴彦淖尔，著有诗集《下山应是一场跳舞》。于 2021 年 7 月 15 日到京。

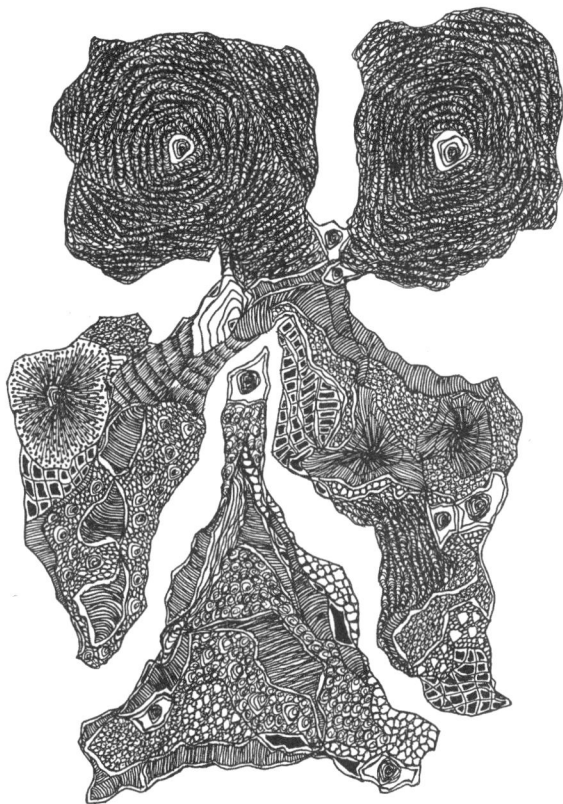

渴望的迹象
安琪 2020-6-3

北漂人（四首）

张华

三轮车夫

骑行在深冬的阳光里
向前转动一圈
链条紧紧咬住齿轮
吱嘎吱嘎
从琅山小街响到西井小街
他听惯了铁磨铁的声音
一声一声尖锐
也感觉到自己的内心
一次一次振奋
二十岁健壮的体魄
能爆发撼动一切的强劲
刘娘府北路是一段大于十五度的坡
他把屁股离开坐垫
整个身子直起来
蹬蹬蹬
一鼓作气
像冲锋的战士

摆地摊的女人

在琅山小街拐角的路灯下
摆地摊的女人
左手拿一双丝绵袜子
右手的五个指头不停地比画
讨价还价中
极不情愿
以微薄的利润卖给了顾客
气温正在下降
下起了小雪
双手插进袖筒里
靠在路灯杆上

望着黑咕隆咚的夜空
附近楼房有的窗户被厚厚的帘子罩着
里面多暖和啊
她在想
心里盘算
要卖多少双袜子、小杂货
才能凑够一个月的房租
一家人的生活

有一个幸福的地方叫故乡

没有归期的流浪
加重了乡愁
梦和远方
在夜深人静时
蘸着秋露，一笔一笔
书写岁月的忧伤
陈旧的行囊
早已装不下苦难惆怅
人到中年还在和命运抗争
大声笑过
小声诅咒过
总在想，让疲惫的身心能得到安放
有一个幸福的地方叫故乡
离家久了
乡音没有改变
北京到平昌
一千六百八十八公里
把思念打包
用快递寄回
今天出发明天就能到达

风中一家人

迎着寒冷的风
三轮车上的女人弓着腰
用羽绒服裹紧怀里的儿子
眯眼望了望快要下山的夕阳
要降温了。女人心里想

目光又落在男人衣着单薄的后背上
男人回头和女人的目光粘在一起
相互取暖
都笑了
都想说什么
都又没有说出来
这是一条没有任何物体可以挡风的路
一家人继续在风里前行
拐过一道弯就是出租屋了
男人看着冷得发抖的儿子和女人
止住泪水
脚下铆足了劲

张华，男，生于1972年，四川平昌县人，现在北京打工。有大量散文诗发表于《散文诗》《星星·散文诗》《散文诗世界》《四川农村日报》《佛山文艺》等报刊。有作品获奖并收入《星星诗刊·星星诗人档案2015年卷》《北漂诗篇》《中国散文诗年选》《世界华文散文诗年选》等选本。出版诗文集《天涯草》。

北漂感言：在北京，漂泊了这么多年，虽然有了一套属于自己的房子，但仍感觉心一直是漂浮着的。山高路远，回到故乡那片厚重的土地，灵魂也就有了最后的归宿。

一个人的战场（四首）

徐蓓

夜歌

回吧
回到托斯卡纳
在那之前
再唱一首牧歌
助我安眠
葡萄藤蔓趁着夜色
舒展开卷曲的尖尾
悄悄伸向暗渊
滴落发酵的露水
红酒的气味里
河岸独居的猛兽被勾引
干涩的喉咙撕扯着
舌尖抵住上齿
气流从舌头中部流过
歌声停止在
最后一声颤抖

一种怀疑

是不是到了一个错误的地方
做着错误的事？
怀疑从出生起
所有的决定都是错误
这里有许多声音
却什么也没进耳朵里
有许多人
可互相都不熟悉
日子每天都在过去
翻过的瞬间却瞥见崭新的空页
所做的一切都是在消解自己
黑暗里看不清的躯体近乎溺水时的无力

夜的车压过脚趾、肋骨、胸腔，前路畅通
害怕假如在此刻死去

灌木丛的命运

剪刀从不迟疑落下
但总有幸免的枝杈
下一个平整的切面来临前
再长出一截嫩绿的芽
固执地冒一个尖
停一只倦飞燕
或杜鹃
生来不是鲜花
但可以像树一样生长
灌木丛的命运
最好这样收场

一个人的战场

眼睛已经迫不及待要为精神拉下幕布
手机的光亮提醒我该做最后一点努力
心里存在的两个相反的动机
表现出来是一样的沉默
大部分时候我都想尽量不被看见
也厌倦了词语
它让意义萎缩
成为一般的情绪
如果接下来的每一天都和今天一样
时间在循环中还是走向终结
唯一的牺牲者是我
几乎称得上是和平的战场

徐蓓，1998 年生，江西上饶人。2019 年至北京求学，目前就读于中国社会科学院大学文学院，诗歌及评论散见于《诗刊》《北漂诗篇》《中国女诗人诗选 2019 年卷》等。

北漂感言： 求学的日子里，北京是温暖而包容的，毫不吝啬地展示着它的魅力，却在临近毕业时猛然发现，原来自己从来都不属于北京。

天气晴朗（三首）

红河

天气晴朗

也不逢年
也不是过节
只是雨天
给我妈打了一个电话
把我妈吓了一跳
她问我有事吗
我说
平安无事
就是问一下
您那里下雨了吗
我妈说
没有
这里天气晴朗

关于大海

如果你没有触到海水
没有浸到海水里
如果你不是在大海中嬉戏
浮在上面还不满足
你是在潜水
或者别有他图
你要探得大海的深度
即使付出了生命
也在所不惜
大海深不可测
潮起又潮落
也许是一个念头迷惑了你
你矢口否认
我从来没有这样想过
大海就在刹那

在一望之间
像一面镜子
泛着银色的光

演员

每个人都是自己的演员
每个生活中的角色
他们都演得不赖
无可挑剔
只有剧中人才被人指指点点
才有可能演不好
稍有不慎
就可能演砸了
一个成功者就是在世俗的生活中
等待着剧中的角色
这是神的安排呀
它与生活的轨迹
重合了

红河，1963年10月15日出生，山东潍坊人。2003年来京。中国作协会员。出版有诗文集多部，曾主编美术专刊。

北漂感言：人是漂着的，但心稳如磐石。

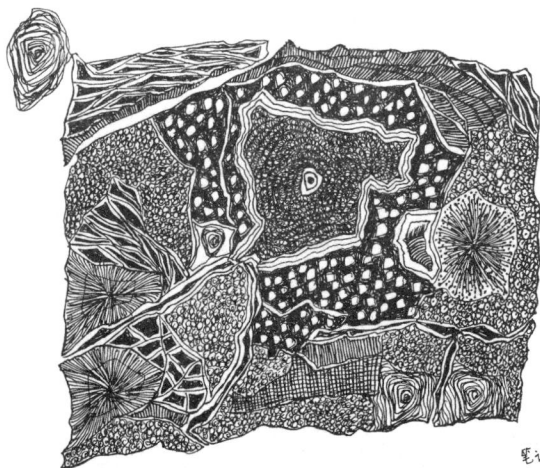

走步（六首）

孙清祖

清晨的海淀公园

护栏外面
全是轰隆隆的车流和人群
里面却是静静的草坪
这里好像又是另一个世界
偶有几片落叶光顾
没过多久　就会被捡走

我每天都会来这里走圈
路过的每个花坛或条凳
仿佛都是新的

在曹雪芹故居

在曹雪芹故居
说什么事我都声音大
唯独说到文学一点都不敢话大

人世间的太多离愁别绪
都被他宣泄得酣畅淋漓

不过也有他没有想到的
就是当今的高端科技
把绝美的词句再搬上迷幻的荧屏
更是一番洞天

走步

晨风中
我走在太阳的前面
从海淀公园东走到西
走了两公里的时候

太阳刚刚在山头露脸

又走过几公里
太阳还在树丛里偷懒

当太阳快要变脸烤我时
我已经完成了五公里的晨练

感谢口罩

这些天不论亲人还是朋友
叮嘱最多的话
都是出门戴上口罩

这些天一只只小小的口罩
就如同是一个个守门卫士
死死守护着每一个生命通道

那些人们用肉眼无法看到的毒魔
也许时刻都在想法闯入
可是在生命的通道口有卫士把守
人们对战胜病魔更多了一份底气

小雪

一早打开微信
满微信群里已开始下雪
噢　我才回过神来
今天是小雪的节气

窗外的天空晴朗如镜
走在路上迎面扑来的寒风
掐得人鼻尖钻心地痛

我一下子加紧了步伐
恨不得一脚就迈进空调屋子
开始观赏已是瓢泼大雪的微信

疫情里的故乡

马路又空阔起来
店铺又关上了门窗
形只影单的高楼仿佛又拔高了一层

狡猾的新冠病毒再一次使
一座沸腾的城市静了下来

宅在家里的日子寂寞而烦躁
手机流量用尽的提醒短信一个接一个

绿叶菜的价格还是居高不下
这时候我又对每天出行时
堵得水泄不通的马路和闹市街头
充满了向往

孙清祖，男，1966 年生，甘肃榆中人。甘肃作协会员。作品散见于《人民文学》《飞天》《中国作家》《扬子江诗刊》《北京文学》《中国汉诗》《金山》《世界日报》《诗潮》《中华诗词研究》等，入选《新世纪诗选》《北漂诗篇》等多个选本。曾获多个奖项并有文字被译成外文。著有诗集《春风敲门》。2013 年初来京至今。

凤凰
安琪 2021.9.15.

我如此羞怯（四首）

蔡诚

我如此羞怯

如果你看我，如果你是男人
我也会羞怯，有时笑笑
有时转过头去。40 了
走南闯北多年，除了头发稀疏
模样更憔悴，我没能变成另一个人
还那样朴实　沉默，在北京
口袋干瘪。如今
逃离在燕郊，不信成功的法则
生活，我这个局外人
只愿每一个清晨，能到潮白河呼吸

拆开母亲的快递

1 件毛衣，2 双鞋垫
3 条干鱼，4 袋野菜
灯下，我拆开母亲的快递

丝丝缕缕，当爱织出一片温暖
秋夜，我北漂的疲倦
不再孤零零的

母亲，看见了吧
我们同在一轮满月里
我身体结实，您步子硬朗

六行

潮白河上涨时，高高的芦苇
不见了，但夕阳无限的柔情
依然陶醉，还沐浴着我
一个钓鱼人的静好时光。一个孩子

跑在燕潮大桥上，结满柿子的树
在远处，够不到天空

无题

又要走了
这公司
我没能熬到过年
寒风中
沿着
大雪纷飞的小径
回家
我苍老的眼
唯有孤独
和一种幻象

蔡诚，男，1978年8月生于江西。中国当代文学研究会会员，中国诗歌学会会员。出版短篇小说集《北漂故事集》、诗集《无题集》。2002年来京。

北漂感言：一年一年，我继续在北漂，在边缘，这命运，努力过后，我不相信它还会这样把我带进黄昏。

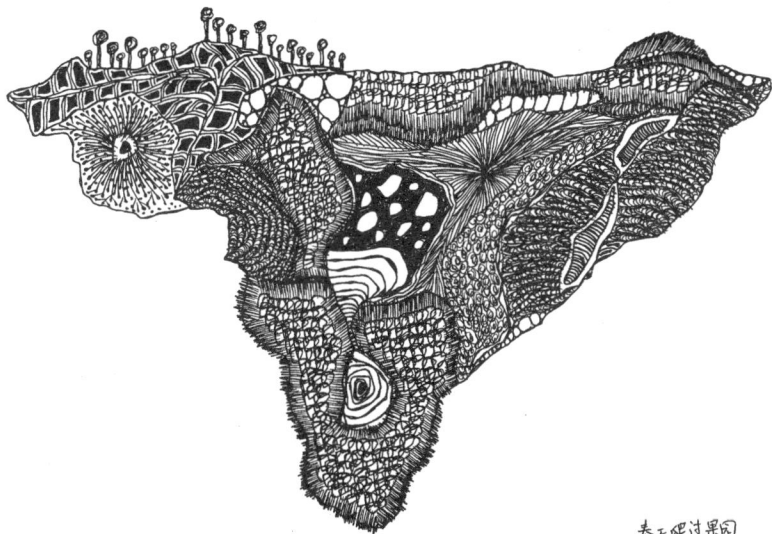

春天爬过果园
安琪 2020-3-21

一只离群的狼（四首）

黄桂立

一只离群的狼

每踏出一步都是艰难的
多年孤身前行，那摇晃的河流
已被陷阱覆盖

能否穿过这茫茫白雪的极地
给死亡一个圆满的答复
是我一生的索求
任何偶然都是我想拥有的机遇
多少流星会击中雨夜，多少风暴
改变了梦的方向
落花纷纷、剑刃上藏着绵绵细雨
不得不扬起锋利的爪和搏斗的牙

曾经渴望回到你身边
依偎着温暖而平淡爱情的那双手
把我的故土深埋在月光里

在苍茫而没有边际的天地间
一只黑影如一支响箭
漾起遍野噑鸣

故乡那片海

我也是奔走多年之后
才回过身来
轻抚那些熟悉的浮尘
和一遍遍被孤独吞噬的打网、潮退与夜色
曾经有过多少欢愉和悲伤
这两者之间
都是艰难的旅途和秋冬轮换的涛声

故人都已渐渐远去
而我还在此岸坚守一份送别的仪式
相比于河流
我的牵挂只是片片落叶乃至迎风猎猎作响的桅旗
我的泪水坚如沙粒在怀旧的酒杯中沉淀

暮色之中便是孤独的海
斜阳在千里之外
我追不上那缕余晖和西去的哀鸣

我还能为自己留下一些什么呢
我的躯体在北方而我的声音却在南方漫无目的地奔走
也许你们已经看到我了，那一副长满贝壳的船骨
散落在海浪抓不到的沙堆上

朝圣之路

也许他们都错过花开的时期
他们黯然神伤的叶子在啼鸣里
落下青春的帷幕
他们双手合十，只为风霜已刮去幻想的表面
那火红的枫叶终于红遍回家的路途

他们倦于梳理的羽毛抖落
一地的虚幻和通往天堂的叩拜
褪色的歌声随同颂词片片剥落
他们藏匿于晨钟暮鼓
和风景的边沿，一群滩鸟拥有他们的梦想
却无法保持向前的倾斜
枫叶已落，只剩下几枚涩涩的青果

最后的愿望

如果还有更多的奢求，那就是为他
铺开平稳的日历，让带着锈迹的花
升高平凡的坡度。西斜的香气
诱使一双长满苔藓的手
从夜晚的顶端轻松下滑

如果还有更高的希望，那就是
雨水不再淋湿四壁的清贫
抑制的食欲与满山的青草
在牧鞭中蓬勃
谁来指引潮汛的出路，谁就能
让铁锚平静一些

如果还有更深的期待，那就是
把艾草留给自己，青春留给
下一代人，慷慨的疾苦和吝啬的
富余同样令人震颤
他与一条河流谁先在重创中惊醒
这一切，要等一阵风结束他茫然中的睡眠

黄桂立，男，1970 年生，福建宁德霞浦人。笔名老桂、黄文隆。画家、诗人。诗作曾发表于《星星诗刊》《诗歌报》等刊物。2008 年北漂至宋庄。

北漂感言：北漂最初只是想圆一场艺术梦想，后来却迷恋上了那种无拘无束的慢生活，在京十多年，艺术相伴，此生足矣。

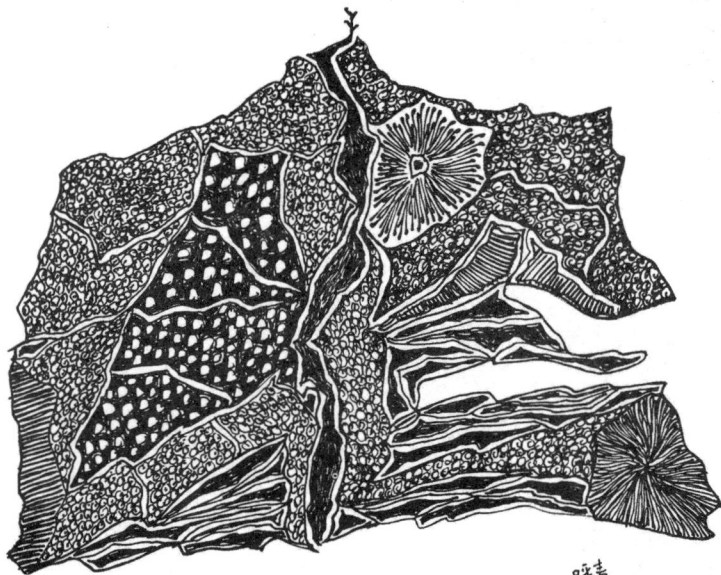

呼吸
安琪 2021. 8. 30

秋日的果酱（三首）

左右

秋日的果酱

是时候了，我们一跃而起
把暖阳的重心，一寸寸铺在脚下

秋风掠过荒原。敌人携手秋天
悄无声息，将眼前最后的金黄果酱
掠走了。噗嗒噗嗒的心
——也被掠走

灰尘迷了眼。当我腾空而起
所有不经意的挣扎，成为别人
以及我的孩子——余留在空中
最后一眼黄金的绝唱……

陪伴

临回老家过年的前一天
小外甥女养的两条金鱼
突然死了一条

为了让剩下的金鱼
有个伴
她用彩笔
在碗口大的玻璃缸上
画了一条

苹果

朋友送了两箱静宁苹果
每个苹果上面印着我的头像与名字
送出去了一些
吃掉了一些

仅剩一个存进冰箱
当我想起它的时候
才发现
已经不见了

上次我妈来帮我干活
临走前
她拿起苹果
左看右看
看了老半天
我猜
肯定是她
带走了
她好几个月才能见一面的儿子

左右，1988年生于陕西山阳。曾参加《诗刊》社第32届青春诗会、鲁迅文学院第40届中青年作家高研班。暂居北京。

北漂感言： 这是一次最特别的旅程，也是一次与北京文学、北京文化最难忘的接触。暂时的北漂生活，便是永久的记忆，暂时便是永恒。

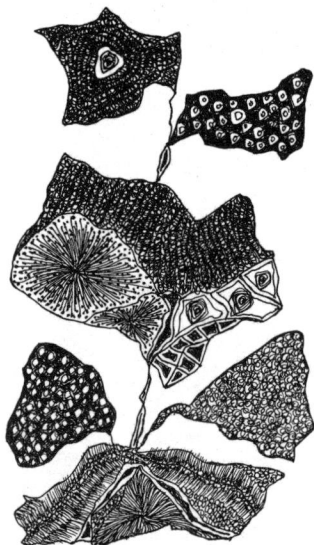

花语/宁琪
2021-3-14

幸福山（四首）

刘不伟

勋章

急匆匆打车去羊骨头馆
抱歉抱歉来晚了来晚了
落座起身敬酒
对坐的老王杯子举到嘴边
停顿
说
老刘你衣服上咋了　全是
油点子

一旁的赵卡把酒干了说
没事没事
他不是每天给孩子做饭吗
那些油点子
都是一个父亲的勋章啊
虽邋遢
闪闪发光

拳头爱上沙袋

嘭嘭
打着打着拳头就软了
沙沙
软着软着沙袋就漏了

当拳头捧起漏沙
疼痛
数不胜数

深夜里弹钢琴的女人

有时候是火山喷发
有时候是野马群过河
深夜里弹钢琴的女人就在楼上

楼道里遇见
我们会彼此打招呼
一个左拐
一个右拐
各自去上班

菜市场也经常碰面
那弹钢琴的手攥着一把小葱
她身后
蔬菜摊位牛羊肉摊位
十万吨白云轻轻漫过大青山

幸福山

1998 年我在北京电影制片厂
当群众演员
一场大戏
两天两夜

三千群众演员背对摄影机
向幸福山
攀
爬

大摇臂小摇臂轨道车
推拉摇移
远景全景中景近景
特写

千禧年
突接老妈电话
儿子，我在电视上看到你了
妈，后脑勺你咋能认出是我

我是你妈
你那傻乎乎的大脑袋
三百万个后脑勺
我也能认出来

刘不伟，本名刘伟。1969 年出生，辽宁鞍山人。诗人、编辑、影视编导。现供职于作家网。

城市在游子身上撕下落叶（三首）

张绍民

固定

落叶落下脚印
固定了大地

来到城市的脚印浩浩荡荡
固定了城

堵车

在城里慢不下来
这是唯一能够慢下来的方式

城市在游子身上撕下落叶

从村庄出发
城市如一串糖葫芦穿在火车上
哪一颗糖葫芦磕牙
就在哪一个城市停下打工、谋生
流长长的泪、短短的汗水
大量汗水都变为了泪流淌

一个游子即一个时代的驿站
故乡村庄、异乡城市
在游子身上拥抱
一个巨大的城市从身上撕下一张车票
撕下落叶挣扎的脚印

张绍民，20 世纪 70 年代初生人。1997 年参加《诗刊》社青春诗会。出版《村庄疾病史》《刀王的盛宴》等长篇小说。

北漂感言：漂是固定。

今夜流行真诚的祝福（二首）

李兆庆

登箭扣野长城
——与朋友攀登箭扣野长城有感

喘息着　在烽火台附近的青砖上
坐下来　什么也无须说　该说的
在山脚下的鳟鱼馆里都已说完

阳光普照　山冈上的风呼啸着
倾斜下来　光洁的脸上汗流涔涔
白鹭羽般的云翳在天空飘移

守城的戍卫和将军远去了　逐鹿
中原的匈奴也销声匿迹　唯留下风干
成废墟的一截长城　沿着峻岭孤独蜿蜒

穿空的乱箭厮杀声依然隐约入耳
一段纷乱的开疆闹剧　在历史面前
已风化为半堵残垣断壁的城墙

残阳给城墙披上一件金色外衣
像置身于某种宗教仪式　凝望城垛时
缝隙探出的野草根部　萌发出点点绿意

今夜流行真诚的祝福

帝王从泽国涉水而来
我不适合远行　也不适合仇恨
默然孤山朝西行的人脱帽行礼
富农的女儿　容颜里绽放光芒

热情在海水里平静
平静在火焰中沸腾
今夜流行真诚的祝福

夜蛾在丈量灯芯的高度

黎明走在村庄的路上
太阳还没把天和地清晰分离
素月在揣摩黑夜的腹语
苦楝的枝丫上缀开一树鸟鸣

大河背负它的影子
沉重地风雨兼程
沙漏被时间淹没
历史把斑驳的陶击伤

李兆庆，笔名剑锋。中国诗歌学会会员。2000 年开始文学创作，出版《成吉思汗》《忽必烈》《拖雷家族》《大唐玄奘》等多部作品。2006 年开始北漂。

庄子
安琪 2020-5-1

迟来的日子（三首）

邓志平

迟来的日子

我站在海岸
望向你的那方
却总是一片朦胧
该是你美丽的样子

我站在街头
望向你的那方
却总是一片安宁
该是你悠然的心事

我站在爱河
望向你的那方
却总是一片澄澈
该是你最美的名字

我站在梦里
望向你的方向
却总是一片虚无
该是我迟来的日子

失眠

有的人，已进入了梦乡
有的人，还在夜里数羊

白天为了生计，不得停息
只为等天黑属于自己的时光
逝去的，如扔进了黑洞，不见天日
找寻着，弥补着，又疲惫着

蓉城的雨，下不到故宫的深墙

南方的风，也吹散不了北方的云
蔓延开来的，像野花般生长

山高海远，脚比路长

是风，注定四处飘荡
每过花蕊处，留下阵阵芳香

是雨，注定滋润土壤
在最干旱时，让人看到希望

有梦，就该展翅飞翔
在天空高处，做别人的榜样

可是，人生太短，生命太长
我们还来不及细细品味
就被现实打了一个耳光

无论
梦想遭遇现实的何种灾难
要记住：山高海远，脚比路长。

邓志平，1990 年出生，四川广安人。已出版诗集《如梦婉约》。2010 年北漂至今。

北漂感言：北京是一个包容的城市，有浓厚的文化底蕴，非常喜欢这个城市，在这里，每个人都能发光发热，有一片属于自己的天地。

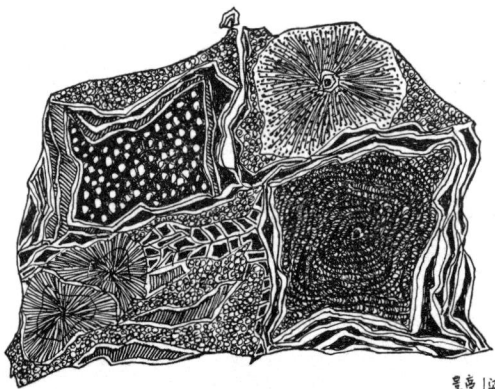

春分（三首）

周占林

春分

一样的时间
不一样的空间
当白天与黑夜不再较量
雷声在桃花蕊里孕育

睡醒的虫儿开始流浪
寻找这个春天最美的家园
裁几片白云
在蓝蓝的屋顶绣几朵桃花
等待闪电的光临

在故乡，什么也不用想
寻梦的路程依然遥远
梦里打坐的童年往事
不停地循环播放

草儿虚张声势
一场雨从远方开始抒情

桃花里的一滴水有怎样的感觉

有多少人爱桃花
就有多少种不一样的赞赏
昨夜，一滴雨落下来
天上的阴云摇摇晃晃
幸福来得如此突然
让这滴水没有一点儿准备

用整片的桃林做背景
微风是拟请的伴娘
轻轻地，落下来
闭上眼，胸襟洒满了香气

就这样拥有了未来
一枚五月的桃
正奔走在成长的路上

粉红点亮山川
花瓣的臆想纵向铺满
春天，会留给过路者
足够的想象

落花飘零

山坡不再平静
杏花梨花还有不知名的花儿
各自妖娆
让桃花的焦虑更甚

那些恋爱中的花儿
已羞得脱去诱人的外装
花瓣在失眠的小径上
刻画铭心的图案

着急的小桃儿
站在枝头
瞧着母亲的背影
难以掩盖鼻尖的慌乱

落花飘零
是为了五月树枝的喧闹
慈悲，在生命的传承中有了
次第的豁然

周占林，出生于 1964 年。2003 年来京。中国作家协会会员。中诗网主编。出版有长篇小说《一夜芙蓉》、诗集《夫妻树》《你坐在我的对面》《周占林诗选》《盛开》《且歌且行》《世纪之恋》、散文集《弄潮》《重返与超越》等十一部。主编由北京奥组委文化活动部主办的诗歌选本《2008 奥运诗选》。曾获《芒种》文学 2009 年度诗人奖，《中国诗人》2020 年度诗人成就奖，中国长诗奖，郭小川诗歌奖，中国小说学会"当代小说奖"等。

北漂感言： 北漂就是家在大地上的瞬移，只要亲人在，漂哪儿都是家。

这是我的北方（二首）

空巷子

这是我的北方

它们站起身子的时候
许多的骨头也站了起来
这些都是心里话
我的北方和你的南方不同
春天很短，冬天很长
风更多的时候在咆哮
尘土卷着叹息声停不下来
土地和草木比我更渴望雨水
只有这遍野的白桦林留住了月色
留住了雪
留住了魂

片段

把记忆里那场雪、那些人、那些事
都留在这一个瞬间
这些爱过又遗弃过的事物
描述和沉默都有它的分量
它重新站起来时
风暴和暖阳剑拔弩张
已经无法验证一场雪的清白程度
赤裸裸的白
还在拼命掩盖碎裂的声音

空巷子，河北张家口人。正在路上的写作者。

北漂感言：很快要离开北京了，结束十多年的北漂生活。出租屋还晃荡着我的喜怒哀乐，还有那么多的执着和不甘。终究还是要放下，这么多年打拼下的人脉和果实，为了我们的家人。这么多年，一个人北漂，纵然有千万种弥补的方式，都会留下很多的遗憾和阴影。他们不说却存在着。给家人温暖和安全感，是我最终放弃北漂的原因。什么都可以失去，唯有爱不可辜负。

春日恰好（四首）

李爱莲

窗

春夜里远行归来
窗户没有灯光落下影子
门紧锁着，屋子里紧靠窗台的花隐秘而孤独
书籍都挤在书架上，认定自己也是其中一个主角
灰底下的日历没有被翻动的痕迹
墙上的钟是这个屋子的呼吸而不是哀叹
这间屋子拥有我们，而不是我们拥有这间屋子

天空中的星光燃烧着，佯装成窗玻璃上的火焰
你为什么燃烧得那么明亮
只因为我喜欢从窗户向外张望

春日恰好

春日分明
爬山虎开始升向高高的围墙
被围墙圈起的那一小片天空
罩住了蜀葵的火热激情

即使风暴和流沙漫漫
也无碍于小院的葱茏
那骇人的新叶，圣徒一般努力
从蓝色的脉管启程，蔓延着浓烈的汁液
这是整个春日的一部分

一大片阳光流泻，潜进所有朝东的窗户
我们期望得到的幸福都在这里
一个春日行将结束，另一个春日迅捷开始

易碎的芬芳

早上醒来，发现自己正处于一片空旷之中
山在夜里被大雪覆盖

兔子在窝里清洗自己的耳朵
麻雀在电线上整理自己的羽毛

很多草木过于期待春天
提前描绘自己的花蕾

易碎的芬芳，举着易碎的花
渴望被正好经过的春天接住

夜听着风吹雪

四月的一场大雪，整个世界
只剩下白，只剩下夜
听着风吹雪
和小时候一样
母亲和几个哥哥在热炕上说着话
我在打着盹

十一月的一场大雪，它想笼罩世界
它想在屋檐唱歌
它想用最后的生命蘸笔在大地上作画
它和母亲一样
最后沉睡在泥土里
我，只能在一个相同的情景和不同的时间
期待和她再次相逢

李爱莲，宁夏西吉人，1998年开始北漂至今。中国作家协会会员，中国诗歌学会会员，作品散见于《诗刊》《诗选刊》《作家》《朔方》《飞天》《六盘山》等刊物，有作品入选多个诗歌选本，出版诗歌合集《六闲集》。

坐火车（五首）

回乡

眼看一瓶水
被带离到他乡
我能设想
当它想家了
就会化为白云
一路飘到故乡上空
以雨的方式回乡

如果一个人
迁徙到异乡
当他想家了
我无法确定
他的灵魂
会以怎样的方式回乡

坐火车

年轻时坐火车
偏爱坐在前行方向的座位
这样可以看到窗外
不断冲到眼前的新鲜事物
感觉自己便和火车一样
滚滚生风一往无前

不知何时
已经能够接受坐在
与前行方向相反的座位了
望着窗外不断被推远的景象
逝者如斯夫的感叹
常常由心而起

致我的故乡岩下陈

我的村庄
依山傍水
几条山路
直通山顶
或大山之外
一条小溪
潺潺流淌
无暇顾及人的想法

山路有时像河流
向下流淌
也会抵达大海
溪流有时也像山路
能一路逆行
直到天尽头

父母的眼神

记得每次离家远行
都能感受到父母的眼神
如同蜘蛛侠的蛛网发射器
会紧紧吸住我的后背
父亲的眼神　温暖有力
母亲的眼神　温情绵绵
父母的眼神就是这样神奇
既推着我　也拉着我
我迷茫的时候　给我鼓舞
我累了的时候　就拉着我回家

如今我的岁数已经不小了
父亲也已离开我们十几年了
就剩下八十多岁老母亲的眼神
每当我思念母亲
闭上眼就能看到母亲吸着我的那股绳子
拐拐歪歪　不屈不挠　历久弥新

水泥

水泥
绝不是泥水
当水泥和水相遇
就会变得坚强
化身混凝土
混凝土叫土
又不是土
却比土更坚硬
甚至坚若磐石

项建新，笔名沐雨、瘦蝉等。男，1976 年 5 月生人，1999 年开始北漂。现为第五届全国诗歌报刊网络联盟轮值主席。"为你诵读""全民 K 诗""朗读者""校园诵读""方音诵读"等诵读平台联合体创始人兼总编辑。中国诗歌诵读艺术节组委会主任。诗作见《诗刊》《诗选刊》《星星》等刊物。著有散文集《在路上》《炊烟记忆》，诗歌集《重返村庄》《新写实主义》，财经文集《IT 赌命》《经济黑洞》《城市的远见》等，编著有《现代诵读艺术（1—10 级）》《经典诵体诗精选（1—4 卷）》《现代诵读艺术考评备考篇目》《经典绕口令 100 首》《听见灵魂的模样》等多部。

北漂感言：活着是一种品质！

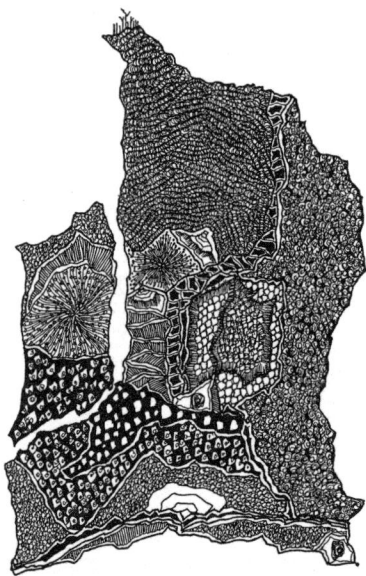

精灵就是我自己／安琪
2011.10.21.

炊烟袅袅（四首）

孙殿英

空巢

在一个低矮的墙洞里
我发现一只筑巢的黄蜂
注意到蜂巢，一天天地变大
它筑巢的时候，我能
清晰地看到它晃动着的毒刺
好像在警告我，不得靠近
警告我，它有能力维护它的成果
有时候我只看到空巢，没有黄蜂的身影
我知道它
是出去找建材，或者去觅食了
我知道，它很快就会回来
直到最后一次不见
几十天过去了，它依然没有回来
剩下一个没完成的巢
不再变大，就那么空着
像我老家村里的一个院子
那个外出打工的主人
自从离开，就和村里失去了联系

在圆明园西路遇到一棵树

我把车停在树下说话
忽略了天黑路远
只感到一阵阵风飞过我的心
高远成天上的星星
星星在唱歌
在星星的歌声里我也跟着唱
风那么凛冽
我却只感到清畅
我全然不知道
有树叶落在车顶又飞走了

也没注意
伴我眉飞色舞的
还有这棵树
直到那么久后再路过
碰到冻在枝间的那些话
我才意识到
就像小说里的伏笔
这树
早已悄然存在了
只为现在，突然
放大成一首诗的主题

榆钱儿

坐在庭院里的母亲
含含糊糊地说出"榆钱儿"
那是她中风瘫坐的第十个春天
十年，她已经向疾病妥协
她已经向岁月妥协
接受了不可逆转的宿命
身在和煦的春风里
不再挣扎，不再敏感于季节的变化
她说出的"榆钱儿"
也有气无力，无精打采
甚至，话还没说完
她的视线，已经从那棵榆树上转开
今年，榆钱儿又绿了
我又想起母亲
坐在门前
坐在春的暖阳里
打瞌睡，含混不清地说着"榆钱儿"
这是母亲去世后的第十个春天
十年，沧海桑田
好多事儿都已经不存在了
就像而今的院子里，没了榆树
就像一个人，越来越模糊的背影
模糊得再也看不见

炊烟袅袅

添柴人把自己送入灶膛
舔着灶口的火苗，屋顶袅袅的炊烟
都是我的依靠
都是照亮时光的明暖
炊烟散尽时，温度归零，真切成空
你，已是难以抵达的远
我心里的怦然，归于天色的灰暗
之后，我回不回
都没有人殷切地等
都没人询问，没人挂念
残存的一堆柴，如我的期待
在风雨里，渐瘦，渐矮
再也生不出火
安静殷实的岁月
带走许多事物，许多人
一晃就成了过去
鸡鸣、犬吠、牛叫，都不见了
也不见了炊烟
村庄陌生成一条枯河
滔滔水流，已是远古的记忆
已是一个模糊的传说
杂草盖住鹅卵石
河床变成一片荒原

孙殿英，1968 年出生于山东高唐，1996 年北漂至今，为北京某物流公司企业法人。山东省作家协会会员，聊城市签约作家，北京市顺义区作协会员。中学时代开始喜欢诗歌，并创办手抄报《幼芽》。2018 年，与几位北漂的山东诗人组成㠓見诗社。有诗作发表于《语文报》《北京晚报》《北京文学》《绿风诗刊》《诗探索》《诗选刊》《青少年文学》等报刊，并入选《2018 诗歌年选》《2019 中国年度诗歌》《2020 中国年度诗歌》等选本。

北漂感言：无论向哪里，漂都是一个追梦的过程。但从漂的那刻开始，故乡也就失去，并且永远也回不去了。

小满，想想我的一生（六首）

花语

小满，想想我的一生

太阳抵达黄经 60°
该下雨了
小江小满，大江大满

麦子抽枝拔节
该灌浆了，谊品生鲜超市门前
一个昂首挺胸的女孩，骄傲
志得意满
她一定有人疼，有人爱
脸颊白里透红
我和她走在命运的两个极端
焦虑，疼痛，惶惶不安

在这样一个节气
想一想我卑微的一生
从未停止挣扎的一生
曾被人称作飞机场的一生
缺少浇筑，忽略装饰的一生
低如尘埃，渺如草芥的一生
忍不住，掉下泪来

永定河，深秋

茇茇草黄了
秋天矮了下来
喜鹊在河滩上炫耀，他们拉风的长尾巴
亮丽的蓝，闪过秋槐
透明的黄
野菊飞过天空，兄弟们喝酒的心
亮了起来

登高望远
亲人们涉水而来
推杯换盏，一生
仿佛浸泡在酒香中的光阴
最是醇香

穿越黄昏

混迹匆匆的人流
汗水濡湿的黄昏
广渠路固执的红灯
闪闪烁烁

反复打开诗的切口，生活
不过是一把芥蓝，几颗樱桃
和埋伏在精美包装盒里的白色药片
挤 23 路公交，刷卡擦汗
揉站僵的小骨节，过唐家村
小海子四根旗杆
方家村青年餐厅的餐盘
已容不下我，过期的青春

买菜，用中年的白眼
打量少年的青葡
注了水的生活
看起来很温暖

蹚过雨水浸湿的青石板路
我被铁路交叉道口轰鸣的汽笛
拦在爱情之外
天色近晚，夜
反穿黄昏的黑背心
将我楔入，梦之彼岸

只有回到马驹桥

只有回到马驹桥
我才是那个死心塌地，爱你的人
只有回到马驹桥

我才能骑上思想的白马
催它过河，在冰冻的北京城东
吃隐忍的青草，流泪，痛哭
安静地踩踏
把热爱的胸针
别在难过的衣襟上

只有回到马驹桥
我才能不受世事烦扰
守着你，油彩中的青灯
在离你最近的地方
涂抹这隔世情缘
抽打，爱的陀螺

落座

都走了，偌大的房间
只剩我一人
我的心一下子
空了下来

你也空了下来
在我心里落座的
你的影子
对话，冬月，关于油画，歌剧
猫和前世的素描
美而温馨

一阵风
吹开虚掩的门
再空一些吧
你在我心里的位置
更重，更真切

流萤，致 H

倾世的容颜
在前生就已凋谢
转换成草间的露水

等你路过，交换令牌

我已交出回声，梦里的骄傲
名字的缩写
和一颗石头，想要低头的软
来兑换你顿悟的片刻
把爱轻挽

请卸下面具
交出骨头里的真
红酥手
最后的留白

如果你拒不相认
我就做世间遗忘的流萤
打着灯笼
在每个濡湿的夏天
用汗水充当泪水
抚着前世的疼，边哭
边闪

花语，诗人、画家。《十二背后》执行主编，诗画艺术同盟会长，中国当代女子画会成员。著有诗集三部。

北漂感言：北漂是自我发动的一场革命，是新我对旧我的挑战，更新和抛弃，北漂需要勇气、耐心和长久的坚持，要吃苦，要斗争，要不断地蜕变。

伤冬（六首）

鸦鸦

伤冬
（愿你所堆雪人永居冰箱颔首微笑）

雪要是不下
你可能不来
雪要是不化
你可能不走

雪要是不下
山可能会哭
雪已经化了
山还是没笑

我在等
一场不化的雪
哦，冰山

逗号
（愿元曲嫁给宋词唐诗娶你为妻）

我对这个世界有太多的话要说
它们以众多小蝌蚪的形体
飘浮在我
绿色的天空

我拖着病重的身子
孵化它们

长夜
（愿梦和梦睡在一起）

要有多长的夜
才能修好我的眼疾

要有多长的夜
才能填平我挖的沟
要有多长的夜
才能焚完我积攒的麦秸
要有多长的夜
才能做完我欠下的梦
要有多长的夜
才能数完我遗失的星辰
要有多长的夜
才能停止对一个虚无的默念
要有多长的夜
才能与娘亲促膝长谈
另一个世界的凉爽

最近黄昏多雨

（愿你回头是岸）

我羞于提酒，因为体内有三千醉汉
我无缘于烟，你看，天空有我满脸云烟

我兴风作浪，有冰山为我摇晃不已
我长啸而去，有飞鸟对我紧追不舍

我席地而坐，群蚁拥我为王
我披一身密密麻麻的黑字
迎风而立

夜空下，有雨难落
李白说，他摘了送我

我需要

（愿每一根针都能立端）

我需要伤口
就像房屋需要窗子
疼痛如风
吹动我的血液

我需要虚无

需要无边无际的虚无
一层一层
让我今生无法突围

我需要旷世的孤独
需要一座山，一条河
在我体内蓬勃生长

感谢尘世
让我拥有这些
让我心满意足地跋涉

生命

（愿每首悬着的诗都能尘埃落定）

你两手空空
含泪而来
你满载而归
含笑而去

你沉默如雪
款款而来
你如雪沉默
姗姗而去

枕一船虚无
吮一席良光
母亲，您慢行，儿方能坐稳

鸦鸦，本名黄红玲，生于1969年，陕西渭南人。2018年底进京打工。

北漂感言：过去太苦！就四字抹掉。现在很欣慰，也四字：活着真好！每每感慨：来迟了啊，早些年来多好。我诗，和我的北上时间神差鬼使般地同步而行。也就2018年底，有群主邀我：鸦，欢迎投稿。于是我的诗情如黄河决堤，一发不收。其间甘苦，自不必言。我诗还立不起来，还在辗转反侧上胡言乱语，还在匍匐前进中连滚带爬，蓬头垢面，一如我的打工生涯。但我还是感觉头顶的乌云，时不时露出一缕缕阳光。我笑了，含着泪。

好啊，我们生命的每一刻（四首）

雁西

而今天

而今天，你飞离的眼神，不再捉迷藏
女神，清纯，又多了成熟的风韵
时间不仅雕刻了你的容颜，也
雕刻了你的心
步入中年，却还像少女
依然怀着梦，穿行红尘
陪着父母的衰老，也是辛苦的幸福
趁他俩还有时间
你告诉我，不敢想象，也不能接受
那一天的来临
所以每年计划地带父母行走
今年西藏，青海
明年北方
这样的安排，是赶在时间之前
一刻也不敢耽误
走吧，看尽人间的风景
不要留下做儿女的遗憾
而今天，我不仅仅在想念我的父母
也开始在想你

是的，是你逼我对你一见钟情

看见你的那一刹那，时间突然停了
静止了
什么都没有发生，却山崩地裂了
花开得特别艳丽
尤其是一千朵玫瑰
像一千个女人涂满口红的唇
唯有轻轻地吻，不拒绝爱神的深情
是的，是你逼我对你一见钟情
酒与酒的碰撞，星与星的碰撞

眼神变成了核弹
哎呀呀
逃不过的
从没发生的，今天发生了
心没了
沉在天空上的月
在对我说：爱吧，别无选择！
有人真的爱上了你
所以对一切
可以无所畏惧。也体会到那个奇妙的
五分钟
如沐春风
也是如沐盛典

给这个世界一点暖

我总以为，还来得及关于青春，关于
爱情
关于天空，关于植物的生长
关于死亡的
恐惧。我甚至觉得一切没变
和周围保持亲密的距离
我把人们当成亲人，可以在阳光下
握手，拥抱
尽管现实总对我说，不，不是这样
这么多年我听不进去
我总以为，还来得及，我还可以
抚摸到一种温度
是心脏，跳动之后的激动善良和爱意
但求落幕无悔
一句话惊醒梦中人，宽容，
豁然开朗
睡得安稳，最简单的日子
在黑夜，为陌生人点一盏灯，或推开
一扇窗
或轻叩其门，自由自在
我想要的，其实就在我心里
也在每一个人心里，珍重，每一秒都

会有祝福，给这个世界
一点暖

好啊，我们生命的每一刻

多么美的玫瑰，一大束玫瑰
一枝一枝分出来，一枝枝
奔跑，微笑，转动
风跟着你舞了起来
烟火，星火
世界也火了起来
是的，我们爱，依然爱
纯洁的，善良的
从唐代延伸到当代，你没有变
也不想变，也不会变
玫瑰给你最爱的人，也给不爱的人
有了你的玫瑰，山川日月都在
流动，翻滚，汹涌
色彩不再需要时间
红白相间
色盲的花园也开始在唱歌
不仅仅只是惊艳
好啊，我们生命的每一刻

雁西，本名尹英希。中国作家协会会员，中国诗歌学会会员。出版诗集《致大海》《雁西情诗99首》《神秘园》等10部。曾获世界诗人大会创意书画奖，加拿大婵娟诗歌奖，2016年两岸诗会桂冠诗人奖，2019年意大利但丁诗歌奖。

好久不见（三首）

白芳芳

好久不见

刚迈进树林
就忽然嗅到了某种呼吸
是什么？
对了　就是那个迷失高楼里有些日子了的自己

昨晚一场暴雨
树根下的水洼　和草地上的湿泥
争先恐后地告诉我

我知道　我知道　昨夜
暴雨也在我的心里下过了

我想说草又长高了　可是
只一个草字出口
我就不停地打喷嚏　仿佛
期待中的某一天
我只唤出了一个人的姓氏
就打起了战　哽咽很久　才低低地
说　我们又见面了

永恒

小狗
静守丛林的暗夜
黎明　母亲　养狗人
食物　团聚　和欢乐
从前天　到昨天　到今天
从前年　到去年　到今年
一些狗尚活着　一些狗病死了　一些狗
变成了狗肉　粪便　灰尘
那时　此时　欢乐　悲戚

爱吧
爱吧
所谓永恒　不过就是那一瞬间

宋庄　中秋

在宋庄　云朵
会低低地与你前脚后脚　时而散步
时而立在大路上发呆

中秋的满月
在夜暗了好久之后
才从某个画家大院的屋子里钻了出来

至于我
依然是过去的性格
越是在该热闹的时刻越是喜欢一个人
静静地待着
喜欢作为旁观者　心情微漾地
去感受人间的喜庆和欢乐

白芳芳，1968年腊月生人，2021年7月入住北京宋庄。诗人，职业画家。诗歌作品在《延河》《诗歌风赏》《诗选刊》《星星》《安徽文学》等发表，入选多个诗歌选本。油画作品选展于"陕西省政协庆祝新中国成立七十周年大型画展""西安市美协庆祝建党百周年百幅精品油画展"等。

北漂感言：宋庄的天空素净淡远，云不慌不忙也不闲着，夏夜清凉有郊外自由的呼吸，走在巷子里食堂里回顾左右皆亲人，即使不说话，在任何一个敞开的屋门前站一站就会生出莫名的力量和灵感。

关于一些人的故事

唐景富

新的一天又在我的眼前飘动
我知道这个世界每天都有一些
不该发生的故事发生
在都市的某一个角落
在乡村的某一个庭院
一些男男女女老老少少
正在有意或者无意
演绎不同版本的故事

我就是这类人中的一员
也正发生一些不该发生的故事
故事不算精彩
却让我无所适从
人生的阴晴圆缺
悲欢离合
都在这种不算曲折的故事中

谁能离开这些故事
谁又不是故事的主角
我们每天都在编着自己的故事
有了精彩的开头
不见得有一个满意的结局
一个失败的开局
也不见得就有一个悲观的结尾

人生有故事
故事充实人生
多一些经历多一些故事
也许不是多么重要
但少了故事
人生淡如一杯清水
少了些许回味
总是有说不出的遗憾

故事伴随人的一生
精彩一些当然更好
不精彩也不必灰心
站在岁月的某一时段
看别人的精彩的故事
也是一种快乐

唐景富，男，1963 年 12 月出生，江苏教育学院毕业。教过书，开过店，当过建筑工人。现在北京一家传媒公司上班。

北漂感言：北京，这座我梦寐以求的大都市，融入其中，醉我情思，涤我灵魂。

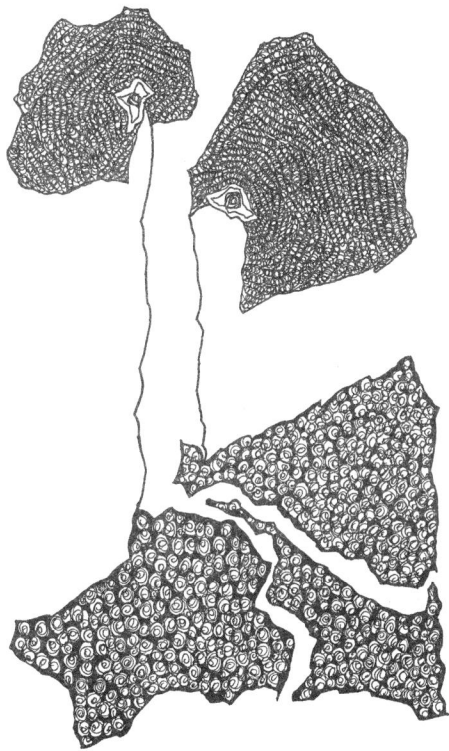

临江仙
安琪. 2021.9.16.

十年（四首）

梦娜

原谅我

原谅我
原谅我不想给你带去烦忧
可我还是没有控制好
你应该知道
奔涌的河水，已穿过宽广的堤岸
尽管水是流向深渊的虚无

原谅我
原谅我的渴望
每一天，无边坠落的黑暗
每一天，升起的闪烁之光
我愿将我最真挚的情感给你
为我而不由自主的存在

一种莫名的哀伤

在一个漆黑的夜晚
我听到一首歌，它来自远古的《祝福》
顿时，我泪如泉涌
歌声悠扬，穿透我心房
可我却有一种莫名的哀伤
它来源于月亮之上
被黑暗囚禁的我
何时才能走出这牢房
向太阳诉说夜晚的寒凉
在这无边的旷野上
我只能在心里默默地歌唱
歌唱《祝福》！祝福天下安康

爱情是铁，我深信不疑

深秋，我的悲愁又深一层
很沉，像铁一样压在我的心头
爱情是铁，我深信不疑
可你不信！我不再对你说
我原谅你！原谅你
可我却不能原谅我自己
当我向你敞开心扉的那一刻
天就在下雨，而且不停地下
我知道，怀疑是这个时代的通病
而我却是一个例外
在冰与火的爱恋中
只能独自燃烧

十年

黑暗中，风在肆虐，树在走动
灵魂，仿佛包容着一种黑暗
那里面，有一种
卷土重来的东西正在变硬，炸裂
不管风怎样咆哮
它不可能，绝不可能自由地展开
除非风与天空汇合，洽谈
十年间
什么都没有做
除了一个梦
做得还不完整
残缺的部分没法去补
万事万物都是虚空
我所看到的一切都是幻影
唯有大海的回声
才使世界显得真实
在那里，我看到了母亲
却听到了梦碎的声音

梦娜，本名李梦娜，出生于辽西半岛兴城。从1990年来京求学就未离开北京。毕业后，曾为多家报纸杂志撰稿。

北漂感言：灵魂没有归宿，哪里都是漂泊。

一个体面的外地人（三首）

张泽英

一个体面的外地人

2009 年，在北京
从密密麻麻的图标中
揪出一条害羞的公交线

2009 年，攥着零钱
别人帮我
取出不知所措的地铁票
我把感激和自卑揣进兜里
落荒而逃

2009 年，找旅店
在今日房价前
来了又走
而那些西装革履的人
像回家一样随意

如今
我电子导航
刷码乘车
在网上订了便宜旅店
也像商务人士
阔步走入

衰老

衰老是
母亲给外祖母
打完电话后
沙哑的嗓子

外祖母耳聋
脾气还倔

鲁迅故居

西三条胡同
一条很窄的床
书桌，柜子，椅子
屋前两株丁香
屋后一株黄刺玫
鲁迅的卧室真小啊
我为住处
比鲁迅的房间大而惶恐

张泽英，21世纪初出生，二十年后到北京学习。
北漂感言：来北京后，自己变渺小了，感觉变强烈了，时间变珍贵了。

鹰——飞翔

华小克

攀，攀上——
人生的一个阶梯，
我孤独地站在了崖边。
没有欢欣，只有两眼空茫。
我在等待一个日子，
像鹰，预感濒死那一刻，
灿烂而来！
一飞冲天，再坠落崖下，
完成无声无息的了结。

你说，鲲鹏扬志！
悬崖之上，还有更高的山峰。
40 岁的鹰——
必须勇敢地站在更新生命的起点，
磨掉弯曲的喙；
将青春守望的那滴眼泪，
落在重新长出的脚爪上，
再起飞，力大无比！

攀，攀上——
人生的另一个阶梯。
张开崭新的一对翅膀，
领受绝顶强劲的风，
看人间最美的壮丽之景。
我们手挽手——
不再落下，而是永远飞翔。

华小克，本名董英。毕业于东北师范大学。早年在中石油下属公司任管理工程师，后从事编辑、记者工作。有多篇散文、小说获奖。出版《幸福奇迹》《名师高效教育启示录》等作品十一部，少数民族题材电影剧本《女魔术师》获"第 26 届中国金鸡百花电影节"创意剧本奖；《金荷花》在工信部主办的"首届工业文学大奖赛"中获专家推荐电影作品。

窗口的月光（三首）

唐纯美

窗口的月光

窗口半圆的月亮，把光
照在床上
照在我的脸上

夜幕降临，不急于开灯
房间里明明暗暗
模糊不清，捉摸不定
仿佛是自己特别喜欢的味道

在这样的光色里
心可以安静
也可以悄悄地隐藏
还可以欣赏窗口的　光

赏莲

黑沉沉的天空中
乌云密布
小雨淅淅沥沥地滴答着
撑着伞，走在湿漉漉的路上

和大自然之间
常常有相吸的默契
如果很久不去亲近它们
会不由自主地生出
百般的想念

于是，放弃了休息的时间
冒雨前来观看睡莲

轻轻地走进圆明园之门

绕过一段弯弯的小路
惬意地站在水域相连的小桥之上

静静地俯视水面的睡莲
它们的叶子紧贴着水面，在中间有个自然的岔口
花朵儿有艳丽的红色和纯净的白色
她们像顽皮的小孩子
巧弄着各种各样的玲珑剔透的姿态
有的，像纯美的少女
害羞地隐藏在荷叶下，静悄悄的不敢说话
有的，亲密无间地依偎在荷叶上
娇美惹人喜爱
有的，花瓣尽情地绽开
在晨光里独自表白
有的，在天地间欣然敞开心扉
样子甜美地诉说着心里的话

忽然，我变成了一朵莲花
嬉笑着，挤在了她们的中间
啊！天地间
都是水的模样

"空"性的理解

外出，采得一枚叶子回来
顺手插在了台历的小小
支架旁
它，五角形，像个鸡爪
金黄金黄的，有一小处红红的
还带点绿色的小边边
用手一摸
滑滑的，好顺溜
闻着有一股新鲜的大自然之气
看着，怪好看的

可是，到了第二天
它变了，有点枯萎
干巴巴的
第三天，它又变了

整个卷缩起来
仿佛一揉搓，就碎

于是，就想到，万物原来都是在变化之中
有时的存在，只是因、缘的一个组合体而已！
并非真实
所以，不必花费更多的时间去执着外界的"什么什么"
这本就是一个"空"性的世界

唐纯美，原名唐学军，来自山东德州，70年代生人。2013年来京。

北漂感言：北漂近十年的光景，品尝了在外漂泊无定的酸甜苦辣，但也享受着诗一样灵动且又甜美的人生！

人间书话/安琪
2021-3-12

晴空一鹤（二首）

丁一鹤

晴空一鹤

天空高远　大野开阔
蓝空之上　翔着唯一的白鹤
像是谁的预言

滑过蓝的天　白的云
鹤唳嘹亮　嘹亮如剑
一羽白鹤在阳光里穿行
银的光芒深入谁的泪眼
又往谁的心里一下一下地痛

沿着歌啸的指引
谁在奔走
自己领着自己
左手牵着右手
沿着前方荡漾的银光
鹤唳唤动欲飞的羽翼

小河淌水
白银哗哗流着
阳光在草叶间穿行
一颗心　一双赤足
遗落在你走过的哪条路上

来自乡间的孩子
你要在哪里驻足
哪里的天空
会是你的驿站

鹤唳的光芒
闪烁不息的灯盏
请打开天空和白云
让它凄厉的歌吟穿行而过

长空雁叫

两柄锐利的玄铁
剪开夜色
仿佛还有一些呼喊
喊路上的人　回家

你要继续彻夜奔走

长空雁叫
雁叫是谁的心音
远行的雁　你的心在空中飘过
飘成一把剪刀
一下一下
剪你来时的脐带

雁
你起步的地方
谁含泪仰望
谁在痛

你还要继续彻夜奔走

剪断血脉的那把剪刀
握在谁的手上
它生锈了吗
张着嘴的剪刀
要替你把最初的血脉找回来

你边走边喊
然后在暗夜的边缘　流下泪来
前方有什么在等　你不知道
你还是要走　彻夜不停
背上是张着嘴的剪刀

剪刀上还有母体的血
一滴一滴
从天上落下来

丁一鹤，1970 年生于山东省诸城市，1996 年到北京学习工作。作家，书法家，金石学者。参加第 25 届《诗刊》社青春诗会，就读于鲁迅文学院第 37 届高研班。中国作家协会会员。已发表作品 800 余万字，著有《清网行动》《飓风行动》《东方白帽子军团》《东方黑客》等作品 30 余部。《东方黑客》《飓风行动》被改编为影视作品。作品入选《新中国 70 年文学丛书》等多种选本。作品多次获奖。

神曲
宝琪. 2021-1-3

风吹故乡（三首）

柳风

风吹故乡

小南河子的箫声越走越远

风是枸杞园里的乡音
绿了八千里平川，红了九万里河山

在风中荡漾的枸杞树
不仅风流桃花，也风流小草
草尖上长出来的风，有抽穗的思想

杨柳岸边，风的影子
桃花的影子在水上来回走动
露珠上的风，经常与我彻夜长谈
此刻，它就站在我的面前

岁月深处的风，吹着记忆中的故乡
让一片片茨叶绿在生活之中
经年累月，枸杞树已习惯了沉默
习惯了错愕的命运，习惯了
采摘的炎热，和红红火火的场面

寄语故乡

身在北京，口音却还在杞乡

风雨从童年来，炊烟从茨园来
爹妈只能从梦里来

父亲是一个热泪盈眶的名字
母亲是人间的菩萨
埋葬父母的地方，才是我的故乡

在北京的枫竹苑，我认识了一片
秋蝉空出来的宁静
洒在地上的月光，像水又像霜
照亮我内心的苍茫

乡愁只剩下泪两行
枸杞之乡的月亮是一把清水里的刀子
而且被小南河子的浪花越磨越亮
如果可以，我想像风一样
游遍天下，然后告老还乡

像风一样荡漾

风经过我，又走向你
经过你，然后被倒挂在柳枝上
弹奏流水的长调

风深入毛孔，深入语言以及内心
它和时光交换影子
柳絮的低语，浪漫欢喜

你看它一丝不挂的样子
多像我们赤裸的爱情
在一个蝴蝶结里死去活来

柳风，现居北京。先后在《朔方》《黄河文学》《诗选刊》《诗刊》《特区文学》《文学家》《民主》《海内与海外》等刊物上发表诗歌、小说、散文数百万字。

空谷（三首）

冯朝军

空谷

雨声细密。筮出梗涩之物
片刻的安宁，椅子有谷地之空
周遭的写字楼耸立山峰的陡峭
园区里的树丛、绿地
返回野性，漫山遍岭。那个穿雨衣的
绿化养护工，是采药师
有识病的慧眼和济世之心

表格里的偏头痛
电话里的心悸
业绩的目眩症……需要拦住药师
咨问疾苦；需要百草、泉水、瓦罐、微火
清苦的药汤；需要搭配
松涛、溪吟、鸟叫

忽然，谁的叹息传来，像落石
凛冽的回声瞬间传遍了我的全身

楼梯

写字楼安静。写字安静。电梯上上
下下，搬动字里忐忑的人世
下午四点，我们疲累，去楼梯边抽烟
闲谈。阴暗的楼梯，从一层到三十层
荒凉逐步抬升

那一次，我们如常，在楼梯边
谈论加班、迟到、工资延发、外卖的油盐
听见高跟鞋的声音，从上至下传来
一个姑娘明月一样
猛然出现在楼梯间

那一次，我们停止了说话，低头
掐灭手中的烟火
漫长的楼梯，明明灭灭，在我的心里
延长了许久

安贞桥东站

对面有一家快餐店
同行的侯君说凑合吃吧
进入人行地下通道
依然能听到三环路上
生活的战场滚动的惊雷
已是盛夏
天气燥热
清爽的过道风迎面吹来
像歇息间的一罐凉茶
也像陌生人递来的善意
侯君是我的同事
我们一同去谈业务
"凑合"是我们对这个城市一贯的妥协
也是与生活
最好的和解

冯朝军，河南固始人，20世纪70年代生人，北漂十余年。诗歌作品见于《星星》《诗潮》《中国诗歌》《草原》《奔流》等文学报刊。

北漂感言：漂也是与生命的对话。

必须对世界好

吴有

要对身边的人好
非友即敌
情义往往此消彼长

要对远方的人好
高峰不多
向上是分歧最少的努力

要对自己好
这样才不会缺席身边的人
这样才不会辜负远方的人

吴有，安徽合肥人，生于 1975 年，1998 年来京。锐芒（北京）文化有限公司创始人。
诗书画并济，近期热衷公共艺术创作。

用诗思念（二首）

苗海川

用诗思念

和柏油路一起
走远了农家小院与炊烟
带着一路风尘
身背行囊走进陌生的城市
从此品尝思念的味道
竟在黑夜里学会了失眠
我便用诗
站立在寂寞的深夜
思念着回乡的小路
思念着村庄的炊烟
思念着宁静的农家小院
思念着最爱的那个人
就这样
我用诗思念

什么时候

什么时候
开始有了想念
是不是在我离别故土的那一刻
滴下的泪珠
什么时候
开始有了孤独
是不是在我行走异乡的那一刻
独自的漂泊
什么时候
开始有了相思
是不是在我栽种红豆的那一刻
凝视的眼眸
什么时候
开始有了忧愁

是不是在我奔波流浪之后
竟不见回家的小路

　　苗海川，笔名水峰，1982 年出生，河北丰润人。中国诗歌学会会员、华夏精短文学学会会员。1999 年开始北漂。中学时代开始写诗，作品发表、入选于《中国文艺》《今日文艺报》《诗歌今选》（第 1 辑）、《中华诗歌精选》（2003、2004）等，多首诗作获奖。已出版诗集《故乡的云》《相思一片忧愁》。

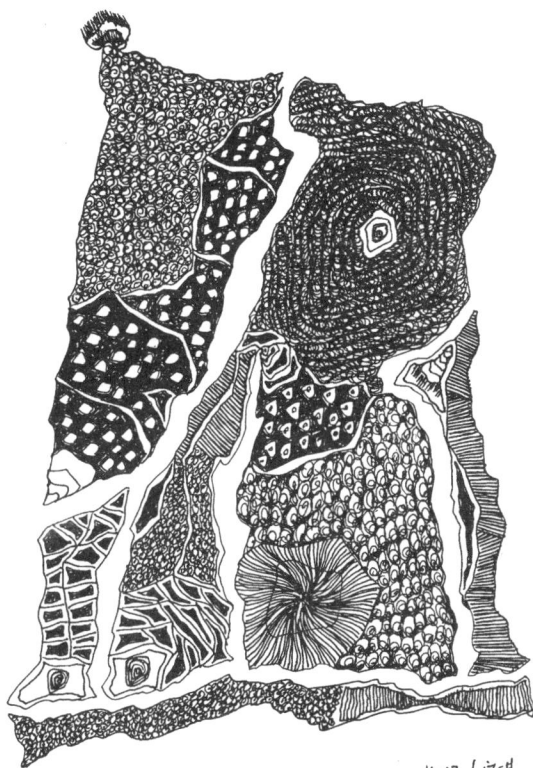

她们 / 安琪
2021-2-6

黑夜

路凌霄

黑夜

是流动的脉搏

天地

犹如橐龠呼吸

我停留在窄窄的星空下

只接过短短一瞥

离别

忘却

在这黑夜最不缺乏拒绝

谁说秋风凋零了记忆

心灵还饮着热血

那繁星在天空书写

我不须感谢

甚至嗤笑在这古老大地捡拾忧伤

追寻梦的方向

重新回到开始的地方

人生的某一刻终将明白

有的人注定无法与你携手走到永远

但愿借助你的肩膀

将最闪耀的年华在这黑夜弹唱

路凌霄，95后。历史学者和文化史学者，深造于北京大学，教育学博士，旅泰学者。系中国散文学会会员、中国传记文学学会会员、中国文字著作权协会会员，泰国瑞嘉普大学客座教授，《河南文学》杂志签约作家。已出版历史散文集《故史新谈：一世繁华几经流年》。2000年开始北漂。

北漂感言：每一个漂泊世间的游子，最终都将回到最初的栖息地。在漫漫的北漂岁月中，我更乐意超脱于那些无谓的自怨自艾，逍遥地鼓盆而歌之。这是我的一种理想，一种期望，一种追求。

夜晚，请求你（二首）

枫灵

夜晚，请求你

请求你，夜晚，给我春的来信
让我透过长河的波涛，看见白日的眼睛
让我手握鲜花，滴着血
荆棘丛生，是天意，是使命

哦夜晚，我请求
给我不流泪的眼睛
看得见霜天之外的澄明，无数个
被践踏被玷污后，死而复生的火星

夜晚，从时间的最深处
警笛声响起
梦中人惊坐，耳畔的厮杀
从童年蜿蜒至老去

我请求夜晚予我悲悯
在崖底，不放弃
我的哀鸣，我的隐忍，梦的泥石流
呼啸而下
封存喉咙眼里，还没吐出的声音

去你的城市呼吸

自从爱上你，我就从没有放弃过
对你的城市的探寻
我把梦境里的长发，结成像莴苣姑娘那样的
企图通过它，攀缘到
你的城

呼吸像流水，在夜的最深处滴答，毫无停顿
像我的心跳，一丝不苟地运行

我曾在梦寐的最深处，惊醒，窗外
繁星数点，我不记得那夜有多少颗
一如我记不得具体是何时爱上你

我只知道，几千个日夜里
我都在追寻，都在
把自己种成一棵蒲公英，秋风起时，让它的种子
使劲向北飘去
或许会在一个慵懒的午后与你相遇吧
或许是邂逅在某段黄昏微凉的风里
你不会认得我，嗅出我的气息

秋风又起，是第几个秋天了
我在旷野空寂的一盏灯下，给你写信
明知你不会收到，也用
自己最洁净的信纸，和颜色最单纯的笔
写信
因为我无法不写，我其实
是在写我啊，是在让自己
把病蚌的珍珠吐出去
我必须这样做，一如我必须飞向你的城市
用我从心肺里生出的翅膀

我将最终在你身旁呼吸
你说这是狂人妄言
我说这是一个女孩不愿屈服的
押了毕生的赌注

枫灵，出生于1996年1月，2015年来京求学至今。一个日常读诗写诗，也妄想能用诗养活自己的理想主义者。

北漂感言：来此地，则生根。北京是我的第二个家乡，我一边汲取着它的养分，一边回馈它以歌唱。热爱使藤蔓攀缘生长，北京见证了我伤痕和勋章驳杂的青春，也必将把我的余生安放。

半地下室语录

雷从俊

1
从辽宁来的老白这次又白来了
连门口那家小小的火锅店也不要他
离开招待所根深蒂固的阴暗
他一边给我留联系方式一边说
"我这年龄结构不太好，
你年轻，好好干！"

2
茂哥要回江苏老家了
这趟生意不错，心情也不错
墙角快发霉的袋泡茶卖出去了
上次没追到的姑娘也已得手
我揶揄他，你小子别把人家坑了
他把前天借的五十块钱甩给我
"坑谁也不能坑哥们！"

3
老罗不知从哪扛回半麻袋废纸
借着半扇窗户一张一张考古
常常在我午睡时，他惊呼
"我靠，这下要发啦！"
往往在我凑上去看时
他脸上的得意被尴尬淹没
因为"徐悲鸿"和"许北宏"
毕竟还有着些许的差别

雷从俊，男，河南省周口市人。2001 年由东北考入北京某高校，毕业离京返回东北，之后调京工作。写诗，写歌词，也写文艺评论，作品若干散见于报刊及网媒。

初冬叙事

李光涛

一 兄弟，今夜我们喝酒

所有的客人都散去
店家并不着急催促打烊
只留下重逢的兄弟
和深夜的寂寥，满船清梦
船舷下，汩汩江水
琴瑟和鸣

兄弟，今夜我们喝酒吧
斟满　一江沧浪之水，痛饮吧
无须过多的矜持和推辞
把臃肿的身体灌醉，灵魂才能失重轻盈
在大风中自由自在奔跑　歌唱
这样的放荡不羁，原本就属于我们

兄弟，今夜我们只管喝酒
不要再向我一遍遍打听
初恋情人的下落
那些旧时光，封印为记忆里的一抹铁锈吧
青灯做伴，提剑跨骑一场大醉又何妨

兄弟，今夜我们只管喝酒
不要反复撩搓，那些过去的伤疤，
经不起咀嚼，和这下酒菜一样
就让穿肠而过吧

兄弟，今夜我们喝酒吧
不要妄图回想，盘中的龙虾
上桌前，在煎锅里经历了怎样的挣扎
谁不是在雾霾重重　嘈杂喧闹中穿行
贪恋和挣扎一样，都是徒劳的虚无
何不给梦一张栖息的床

让灵魂扎上自由的翅膀
来吧，兄弟
今夜，我们只管喝酒

二　当雪落下

天气预报说马上有一场大雪将要落下
所有人都停顿下来，飞鸟屏住呼吸
大地慵懒昏沉，摆出一副事不关己的姿态
幸好　还有几株橙黄的银杏枝叶招展
举着太阳金色的旗帜
拒绝完全沦陷

是哪位神仙高人
苍穹之上，飞针走线
一晌的工夫，织就巨大的纯棉幔帐
弥补了女娲遗漏的裂痕
雪落下的那一刻，天地炫白
没有画面，不立文字
却已经情意盎然

李光涛，笔名天马，现居北京。管理学硕士。信奉“读万卷书，行万里路”，行有所思，思有所记。从大学开始，在国家级及省级刊物公开发表散文、诗歌、小说等上百篇。

白昼的喘息 | 安琪 2021-3-11

X+Y= ?

正面与背面，肯定与否定。

这些对立统一的事物，总令人好奇、纠结、盘桓。

X 和 Y 是什么关系？

假定 X 是已知数，而 Y 是未知数；

假定 Y 是已知数，而 X 是未知数。

这种假定，只需置换角色位置。

X+Y，X 得不到 Y；

X-Y，X 不会失去 Y。

得不到也不会失去，这就是 X 和 Y 的关系？

假定 Y 等于我，你会猜测 X 是谁？

假定 Y 等于你，我会猜测 X 是谁？

X，于你于我都是一道谜题。

这谜题仿似一道道旋涡，把我们卷进意识的黑洞。

月轮之下，潮汐起伏。

水拍击岸的胸膛，岸却沉默。

我们等同于两个字母。代入公式得

第一式：X + 你 = ？

第二式：X + 我 = ？

X 代表你的谁？代表我的谁？

你不说，我不问。我不说，你不问。

X 像你不是你，X 像我不是我；

X 像你就是你，X 像我就是我。

倘若。第一式中 X 等于我呢？第二式中 X 等于你呢？

这模棱两可的命题，这似是而非的命题，

她（他）像星座物语，谁看像谁。

X，一个未知数，

X+Y=Z，一个不确定的函数关系，

X 需要求解，Y 需要求解，Z 也需要求解。

这斯芬克斯之谜，一直未解。

如果。我是你的 X，

你将我藏于山野、乡村、麦田、高粱地，藏于大野之间；

如果。你是我的 X，

我将你藏于山川、深海，藏于星空之中。

X，千结万结无绪的结，千解万解未了的解。

肯定之否定，否定之肯定。

　　玙姬，女诗人，艺术家，湖北省十堰市人，现居北京。主要诗作有长诗《大荒经》《秋天十二章》，诗歌集有《音乐诗》《花语诗》《王与姬》《T型台》等，有诗歌入选湖北省高中课程改革指导刊物《高中生学习》以及《2016中国诗歌排行榜》《湖北诗歌现场》、美国华文诗刊等。艺术方面，主要从事油画创作，主要作品有"伽马射线暴系列""赛博朋克系列""异形系列""星票系列""铅笔画系列"等，油画作品曾参加雅昌拍卖，多次参加中国、日本、韩国、意大利等国际国内各种大展。

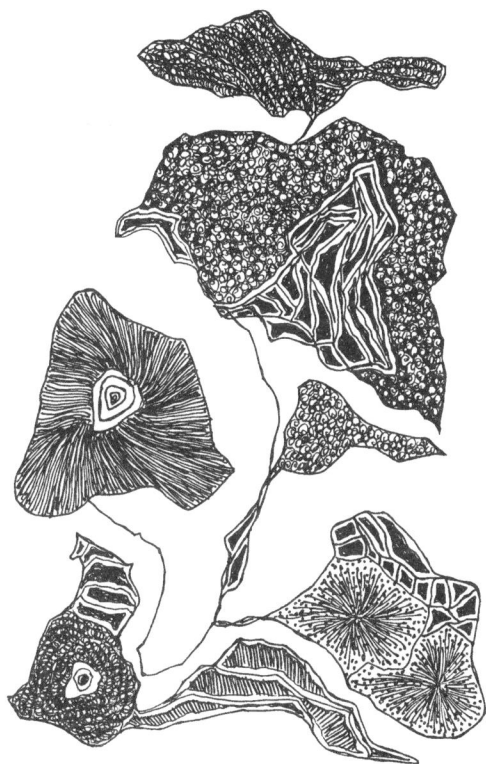

十二背后／安琪
2021-4-13

城市里的大象（四首）

绿鱼

对不起，我无法坦白

不知从何时开始
面试填写我爸我妈
工作信息时
我都会写"个体经营"
其实他们根本没有
从事什么个体经营

我爸是收废品的
有时也打零工
我妈一辈子
没干过正式工作
以前在家带孩子
后来出门给丈夫做饭
如今在家照看孙子

寂静午后

农村的麻雀
像苍蝇一样多
赶也赶不走
监控画面里
患老年痴呆的奶奶
一个人
坐在院子里
一待就是
三个多小时
手机里的奶奶
比一粒玉米
大不了多少
寂静无人的院子
麻雀也是猛禽

城市里的大象

早上坐地铁时
我感到窗外地动山摇
有一头大象
在跟着地铁奔跑
它发出凄厉的叫声
把我从假寐中吵醒
它是不是弄丢了小象？
只有我一个人听见吗？
为什么很多人无动于衷？
难道我就是它的孩子？

看看我的脚

低头看到我的脚
鞋面上还残留
一些面粉
那是昨天在餐馆
干小时工
擀面饼时洒落的
这本没什么诗意
看得久了
就有了

绿鱼，本名程逊，1990 年 1 月出生，安徽涡阳人。
北漂感言: "北漂"是一个很理想主义的词，但是我这个人没什么太大的理想。

阴天或深秋的惊喜（七首）

七月友小虎

等是一场修行

下吧，这场雨
让我看你如何来个痛快
让停下来躲雨的人
跟卖伞的人
有个对接的可能

我索性安静地坐着
安静地吸烟——任何人无法理解
这一场雨里我的平静

除此之外，我别无他法
更无所求——共处这一场大雨里
再着急，也得耐心
暂留在地下通道内等

等何其不是一场修行

阴阴沉沉的艺术

阴阴沉沉也有其阴沉的艺术
在 798 待上一下午，仰望
阴沉的天，那是我
感受到的艺术

风有风的艺术
风吹响每一片叶，每一片叶
扇出的声，是我
听出来的艺术

你是否也能听到
我凉爽的心情

在这闷了数日的伏天，终闷出
艺术的火花

知了或告别

风忽大忽小，是秋天的凉
即便知了仍不死心地叫着，夏天已过
是不可逆转的事情

事实是我背靠着上上国际美术馆
看着倒立在环岛中央的大唢呐，是
一个时代的地标——
宋庄的地标，多少艺术家
包括我，都禁不住
肃然起敬

这是艺术，是屹立在
我心头上的诗——秋天的诗
是此刻将要落下的太阳
阴阴沉沉，没有了辉煌的告别

唯一能告别的，是
仍不死心在玩命叫喊的知了

奢侈的品

好不容易，你翻开了我——
秋天，你在微凉的风中翻我的心跳
太阳因此热烈而惭愧

太阳照着这个时代
光天化日下的行人似乎
都不为之所动

任我怎么热情
该冷漠的仍在冷漠
直到你把我翻开的那一刹
秋天才真的动起情来

动情难道是这时代最奢侈的品么

不负此生

残缺并非我的选择，阳光
才是我的希望
在阳光里我看到了诗之光，是我此生
最大的幸运——这是来拯救我的
在诗里我不存在任何残缺
我可以很健康地活着
且越活越富有，任我以此为梦
放浪不羁地驰骋
不管酷暑严寒，我终为此
顽强而倔强
在诗的梦里我
不负此生，活出该有的模样

阴天或深秋的惊喜

阴天阴不下我的心
在宋庄上上国际美术馆外
深秋的阴还是
很有味道的

一个阴天，一个
很有味道的阴天，是身后
正喷的泉，是一抬头的惊喜

安琪姐来了
安琪姐又带来我对一首诗的欲望

一首诗
对，是一首对阴天
对深秋的惊喜

只因我太清楚

阴天或有雨，冷
也冷不进我的心——我始终

在地下通道喊或安静坐着
匆忙的人走去又走来
走来又走去——我只有诗歌只有叫卖
只有一次次失落

失落并非两手空空
我清楚始终清楚我还有诗歌
无能为力的时候就只能安静坐着
安静吸上一口烟

我清楚是太清楚不过了
今天又是阴天，我能有什么脾气
匆忙的人不需要诗歌
诗歌能解决什么

七月友小虎，本名李源，1986 年生于广西。2018 年第二次北漂，现居宋庄。一个靠写诗、卖诗为生且以此来实现自身价值的职业诗人。

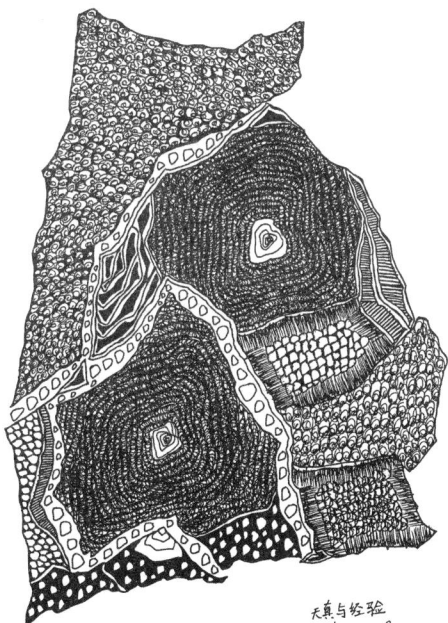

天真与经验
宋琪 2021-2-9

对一个梦的叙述（三首）

对一个梦的叙述

黄昏时分。夜幕降临之前
一道铁栏门被敞开

我看见一头驴
四肢膝关节以下被截掉的驴子
挣扎着在草地上移动身体

然后，有一只橘色的猫
在它身后，一只饥饿的豹子盯着它
而这只猫并没有意识到危险

最后，一只鬣狗出现在我面前
快速奔我而来
我慌忙去关闭铁栏门

但，却怎么也关不上这道
生了锈的铁门。

再次说起刀

如闪电的利刃，能顷刻间劈开暗夜的黑，
我用身体里的铁，锻造
一把刀，割弃我生命多余的部分。

我一生都打磨一把利刃。
是诗歌的刀，我用它剖析生活的细节，
是思考的刀，让愚昧妄想迷茫远离我。
这是一把坚韧的刀，
斩断命运带给我的痛苦和不幸。

从脱离母体的那天起，脐带被剪断，
我便成为这世界的一部分；
而生活是我人生的一部分，
我还有灿烂的梦想，对一切美好事物的热爱。

我和命运互为坚硬的铁，
这是一场利刃与利刃之间的对峙，
只有主动出击，劈开命运这块坚硬的铁
给生活以光亮。

麻雀

墙外的榆树
落着几只麻雀
叽喳声
似在讨论什么
我常撕些面包屑
撒在窗前院落
敞开门
欢迎这些小麻雀
来家做客

几只麻雀
展着轻盈的翅膀
纷纷落下来
老的麻雀总是
先看着几只黄喙小雀啄
最后再来啄剩下的

撒些面包屑
几只麻雀
造访我的常客
便落下
似如约而至的友人
不嫌我家落魄

这麻雀家族
我的邻居

屋檐下，它们有自己的窝
而我呢
来自异乡的麻雀
我的巢
是租来的

黑鸟之翼，本名李敬波，1972 年 10 月生人，吉林辽源人。2003 年来北京至今，其间做过几年生意，现在首都国际机场一家航空地面服务公司工作。

北漂感言：北漂十余载，从陌生到熟悉，这座城市承载着我太多的情感，故乡已成为回不去的远方。

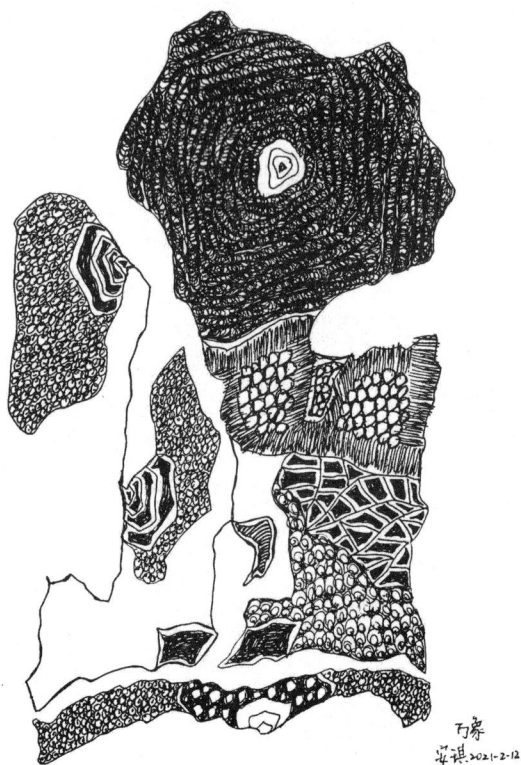

月亮和我最亲近的一次（四首）

星汉

我与父亲

几十年前，为活下去
父亲出了山海关
几十年后，为心找个出路
我进了山海关

来到关外的父亲
在井下刨挖煤炭养家糊口
进了关内的我
在纸上挖掘文字为生

从工作性质上来看
我与父亲选择了同一个工种

挖蚯蚓

被挖断的蚯蚓
并没有死
在泥土里不停地扭动
好像这一截在寻找那一截
也好像那一截在寻找这一截
好像它们相互找到了
就能重新成为一条完整的蚯蚓

挖出的蚯蚓
有长有短有粗有细
灰暗的多，患上溃疡的也不少
看得出来这些无骨之物
在地下活得也不怎么好

月亮和我最亲近的一次

月亮和我
最亲近的一次
是离开故乡的那个晚上
走一步，她就跟一步
一直陪着我
走完小路走大路
过了小桥过大桥
直至我登上了火车
直至火车驶进了山海关
紧紧跟着我的月亮
被异乡的云
挡在了山海关的外面

树上有一只鸟

树上有一只鸟
红脑门白肚皮灰翅膀
比麻雀要小
比麻雀好看

它不停地跳动
从上到下，从左到右
像是在找果实
可树上根本没有果实
像是在找出口
树上所有的枝条指向了出口

整整一个下午
它在树上不停地跳动
好像被树给困住了
就像我在某个时刻
被自己困在了脑袋里

星汉，本名张守贵，1964 年 2 月出生于辽宁抚顺。做过编辑、记者。作品刊发于各种
期刊。2004 年 6 月到京，现居燕郊。
北漂感言：北漂对于写作而言，其影响将伴随一生。

布袋胡同的风景（二首）

孙志翰

布袋胡同的风景

我路过另一个游荡至此的人
她坐在白色行李箱上敲打手机
因为窄，如此相遇竟是狭路之亲
我嗅到香水的气味溢出她被上帝雕琢过的肩儿
月光在她两截大腿上打个挺，闪亮而皓洁
我甚至想停下来验证我的好奇
姑娘，这夜色中你为谁布下罗网
刹那间，我错过了糊涂的恻隐
一墙青砖却截住了我的电车
我愉快地折回，带着对死胡同的感激
和平生积累的聊斋
我确信，谁都不能把这个布袋扎紧

当爱情被生活淹没
——致卡佛

我在寻找一片森林写我心中之葱郁
以便抵抗紫外线的广谱教育
驱逐同一调式的蝉
泉水泠泠，清风习习
我可坐可卧，亦肥亦瘦
我的美不追究形体
自由不计较损益
濯目洗耳，感受三百年古槐的三心二意
我让风信子、灯芯草努力成为我

暗恋，表白，甚至直白
是我存在的楔子
它清澈明净，以最终呈现给你
无论如何，我为爱情做的工作只能到这里了
剩下的，就等生活来淹没

孙志翰，生于1983年7月，即墨人，定居北京。中国诗歌学会会员，《金山》杂志签约作家，清华大学工程管理硕士在读。诗作偶有发表，出版诗歌散文集《逝去的过往》。

　　北漂感言：北漂是一条风尘仆仆又足够刺激的上升或者下降曲线，北漂从来没有实现稳态。它是人生入大江，荡大洋，扬大帆，亦是泥沙俱下的勇气与冒险之旅。我们多是俯身，甚至匍匐前行。孤独、欲望、膨胀、卑微都是北漂的关键词，而诗歌或许是我转来转去的最终慰藉，游子的根魂。北漂的我有时就像一串等待滚着挂糖的山楂葫芦，裸露而辛酸。

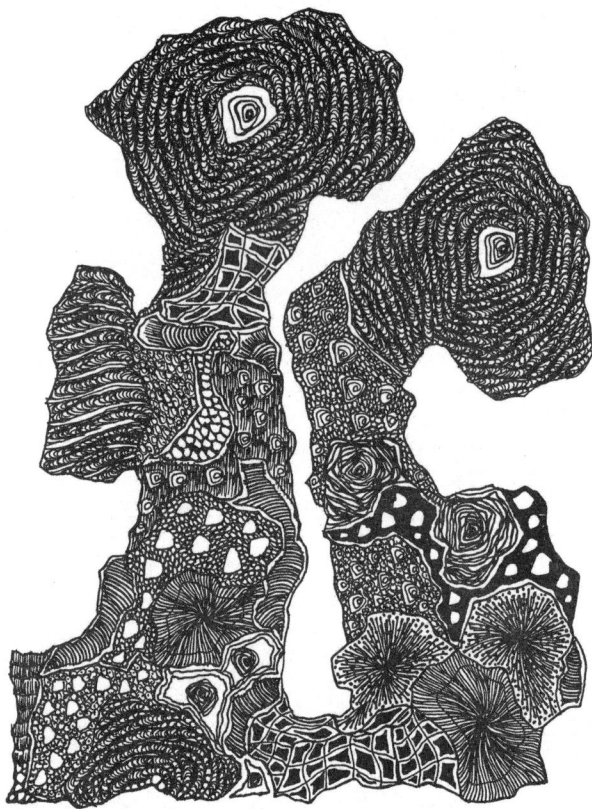

神的歌谣｜安琪
2020-5-8

大门敞开

陈家忠

有一天我忽发这个很奇怪的念头
把我家的大门敞开
头也不回地就走了
我并不是家徒四壁的人
可是我就想体验一把
大门敞开的感觉

那一天我乘坐地铁
像一只耗子似的在北京的地下几十米纵深处窜来窜去

待到华灯初上这才想着要回家
回到家，我见到大门依然敞开
我看到几个脚印以及一只麻雀驻足在门口探头往门内张望
麻雀听到我的脚步声
倏然间慌不择路地顺着窗户飞走
我再看看门内却没有脚印
我就想某个人的念头
如同雾一般还停留在我的敞开的门槛
就是说他的双脚在迈与不迈之间

陈家忠，江苏省宿迁市人。中国传记文学学会理事、中国报告文学学会会员、中国诗歌学会会员。在《诗刊》《雨花》《火花》《参花》《热风》等报刊发表诗歌、散文和报告文学三百多万字，出版报告文学集和传记六本。散文《敬畏生命》被选入高职《语文》第二册。

北漂感言： 漂泊在北京二十一年，北京见证了我从一片树叶到一棵树的完美蜕变，这华丽转身的背后，是几多辛勤的汗水和心酸的泪水。

把单车踩得像风一样呼啸（二首）

李泽清

把单车踩得像风一样呼啸

土地还是那片黄土地
还是梨园，或已不是梨园
和童年时的记忆，没什么两样
又完全不一样

消失的玉米地里林立着各种高楼
废弃的农用水渠腾空架起八通线
站在商铺林立的云景大街
想起陪它走完最后一夜的四合院

以前骑着单车走过的路
当年的距离，我用今天的脚步去丈量
从小街出发，沿九棵树东路奔果园环岛
曾经看着我长大的报刊亭，在路边衰老

我还没有玉米高
经常来新华大街排队购买火车票
也曾一个人，把单车踩得像风一样呼啸
记忆里的人，已经没有太多资料

我的父亲是草根艺术家

梨园地铁站，有我父亲的煎饼摊
传统早餐车已被现代化改良
人力三轮已被丢进废品厂
三十年的手艺迸发出热和光

所以，父亲这个艺术家，手不是一般的手
舀一勺面糊，在钢板上作画成饼
融入鸡蛋液，置入薄脆，撒上香菜、葱花
抹上酱料，最后还散发出点点芝麻香

喜欢的人才会来赶个早
生活的艺术家过于草根
以至于不能养活更多的人
就我们，这一家，刚刚好

李泽清，河南信阳人，现居北京朝阳。诗人、影评人，现为传媒产业生态观察者，湖南省电影评论协会会员。作品散见于《湖南日报》《青年作家》《大众电影》《天津诗人》等报刊。出版个人专著《网络直播》。

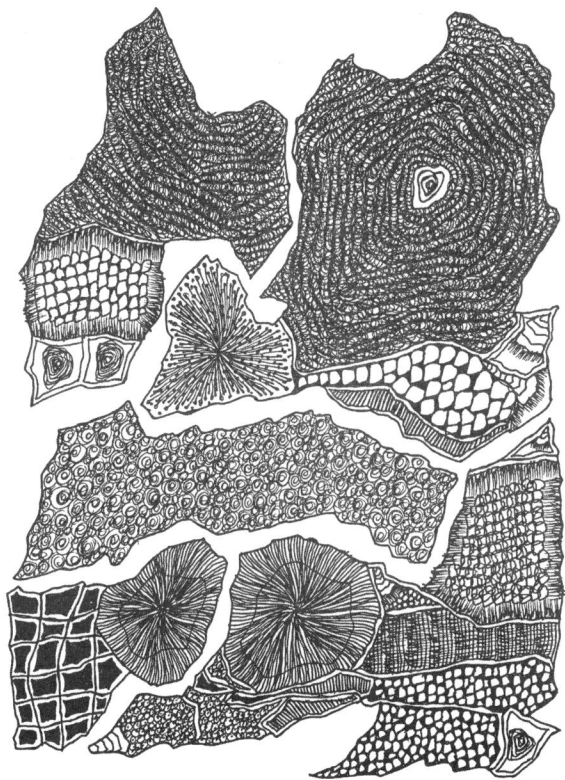

她的三次搜寻

刘傲夫

电梯门打开
她被护工
推向手术室大门
她从小床上
急切地侧身
向站着的人们
查看
没有人呼应

接着，她右胳膊肘
支住床
上半身坐起
平视人群
没有人回应

手术室大门
即将关闭
她又一次
上半身坐起
向门外的人群
再看了一次

刘傲夫，本名刘水发，1979 年 2 月出生于江西瑞金，2000 年来北京上学。近年崛起的中国口语诗歌的代表性诗人之一。

北漂感言：越想在这座城市扎根，就越感觉在漂。

在良户书院（二首）

苏忠

在良户书院

每座或新或旧的书院
都是读书人的教堂

在良户，有古老的敬意
有风雨中的万里路，有万卷书

还有一个游人的扪心追问
浮华的一生啊

有什么值得摆上台面一说呢
挥霍了的岁月，有翻过的书册
有踩破酒色财气的泡沫
在良户，都一一涌上心头

想来每个大好生命
都有一座曾经的教堂

读书不过是种修行，也是种忏悔
这些年，我常常南辕北辙

与深秋里的许多植物一样
我深深低下了头，不是收获

是羞愧，在良户
我终是明了，自己还剩下些什么

拱拱手

预先推想了情势火燎和进退
事到临头还是胡子眉毛一把抓
天气很热，开水很烫

还是将想说的话缓一缓
只是把紧握的拳松一松
时候不早了，也觉得没啥可着急

喝一杯凉开水，拱拱手
事情一稀释就飘落身后
人都在前头，日子那么长

苏忠，笔名孤苏城，出生于 1969 年 7 月。中国作家协会会员。出版散文随笔集、散文诗集、诗集、长篇小说等十部。

北漂感言：交通和通信的发达，极大地消除了空间带来的异乡感。我的北漂，更多的是在时间里一步步与自己告别。

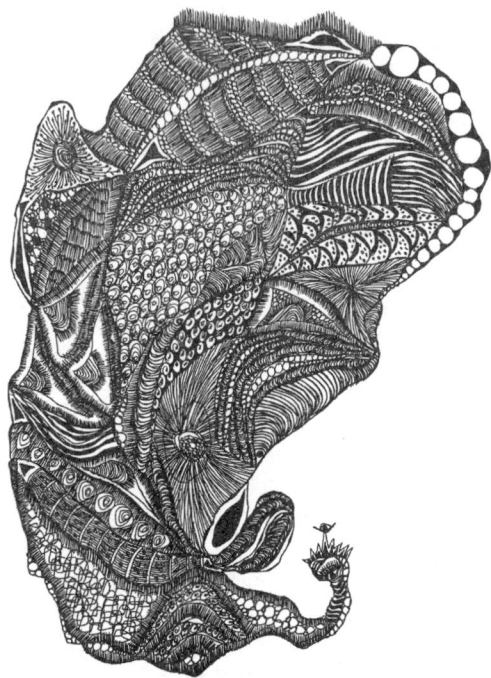

神仙跳予全跳舞。｜安琪
2019-6-25

星球的重新叙事（三首）

林小栖

星球的重新叙事

我们所看到的星球，是：
像胶水一样的星体牢牢地黏固在天上，
每一天撕开更多的黑纸

而真正的星球，拥有自己的
史前叙事：
常年与世界的摩擦
让星球慢慢失重
从地上的一个小土块
慢慢腾空，沾染上更多的尘土
滚成一个宏大的球体
大过它所见过的所有恐龙

小红马跑过带着胎记的农田

小红马跑过带着胎记的农田
一只小红马在你的大脑里奔腾
走过一个月亮的形状
经过我想象中的打麦场
小红马对懒骡子不屑一顾
磨平酒器的骡子
打着圈写出"新农村"三个字
撞破天际的透明云帆吧
界限早已溶解在一杯早晨的咖啡里了

粉红色的云落在卡夫卡的天空上

粉红色的云落在卡夫卡的天空上
虚构一些重量，虚构一场道歉
为这个荒谬的世界。卡夫卡的世界
倒置了过来，他踩在粉红色的云上

火光在他的周身将他包围。

火烧起来了，烧得汹涌，烧得冷漠
海边，几个小孩把手埋在沙子里
扬起一片尘土。卡夫卡的天空
泥水交加、声泪俱下，却
没有一人能够听得到。

林小栖，本名曲晓楠，1998年11月出生。就读于清华大学中文系研究生一年级。作品发表于《诗刊》《北漂诗篇》(第四卷)。

祝福按时启程
邓凯诗句/安琪
2021-2-21

海淀区田村路边的水果摊（二首）

郑成美

海淀区田村路边的水果摊

它们来自四面八方
在此和谐相聚，相依相偎
绯红如心的草莓，汇成一片彩霞
月牙般的香蕉，带着昨晚的月色
圆润镀金的橙子，满带江南的阳光
……
卖水果的女人，身上沁着果子的芳香
温润秀气的脸庞，和水果相得益彰

"一骑红尘妃子笑……"
一千多年了妃子仍然在笑呢
最醒目的是一大堆红苹果
她说：是从山东运来的
每一个苹果，都有一张红扑扑的脸庞
像一群纯朴漂亮的小姑娘
自乡村来到北京打工
它们都是我的老乡

居住在田村半壁店的北漂们

无论是白领灰领还是蓝领
凡是这里租房居住的人
为了走向幸福生活的大路
都要先走那凹凸不平狭窄的小路
从黑暗的小胡同
走向宽阔明亮的大街

他们户挨着户，门挨着门，人也挨着人
一家人挤在几十平米的房子里
楼上楼下前后左右，都"隔墙有耳"
一家饭熟百家闻香

狗猫在小楼顶上赛跑
狗的一声狂吠
就会惊动整个"半壁店"
为了未来的乔迁
为了后代不再走这五线谱一样的小路
自己就得继续走下去
就必须在这"半壁店"
咬紧牙关，打出自己的半壁江山

郑成美，出生于山东日照，2007 年来北京。中华诗词学会会员、黑龙江省作家协会会员、黑龙江省诗词协会会员。有诗文发表于《京华时报》《中华诗词》《诗词家》《诗选刊》《长江诗歌》等。出版诗集《山野清风》、合集《中华诗词十二家》。

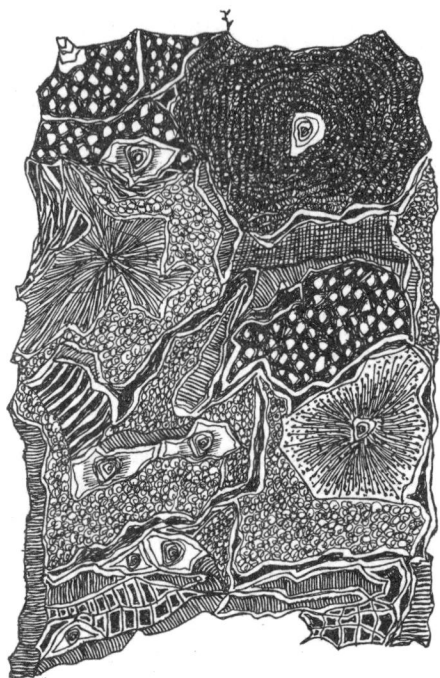

荷尔德林
安琪 2021-3-6

万家灯火（四首）

姜博瀚

父亲的心事

父亲说，你在北京读书工作想留京
就得在北京买房。我给你看了，从三环到
五环，海淀是文化区，大学生多，文化氛围
浓厚。清河那边的房子，回龙观，西三旗
价格都在一万左右，再贵了不是负担不起
而是，压力太大。先稳定下来，有能力再换
母亲说，父亲每天睡觉前都会看一遍北京地图
他把北京城背了个遍，他谈起北京来头头是道
退休的父亲，学会上网，他比住了十年的我还要
熟悉那些，北京的街区，学校，机关，脑海丈量
乘坐地铁的始发站，几点到几点，公交线路
哪条最便捷。下雨阴天，艳阳高照，远在山东的
父亲，跟我报一报天气预报，水，饮食习惯
他的心事，比我还要漂泊。

万家灯火

黑夜沉沉。雪，柔软地下
在燕郊西，每朵雪花飘零
似乎都带着寓意。
孩子，欢天喜地，去堆雪
推开后窗——万家灯火
瞬时间，头上的明月更亮了！
白茫茫的夜。雪——
这样相亲相爱着奔赴人间
雪。冰冻瘟疫的大天使
凝固一把把利器，我童年的冰溜子
——欲想刺向恶魔。
手牵雪域圣犬，一条温顺的老狗
如棉花套般，一行行泥爪，铺展
瑟缩发抖的狗腿，奔跑的孩子

抱起来——在我怀里，被这圣洁打动
雪。冰凉。如水晶岩镶嵌在大地
雪。也懂温存。在小径分岔的花园
除却杂念，义无反顾，飞舞
覆盖一片绿色的冬青树。
我想一朵朵抓住，又怕它融化
给我忧伤带来安慰的雪
孩子般的自由、快乐
向着澄净，我敞开心扉
今夜，仿佛一个崭新的世界
扑面而来。抬头，万家灯火。

我们感到难过的时候很多

在潞苑北大街，一棵古槐树
废墟中遗留下来的浓密，枝繁叶茂
在黄昏临近。——浓眉似的冠
装饰着宋庄和燕郊两岸，一道白线
飞机划过的天空，明净，将秋天的蓝
扔进潮白河的水中荡漾。杨树林
被一团火包围着，远方充满光亮
燕潮大桥，像一架五弦琴鸣响
每一根柱子，每一根斜线
清晰可见。脚底下的狗尾草，金黄
的蒲公英，小母狗轻轻地走过。宋庄的
画室，到处拆迁；画家们，东奔西走
艺术家花语的铁皮屋也遭到了厄运
她，不得不，从北寺北搬到北寺南
我们感到难过的时候很多，但是
我们都坚持下来。她说，生活就是这样的
像夏天的鸣蝉，繁忙地弹唱。

冬天的寒冷景色

卖卤水豆腐的来自保定的
中年男人，蹬着车，迎风
从燕灵路上斜冲过来
生活，真是一列加速行驶的
火车。有惊无险，他笑呵呵地说

我在路边停车，他揉搓着粗糙的
双手，握不住一把水果小刀
三轮车上的豆腐结成冰，白色包袱卷翘
北京 7 级大风，零下 19 度
他的绒线帽子吹在地上滚，他又急忙追回来
这块豆腐有多少算多少，你称一称
他瞪大的眼睛，受惊的目光：我的豆腐
你就是放它三天三夜也不会坏，你就吃吧
你再找不到我，就到墙角边的小道上喊
风，灌进胸口，飞沙走石打着脸
我用劲顶着，朝前走
今晚，怀孕的妻子
她想吃一顿家乡的卤水豆腐。

姜博瀚，本名姜宝龙，山东胶州洋河湾人。现居北京。2004 年毕业于北京电影学院电影文学系，获学士学位。诗人、小说家、剧作家、电影导演。中国作家协会会员、中国电影家协会会员、中国诗歌学会会员。著有小说《电影是一种乡愁》《顺着迷人的香气长大》《我和我父亲的过去与现在》。

北漂感言：在北京，我们是那么容易变得亲密。

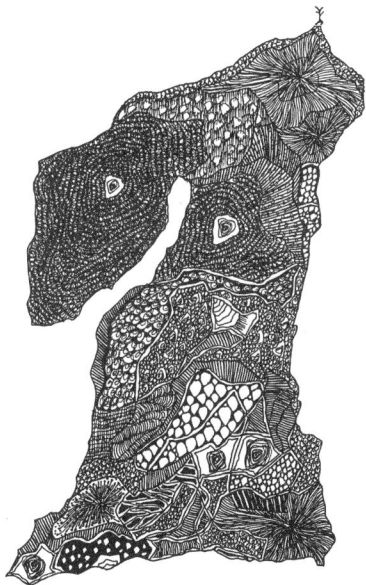

意义的起点
宇祺 2021-3-7

疼

李永昌

那排山倒海漫无边际没完没了的疼啊
是在二十多天之前的十二月一号
头晚和郭毅立新还有几位生人喝了场大酒
晕乎着哼着小调踮着脚徒步回的家

冷冬的清晨酣睡被一阵剧疼粗暴地拽醒
不辨真伪睡眼蒙眬
可这撕扯持续的疼
让我瞬间不得不清醒
开始感觉疼点是在肩胛骨附近
又觉得手臂肌肉和筋骨扯拉着疼
当我想用右手端起床头柜的水杯时失去了握力
疑问惶恐
冷静下来使劲想昨晚的过程
室内静极了只听到钟摆的嘀嗒声

人其实就是如此脆弱不堪一击
再亲近的人能做到的也不过是安抚搀助
可疼痛失能无法替代只能自己面对抗争
无望挫败顺势把我推入一条漆黑的隧道

拗不过逃不脱三番五次去医院检查得出颈间盘突出压迫了神经
牵引拔罐按摩正骨热敷针灸再加膏药贴
所有能用的方法持续在用
可疼痛这大头鬼如影相随纠缠不清

我的疼其实是如此渺小矫情
由此想到

巨大高耸不容置疑深重的疼痛
已被有计划分步骤
粉饰涂抹消解
尘封

李永昌，山东青岛人，毕业于中央音乐学院。曾获中宣部"五个一工程奖"。代表作品：
《老王》《不屈的尊严》《别无选择》《写在他乡的日记》。

普鲁斯特
安琪 2021-3-4

一个人哪有真正的喜欢孤单

乔新一

列表的动情歌曲循环播放，
我双眼紧闭跟着节奏轻轻哼唱，
那忽远忽近的模样，
我想到了在我心头的那位姑娘。
姑娘比较雷人也比较浪，
我比较瘦小，她比较胖，
性格大大咧咧而我却把她一直放心上。
一直中意短发，而她却是长发，
她像个小孩一样，好像永远长不大，
我说过最硬气的话是有我在你不要害怕，
而我却让她一直担惊受怕。
到了后来
也许就是真的失望，
她默默离开
也许真的没了当初的爱，
我也感到前所未有的彷徨，
爱，也许早已不在。
那颗炽热的心，
却一直想要与她亲近，
背井离乡，想对她写封信，
想说我变了，我在努力挣得聘金。
不知道未来会怎么样，
晚上走在路上看着天上的月亮，
旁边的光，真亮，
我说带你去稻城、去西藏，
曾经你是我无助时的希望，
你像将要落山的夕阳，
最爱的你，你会不会遗忘。
那棵歪脖树的树叶黄了五遍，
树叶离开树到底是谁的叛变。
以前总是把回忆埋葬在心里，
现在却喜欢感叹我们的爱情
我把它变成文字，

算不上我有多文艺，
因为在酒过三巡一个人的时候陪伴我的只有文字。
真的，等了你好久好久，
你却对我说让我高抬贵手，
想起一起走过的路口，
想起那天我第一次牵你的手，
你羞红的脸蛋低下了头。
仿佛一切就在昨天，
一切都在眼前，
不知道是你的善变，
还是我由衷的改变，
不不不，
是时间！
猝不及防一击，
打得我遍体鳞伤没有丝毫力气，
已经救不了我自己，
拿什么天长地久地爱你！
一个人哪有真正的喜欢孤单，
可是时间一久真的就会习惯，
不担心她的一切，
发生的也与你无关。
说的的确容易，做起来却真的难，
刻骨铭心的感情不是说放下就能放下那么简单，
只有等时间，等时间把这该死的回忆慢慢摧残。

乔新一，原名赵国政。陕西西安人，生于 1998 年 11 月。北漂四年，在剧组拍戏，做替身演员，做特邀演员，更多的是做群众演员。

黎明前的京城（二首）

王长征

黎明前的京城

车轮碾压井盖的声音
回荡在黎明前空旷的京城
惊了梦里安详嬉水的白鹭
风嘶嘶　用最轻的步伐
把呼着寒气的嘴唇凑到我耳边

时常把乡土与河流写进诗里
一声鸟鸣的呼唤
就足以让我躺进麦田酣睡
活在诗中的村庄
带有隐逸者的神秘意味
用石碾的滚动回答所有的疑问
时常被忽视的城市
似乎天生不含诗意

点点灯光亮起
片刻淹没整个窗户
楼上俯视
几个行人踩着雾蒙蒙的夜纱
走向远处的静默

西山从黑暗中拱出来
掀开头顶的夜色
红尘似一张弥天大网
所盖之处纷纷生动起来
面对黎明的拷问我不得不
握紧惭愧的冬天
我们背负太多的沉重
因而亏欠许多干净的清晨
汽车马路上颠簸的喧嚣
把白天的褪裸奋力举起

三里屯街头姑娘

青春的气息，从一块块布料里
向外蔓延
闪着光的美丽迎着好奇的目光
春天来了，天空下的一切
都在加速发育

如同骄傲的小鹿
穿过无数目光
收割一只只镜头
热闹的街头有了湖水的声音
一丛丛乔木站起来
时尚是一片移动标签
追逐滑翔的鱼儿
自信的笑容
从收身夹克里探出身子
漾起美丽的波纹

镜头咔嚓地响着
停下脚来，配合尾随的街拍
一个 pose 折射出自信潇洒的星辉
举手投足彰显大气
她们不在意别人的惊叹
也不回应任何唏嘘
突然感到
北京的春天似乎又浓郁几分

王长征，《中国汉诗》主编。作品见于《诗刊》《中国作家》《北京文学》《解放军文艺》
等报刊，入选百余种选本，出版诗文集多部。

树林深处有一颗星

青苗

夏日瓦砾埋在土地表层
裸露瘦骨棱角依然分明
被遗弃在树林深处
不甘于寂寞的精灵

此刻已是盛夏
有热风从远处的山峦一路奔腾
吹过来正午松叶的芬芳
伴着灌木丛里知了
不停歇的歌声

从来不拒绝热心观众
譬如躲在墙角小花狗
趴在石板路上小黄猫
你有你的花草世界
我有我的桃源不了情

瓦砾竟然扎根于泥土
小小淡蓝色五瓣花
无须悲悯隐忍
放歌于泥土
呵
我只做一枚草根小星

青苗，本名马秀儒。2013 年 9 月来北京。
北漂感言： 春有桃花满枝，夏有晓荷才露，秋有南坡枫叶，冬有丛林鸟鸣。从此恋上这座城。

四环上的月亮（三首）

姚永标

我的悲苦在我的空间里随风飘荡

二十多年前
我在这个世界上最亲近的人中的一个走了

过了十多年
另一个也走了

今天一大早醒来突然意识到
这两个离我生命最近的人永远见不到了

这是一种什么心情或者说预兆呢
而且我并没有要哭的意思

我不知道我为什么不哭
不哭就是人们通常所说的不孝吧

但据我所知
不孝就应该是从来不想起该想起的人才对

我为什么常常想起他们
尤其是在没有任何准备的时候

想起和哭泣哪一种更深刻
也是一个可以讨论的问题么

遗憾的是他们不会等我们有了结论
再决定他们的生死

任何时候我的思绪都很难集中于一件事情
这可能是我没哭的原因

在这个城市，我生活的空间很小

而留给他们的空间很大

我的悲苦在我的空间里随风飘荡
今天又遇见了他们

待会儿就走

我到过这个世界上的很多地方
每个地方待的时间都不长
在非洲算好的
足足待了三个月
其他地方都是一两个星期就离开了
对我来说，待在新地方和待在老地方
感觉没什么不同

我做过很多种职业
每一种职业都没有干到最后
最长的十来年
最短的只有几天
能干成什么可想而知

我认识的人里没有没齿之交
我写过的文字里没有不朽之词
我爱过的事物没有一种属于永恒
我说话总是在刚有人听的时候打住
这一切就像一树花还没开满就谢了
一场雨刚开始下就停了
花自然是很美的花
雨也是很好的雨

但我只是那个冒雨而行的人
雨下得太大，随便找个屋檐下待会儿
稍微小点儿的时候又接着溜达
溜达到哪并不重要
也不清楚

总之在这个纷扰的人世间
不管怎样我都不会太在意
反正待会儿就走了

四环上的月亮

一开始是很瘦的
看着看着就胖了
前天比上前天胖了
昨天比前天又胖了些
今天比昨天又明显胖了
这样下去可不得了
才买的衣服都穿不得了
都说心宽体胖
胖成这个样子
胸膛里得有一趟高铁吧
也罢，爱胖不胖
谁都管不了你
我只想问问
四环上已经堵得一塌糊涂
你为什么还要上来添堵
挤上来也罢
还这么傻傻地亮着，胖着，光着
一点都不知道愁苦

姚永标，1958 年生，湖北宜都人。2006 年开始北漂。在《诗刊》《星星》《长江文艺》《萌芽》《青年文学》《滇池》《芳草》《绿风》等刊物发表诗作若干。作品收入《新中国 50 年诗选》《中国当代大学生诗选》《湖北新时期文学大系》等。

种父亲（四首）

赵琼

种父亲

在自然怀抱里生存
我们永远都是
被时光裹在襁褓里的婴儿
让我们在一次又一次索取中
对它产生敬意

父亲刨地、种粮
起早贪黑，日复一日
当他将每一粒精心挑选的种子
埋进一畦精心耕耘过的土地
被汗水浸泡的种子，像镜子
每一粒，都映着他的影子
一次又一次地模拟
被种进土里的
那个日子

花

春天一到
楼前的空地里，花事
开始热闹
有爱花人，把花盆
从室内移出
三楼的阳台上
有一盆芍药
六楼的阳台上
有两盆牡丹
十三楼的那盆花
太高了
我看不清它的品种

它的红，像一盏
悬在夜里的灯笼

诗人的心脏

又一次读到《黎明的通知》时
正好又是黎明
意象与生活
正好重叠成一幅
醒来的风景
流星，流于黑夜
流于星群的深处
将招引的诗行，写成
被露水一一复生
像先驱一样
透明而又博大的英雄

站在黎明的肩胛上
我看到了一匹马
像太阳
总能穿透乌云和黑暗
从天边，跑到
天的另一边

在人间，所有从风雨之中
能够长成果实的蓓蕾
都被岁月赐予了
哺育的身份
每天，能够冲出地平线的
那些太阳
都是红的。红得就像
一颗诗人的
心脏

当烧红的铁，被炉膛
——捧出
身份的重量，恰恰等同于
一枚像章

辛丑之春

辛丑之春，一朵花与另一朵
相对而开
一朵开得早一些
望着另一朵
春风，一次一次
像穿过山野一样
从它们的中间
——穿过

此时湖水初暖
眷顾每一行
从头顶划过的归雁

春风里，有两只气势汹汹的猫
相对着吼叫
春日的暖阳，一粒一粒
捻数着那些
吞噬着花朵的青果

曾覆盖于那条名叫冰河的河流上的坚冰
已经完全消融
它的身份与心性
与其他任何一条河流的任务
完全相同

赵琼，男，1966 年生于晋南，1986 年入伍，1997 年 1 月进京。著有诗集五部。诗作散见于《诗刊》《星星》《绿风》《诗歌月刊》《解放军文艺》《解放军报》《文艺报》《中国艺术报》等，被收入多种诗歌选本。

北漂感言：军人的每一次换防，都会为祥和安放一处故乡。

漂泊者的金锚（二首）

张灵

漂泊者的金锚

在家乡
漂泊的是你的梦
在北京
漂泊的是你的脚

漂泊者
你像汪洋中一叶没有避风港的
孤舟

但我知道你和我一样
都有一枚别人看不见的金锚
它紧紧地系在内心深处那个叫
自由的地方
再大的风浪和海啸
也不能将它动摇

北漂的节奏

随着急促的人流拥下站台
一侧的电子指示牌
以烦躁的橘红色英文光波
提示着一辆地铁正在进站

另一侧地道扑面而来的轰鸣
却已宣示着逆向来车的捷足先登
骤然掀起的风将金属轮轨的咬合声灌满了
地下所有的洞孔和耳朵

你看到下一趟车间隔的时间
是 2 分钟
一道简单的算术题被强迫般闪过脑中惶惑的天空

此刻，那辆正在进站的列车
像时间驾驭的一头怪兽
隆重地扑来
并收住了脚步

被人流推拥到车厢的瞬间
一串匆忙的嘀嘀嘀像看不见的令箭
从耳边飞过
滑门被催促着嘭地合拢
什么拉动了一下你的双脚
这时，这趟车已向下一站不可阻挡地脱缰奔腾

算术题的结果
终于见缝插针地在下意识中
显影，啊——
间隔
地铁列车的间隔
正在无限趋近于零

张灵，男，陕西洋县人，文学博士，中国政法大学教授。主要研究文艺美学、中国当代文学和法治文化。

北漂感言："漂"是一种可能无限的状态，"北"限定不了它！

记忆
安琪 2011-3-1

味道

郑琳

我想念路边小店几十块一只的"冒牌"烤鸭
我想念妈妈炒得油滋滋的香菇羊肉
我想念差点忘记名字的擀面皮
我想念刚炸出的金黄的菜角
我用味蕾回忆过去　也用味蕾习惯现在
仿佛所有的不习惯也都能成为习惯

郑琳，出生于 1999 年 7 月，目前于北京读书。

北漂感言：北京与我的家乡有好多相似之处又有好多不同，我很珍惜这种体验，想用诗凝结时间和情感。

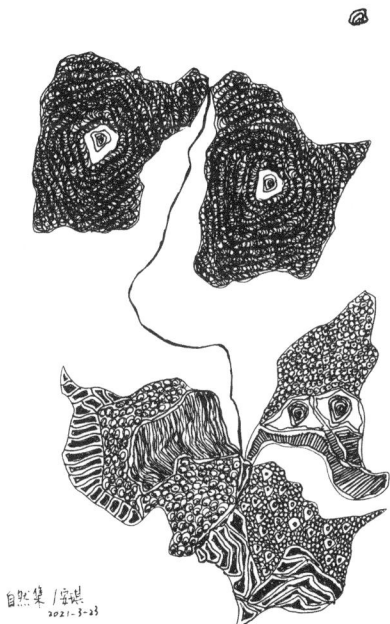

到！

王永武

简短的如同一道划空的闪电
闻令而动　射出坚毅的瞳孔
期待许久的热情瞬间被点燃
澎湃的热血涌上头颅
向着同一个视角摆动
目标高度一致擎起光的排面

洪亮的如同一声破空的钟声
闻风而动　聚起丹田的气流
保持沉寂的宁静顷刻被打破
豪迈的声响穿过口鼻
按着同一个频率发出
音调高度一致掀起声的浪潮

急促的如同一枚出膛的炮弹
应声而出　引爆忠诚的底火
浓缩庄严的承诺随机被释放
悦耳的呼啸喷射胸腔
标定同一个弹道飞出
落点高度一致升腾火的云团

坚定的如同一座钢铁的墙壁
应急而动　启动蓄积的能量
突袭而来的灾难立即被阻挡
定海的神针稳定心脉
坚守同一个初心不变
理念高度一致谱写爱的奉献

王永武，笔名武丁，山东德州夏津县人，1992年入伍，曾先后进入北京师范大学中文系作家班、解放军艺术学院和老舍文学院学习。现为中国散文学会会员，河北省文学艺术研究会会员，北京市海淀区作家协会理事。在《人民日报》《解放军报》《人民武警报》《解放军文艺》《中国武警》等报刊发表多篇作品，数十次获奖，有《青青的橄榄》《苔痕草色》《胶东散文十二家·王永武卷》等作品出版。

柿子、鸟雀和黑洞洞的相机

倪雯

霜后，柿子张灯结彩
高架婚床
雀儿郎如约而至
飞旋　盘桓
啜饮
红彤彤的盛宴

景山公园西门 26 日午后
叽喳的欢情和湛蓝的翻飞
被肆虐的相机咔咔咔

裁剪　蚕食
审美之眼
进一步　退一步　左一步　右一步
角逐　扑棱
交欢

倪雯，1969 年出生于安徽巢湖。做过多年媒体编辑、记者。诗作入选《北漂诗篇》。
北漂感言：两度旅京，前赴后继，沧桑岁月，诗心不泯。

逍遥游（四首）

叶匡政

逍遥游

我要造出一个舞台
我丢失的激情在那里
每件道具都是一个词
每个词承受一种压力

像在夜半的杂货店
我买到想要的东西，匆匆拿回
昏黄的灯下
带着惊喜，把它们一一摊开

初春笔记

一家人围坐在你身边，没有一个人
愿意了解这颗还未解冻的心
你消融的信仰
你痛苦时，没有一片落叶愿意回到大地

走出井梧巷

胶底鞋过了秋天
就像个梦游者，
会突然
带我转过涨红的脸。

正午的井梧巷，遍地发黑
变脆的梧桐叶，
它们四处飘荡着
仿佛想理解自己的时代。

我穿着棕布的胶底鞋，
走出巷口时，

我突然想转过涨红的脸，
我突然想这样永远停下。

此刻，我自己的脚步声
是跳荡的——在空中像琴弦一样颤动的
——黑色电缆，是对渴望挣脱
又渴望留下的——双脚的久久凝视。

我把头深深地埋进
阳光和尘土的汽油味中，
我开始明白，
这才是我无尽的爱的理由。

午夜纺织厂

午夜纺织厂
月光照亮十二台纺纱机床
像野兽突然绷紧血液
这喘息只有我能听见

这寂静的力比白日的轰鸣更猛烈
我不能完美地说出它的愿望
热切而冰冷的愿望
牢牢结在九十九根白线上

机器呵，你的美转瞬即逝
有谁会爱上这沉默的钢铁之躯
战栗的躯体，人一样骄傲地走过来
背后的孤独我拒绝承认

月光像女工的手指跳动在纺纱机床上
这细微的碎片，点点滴滴
闪烁着钢铁深处那不为人知的愿望

叶匡政，1969 年 4 月出生，合肥人，现居北京。诗人，学者，文化批评家。1986 年开始在文学杂志发表诗作，作品入选《中国第四代诗人诗选》《中间代诗全集》等百余种诗歌选本。著有诗集《城市书》《思想起》、文化评论集《格外谈》《可以论》《未必说》等，编有《孙中山在说》《大往事》等书，主编过"华语新经典文库""非主流文学典藏""独立文学典藏"等多套丛书。

月圆之时（三首）

李云迪

月圆之时

撤去诸多的琐事，不幸与
烦恼。
像此时
层叠的乌云那样，
靠近皎洁的月光。
黑色的脑回沟样的云的脸，
被光点亮。
如葡萄花的笑靥，
一隐一现。
月圆之时，柔软的夜色迂回在打谷场上，
点点星亮散落在村庄到城市的路上。
"去揭开这层神秘的面纱，忘掉边缘化"
云朵绽放着红棉花的模样，
那双布满困惑的眼睛里，
闪现着：
连根拔起的土地，一些孩子欢腾在理想国。
心静如水的秋日，听芙蓉树下的私语，
深不可测的困顿被下弦月解开。
所有的一切似乎在云涌起的暗流中消逝。
远方的炊烟袅袅升起。

五月，静静地度过

孤立的，春的颜色
开在海的中央
水面掀起一丝波澜
那是立夏的发声
夜，只等待天空投递
蓝色的包裹
满天星辰的惊喜，被百般呵护的静谧
就像十二岁时穿在身上的花苞裙

青春的气息在逼近

无畏春寒，不惧狂风

那些被人群宠过的花，开过，谢下

被喧嚣碾压的路，坑坎，坚硬

而五月，我只想静静地度过

只看一座城的繁华

不为任何事取舍

寻

黑夜，碾压着路灯、星星

和一切闪着透亮的光明

包括波斯猫的眼睛

乌云在我的眸子里丛生

它伪装成山，伪装成河，

伪装成飞鸟或是黑色的泡沫

而我

伪装着睡眠

用黑色的眼睛找寻着

遗失在童年的梦

李云迪，1980 年 11 月出生，青岛人，现居北京。2001 年 9 月开始北漂。北京市海淀区作家协会会员。2019 年出版个人诗集《云迪诗稿》。

北漂感言：北漂对于我来说是一种重生，一种力量，是摒弃过往的一种叛逆，是对"一眼就能望到头"的生活状态的告别。在京的二十年我遇到过很多机遇，也错失过很多机遇，不管如何，作为一个平凡的个体，总归要接受自己的选择，面对生活而包容生活。最终我的生命可能还是要落脚于出逃的那个地方，然后返璞于最朴实的内心。对于一个超理性的人来说，文字可能就是我对情感的一个交代，不管今后是否能回到故乡，在这个寻觅的过程中我想要的可能都得到了。

走西口（四首）

追草人
——兼致父亲

时光没收了塞上狼烟，以及匈奴人弯刀上的寒光
柔化成矮峰弓背上的隐约绿锈

岁在戊戌。雨水稀缺，整个内蒙古草原，草势颓废
好像这人世，都是些不想见的人
好像在撇清

从四子王旗到格根塔拉、辉腾锡勒、乌兰察布……甚而呼伦贝尔
那些人疾驰、追寻，多半源于草们的长势赶不上
内心的旺季。我混在其中，略显突兀、孤单

母亲又打来电话。其实我知道，她身边还站着
一个不说话的人

拒马河

一条河，流露出冷兵器的光芒
一条河流奔腾翻滚，用软刀子的光芒
搓成缰绳
勒住羯人驰马南下的野心

拒马，拒干涸，拒浑浊……
一条河流替良人把未竟的心愿都周全了

此刻。正好。长风无边
不拒晨昏
诗写者在一条河流的不尽柔美中
妥善安置了
内心的静谧与辽远

从密云到怀柔

——致白河大峡谷

专程寻访一条河
探究一段细白的表述，默认阻碍。如何
一再蜷曲自己
和群山达成和解

求证一条河
在低处，在凄怆里独自走久了
原本柔软的心肠上
如何
慢慢，可以走人

冰，冻结不了游动的鱼
我们寻找河流

类似乌有之路。寻找一段冰面
胆战心惊
安置我们短暂的欢愉

峡谷如刀口，河面有自愈的平静

走西口

长风抬远唢呐的呜咽，抬不动
泪疙瘩砸疼大白路的尘土
世上的路，晃人。晃得碎光阴，扎人的玻璃碴，白晃晃
揉搓在路口一对对离人儿的心尖尖，脚窝窝

细针脚的叮嘱，红窗花的愁
咬一口汗味的肩头
一百里长川，妹妹豁出命来招手

青草挤不上大白路
荣了又枯。青草在有草的地方，沿着大白路
一路跟丢多少背影
再也没能回故里
那么多人汇成大白路，被饥荒踩过去踩过来

一根长刺，细白，扎进那么多毛眼眼
愣是拔不出。多少年
多少土堆垫高的叹息，被荒草晃抖着身子，一一抹去

百里长川，一个时代遗落下的
空腹的旧褡裢
被红丝线绣成新锦囊

　　孤城，原名赵业胜，1970 年 7 月出生于安徽省无为市。中国作家协会会员、中国诗歌学会理事。2015 年赴京入职，现任《诗刊》社中国诗歌网编辑部主任。出版诗集《孤城诗选》。

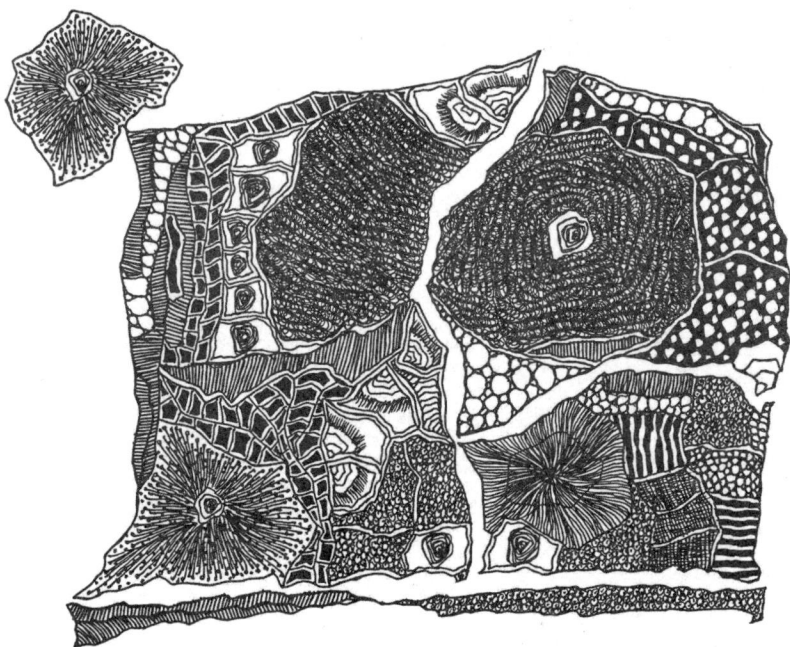

梦旅人（三首）

王月

梦旅人

柔情藏在轻触的唇间
身体抵达了心灵的深处

我呼唤你，远方的恋人

一个世纪的相隔
我们练就了第三只眼
看见彼此的心

相遇

那不是我
那就是我
迷离的，颓废的
忧郁的，不修边幅的
蹦蹦跳跳的
嘴角上扬的

生命的闭环里
你我相遇，相交
走路是相聚和离别的唯一方式
切点是短暂美丽的

漫漫长路依旧是圆圈
你我相向而行
不期而遇或相忘江湖
都是圆满

较量

虚幻的梦里

双手用力劳作着

睡眼蒙眬时候

梦的牵引就像罂粟

睁眼，沉重全部散去

只是，闭眼，一切那么轻松

我用力睁开

摆脱那沉重又轻松的梦

回到另一个生存状态

它在等我开疆破土

王月，笔名幽梦，北京语言大学英语语言文学专业博士研究生。2004 年开始写诗和散文，曾获林非散文奖最佳新人奖。作品见于《散文世界》、《千高原》、《中国诗选》（汉英双语版）、《北漂诗篇》、《中国新诗排行榜 2018 卷》等。

北漂感言：京城十余年的漂泊，让自己看到了内心的憧憬，也感受到生活的粗粝。梦在远方，依旧在路上。

太阳以西
安琪 2019-6-27

当我老了

艾若

当我老了
回桐城老家
在三面环水的墩子上
重盖房子

当我老了
兀自归田
白天观鸟
夜数星星

东依远山
南塘植莲
西塘菱角
北塘种荷

春赏梅桃
夏尝枇杷
秋闻桂香
冬放烟花

想写即写
想画就画
渔樵耕读
诗酒琴茶

当我老了
睡到自然醒
今夕何夕
来年何年

艾若，1971 年生于安徽桐城。1993 年开始北漂。诗歌作品发表于《诗刊》《诗歌月刊》《诗选刊》，入选《中国新诗选》《中国网络诗典》《大诗歌》《北漂诗篇》《当代传世诗歌三百首》等。出版诗集《幸福在路上》、诗歌合集《理想国·待渡亭 2018》《浮诗绘》等。

北漂感言：现在父母老了，我也五十岁了，从今年起，以后每年将至少有一半时间待在老家，陪父母，并重新认识家乡。北漂南归，叶落归根。我想，将来很可能会回老家养老吧。

天亮之际
安琪 2020-4-4

148

在潭柘寺，所有的悲伤都寂静无声

兰青

舔舐伤口，我更倾向于潭柘寺
这里的树木很多，我叫不出它们的名字
树叶在这里，不轻易飘落
也不轻易抖动

我的心从未停止过跳动
她将一直跳动下去
为了心中的执念，也为了
这一刻的清幽宁静

古木，殿宇，目不暇接
从西晋"嘉福"，到康熙"岫云"
延续千年的文化，传承至今

香火缭绕，俯首跪拜，佛像前
一些微小的事物，被看穿
浮躁的世界，瞬间清明

佛殿下，一切都失去戒心
回归了本真
佛光普照，松涛洗耳
所有的悲伤，都寂静无声

夜空里，聆听泉水淙淙
点点清波，荡漾着
白天的繁华沉寂了

潭柘寺，着上了庄严神秘的妆容

兰青，原名王兰兰，出生于1992年，河南信阳人，2016年2月来京至今。中国诗歌学
会会员。作品见于《诗潮》《散文诗世界》《河南诗人》《牡丹》《经典文苑》等报刊。有作品

入选《中国当代微型诗歌方阵》《全国优秀青年诗选》《中国年度优秀散文诗》等。

北漂感言： 北京是一座文化底蕴非常厚重的城市，她包罗万象，理解、宽容、光芒四射。在她圣洁的光普照之下，我开阔了心胸，开阔了眼界，生活不再是一地鸡毛，而是有了一往直前的勇气。

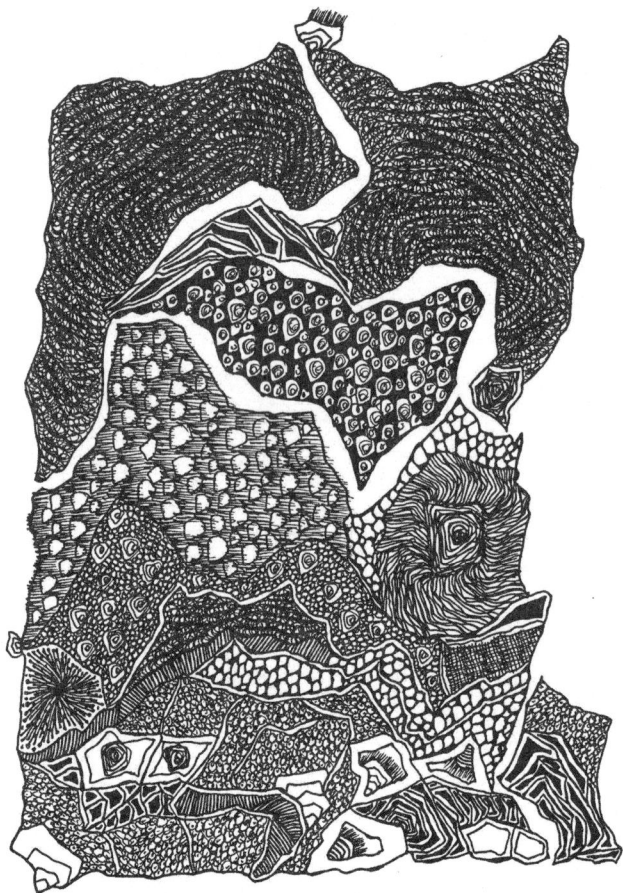

神降临的小岛 | 安琪 2021-3-24

垂下的凌霄花，悄悄述说夏天（三首）

徐书遐

致为疫情忙碌的医护人员

我看到孩子走出死亡的门，
妈妈抱住那孩子，
他湿漉漉的嘴唇贴住她的脸。
她含泪的眼睛望向你：
你在口罩、防护服里笑，
又埋头感染的人群。

人们离开你，回到家园。
一个孩子在冰雪化开的田野跑，
头上大雁。
她回头望你：
你在诊室，植物新叶的香味。
你还记得一个细弱的生命，
从你手中张开臂。

垂下的凌霄花，悄悄述说夏天

我听到几个孩子争论：
"凌霄花是从树上垂下来的"。
"不，是从夏天"。
"一串一串是姐姐妹妹"。
"不，是母亲和她一群女儿"。

凌霄花荡着秋千，
夏啊！
我忽然想抱一下树下的娃娃。
风领走了树下的娃娃们，
领走凌霄花，
树后，唯古老的红墙。

而我分明听到几个娃娃仍在说：
"凌霄花在笑在玩呢"。

"不，在展开裙子"。
"她们想从绿丝上下来，抓蝴蝶"。
"不，蝴蝶飞到她们怀里"。

婴孩

你是乘柳叶来的吗？
温暖的五月，
它盈满绿，尖尖的小船
载你来。
想知道你是男孩女孩，
梦里，你扎着两条小辫子站在面前。

像大地新生的小鹿，
满身天光，
还站不稳
你向我张手。
我的胳膊，多么荣幸，
时间的树枝。

放你在花旁，
大柳树上喜鹊欢叫着飞翔。
你采蒲公英花跌倒了，
我跟紧你，
阳光下一大一小的影子，
大地默认了我们俩。

抱你在小区里，
学校边……
六月……九月……
柳叶弯了，
柳叶要落了。
当我的臂垂下来，
会用目光抱你。

徐书退，黑龙江省木兰县人。中国作家协会会员。2018 年来北京。诗歌作品在《人民文学》《诗刊》《星星诗刊》等报刊发表。作品收入各种选本。出版诗集《水罐里的早晨》《飘荡的橡树》。

地下道歌手（四首）

北乔

城里的一块荒地

茂盛的草，不掩饰乡野之气
城里唯一的超凡脱俗
围墙很矮，站立的尊严
高过远处的楼
只是那棵树，浑身的颓废

我蹲下来，让天空布满绿草
看四处漂泊的风
如何找到回家的路
数年前的一封信，我正在读

时间足够长了，睡意涌来
身上的衣服像春天的夜晚
我以离开的方式留下
这块长满草的地方，城里说
哦，那是片荒地

城市

风雪过后的一片庄稼
几万年后，死去的树木
手挽手，僵硬的河流爬向天空

大地从黑暗走向明亮，陷入另一种黑暗

人，人流
呼吸的岩石，能够
自己劈刺的刀剑

拔下野兽的牙齿，欲望有了无数的翅膀
天空默然，依旧阴晴圆缺

村庄活在遥远的人间
炊烟苍老，干枯的手在招魂

父母去了更遥远的地方

地下道歌手

一定是坐在地下道的中间位置
离地面最远的地方
走到这里的人们，或许
内心最虚弱，最容易被打动

一只背包，世俗生活的全部
灵魂，交给手里的吉他
那些远方，在远方
在一首歌的高音部分

旁若无人，随心而歌
他，本身就是一首歌
阳光，无法照在他脸上
地下道，白天里的夜晚

选择这样一个地方
远离尘嚣，但
又不想完全孤独
倾诉，总需要听众

人们视而不见时
他面无表情，眼神傲然
有人停下脚步
他面无表情，眼神傲然

人们从他的歌里听到自己的心跳
听不到他的内在
他以主动讲述的方式
隐藏自己

总会有人经过

总会有人欣赏
只要有人走在歌声里
他就是在对世界放声歌唱

没人的时候，他很少唱
默默坐着，想象庄子的那只蝴蝶
左右的地下道道口
明亮，那是世界的入口

地下道，是他的舞台
他在世界的内部，寻找自己
来来往往的身影
帮助他在现实与虚拟中穿行

流动的人群，是他的过客
不走半步的他，是众人的过客
所有人，都是地下道的过客
某一天，这地下道的歌手，也是他人生的过客

周五下班时分的大雨

密谋者，不只有劳作后的疲惫
大雨匆忙，人们深情的渴望，如
星星一样隐去，空洞里
虚无像有家不能回的孩子，拥挤不堪

雨滴在盛大游行，车窗上的水痕
模仿无奈的诉说
喧嚣终于和沉默友好相处

世上已无万物，雨水
蛮横地代言，尽管不失温柔
那些钢铁，泪流满面

这样的雨中，这个周五
许多人都成为路的一部分
有尽头的路，此时最为遥远
站在唇边的传说，虚弱而孤独

北乔，江苏东台人，诗人、作家、评论家。出版诗集《临潭的潭》、文学评论专著《诗山》《贴着地面的飞翔》《约会小说》《刘庆邦的女儿国》、长篇小说《新兵》、小说集《天要下雨》、散文集《远道而来》等十五部。曾获中国人民解放军文艺大奖、全军文艺优秀作品奖、乌金文学奖、海燕诗歌奖、刘章诗歌奖、三毛散文奖、林语堂散文奖等。现居北京。

北漂感言：北漂，或许是文化上的一种指代，以漂在北京的灵魂为支点，进而书写文化上的漂泊、精神上的漂泊。

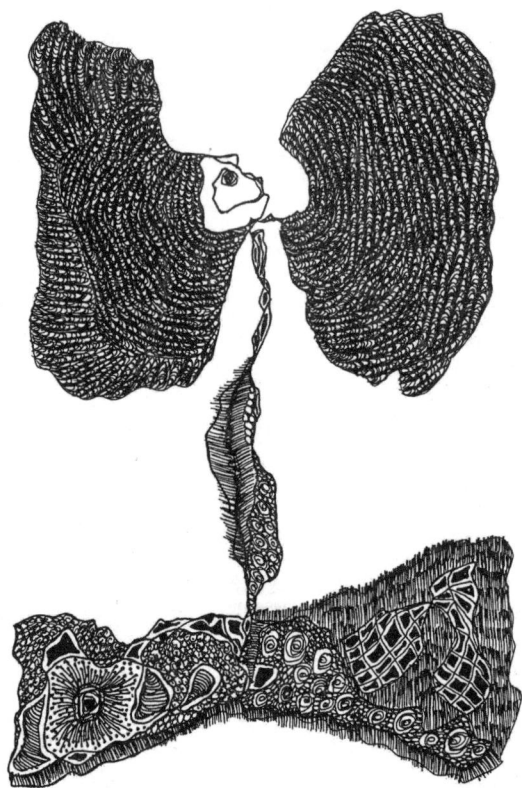

天真
宏琪 2020-4-3

斑马线（组诗）

陈树文

快递小哥的斑马线

每一次都脚下生着风
每一次心中都装满高大
每一次穿行都显得年轻
目视正前生龙活虎穿行
就这样天天骑车穿过
京城无数的斑马线
风里雨里，打霜下雪
一直努力着，奋斗下去
京城斑马线宽又长

短工兄弟的斑马线

穿行在京城斑马线上
每一次都会充满了向往
瞄准斑马线前多个方向
边走边选择随时瞬间变换

我的急急的不安分的心
总想一趟就能干完几件活
或者先干资金最多的那个活
绿灯又亮了斑马线上心情好

文学里的斑马线

谁没有急急穿行过斑马线
心灵中一生都在追求的理想
也许在斑马线上改变过定位
如京城时光里的不断移动
又如长久打拼的网络写手

红灯里等候惊现了一首诗

一篇小说构思也眉清目秀了
行进步伐诗眼闪亮穿越回环
散文主线如斑马线上的规矩
这里的想象在行道里延伸

　　陈树文，四川成都大邑人，出生于1951年2月。2020年来京。出版诗集《陈树文抒情长诗选》《找寻京脉》，散文集《赵云与通都大邑》《一座山一座城》《川西胜景静惠山》。有诗歌、散文、小说、论文散见于报刊。

　　北漂感言：来京已经十余年，对于北京仍然无所适从，深入再远，也是过客。

永恒与时间｜麻其
2021-3-30

五道口（三首）

五道口

有时候，一转身就是好几年
甚至永不复见
像是某一瞬间的失神
身体跌落到另一个遥远的地方
过去和现在的界限
模糊不清

五道口大概就是这样的
隔着重重叠叠的时光
那些死亡的精灵又复活了
熟悉的陌生感，是清华园上空回旋的交响乐
乐声如流水，一枚金币顺着水流
落于我心，旋转，沉默
最后被盗贼取走

我们都睡着了
铁轨上行进的列车，把人生
搬到了长长的隧道
如同消失的历史，我们常常隐于无形
又不得不浮出水面

学院路

槐花落尽，黄昏从遥远的书中来
我骑着单车
穿过物理公式、微积分
穿过氮、氧等化学物质组成的混合物
穿过风的意义

绕着北科大
转了一圈又一圈

高跟鞋掉进了时间深处
东南西北，每个门都是青春的通行证
每个门都不是为我开

外墙在年华里退
一截猩红鲜亮，一截灰白斑驳
矮墙上的缺口，望得见校园里落寞的脸
我再不能看见路
更不能在方程式解到无解的时候
丢盔弃甲

八达岭长城

青烟不再，烽火台的故事
从未停止过
城墙下盛开的杏花
每年都把挥舞着长矛的英雄唤醒
也把喧嚣的人群唤醒
他们从熙攘的街道涌向蜿蜒的山脊

站在高处，看人间
我们都是被自然俘虏的万物
被风沙侵蚀了的青砖
在一场绚丽的陡峭中，生发出新的语言
在城墙底下
死去的人与活着的人
肩并着肩，一同出现

跋涉是无止境的
我和你，隔着几公里的人群
始终没有在城墙上见面
只有风不断吹来
晃动着十里杏花香

青青，1985年11月生，山西人，2009年开始北漂，闲时写诗，有公众号"新诗歌"。
北漂感言："北漂"就是摒弃一切怀疑，在残酷的生存环境下坚持梦想并为之奋斗的精神，是心怀美好的憧憬和向往，是人生道路上无数选择中最难的关隘，以及在面对困难时勇敢笃定、迎难而上的信念。

浮冰（二首）

杨罡

浮冰

漂久了，就麻木了
但有些事
总会不时提醒你
你站在一块浮冰上

多数时候
你习惯随波逐流
有时又像
转瞬就会沉入海底

你就这样一直漂着
偶然梦见南方，那些
河流、群山与烟雨
说自己是有故乡的人

来来，我的儿

来来，我的儿，来来
从来没人教你这样
每次听到爸爸下班
回家开锁的声音
我就听见你
迈着细碎的步子
奔向门口
嘴里说些我们
听不懂的外星话
但那种高兴劲儿
我是听得出来的

来来，我的儿，来来
在门打开的瞬间

你发出尖叫
微笑着，仰起脸
紧紧抱住我的双腿
然后，你打开鞋柜
把拖鞋一只一只递给我
当我满心感动说完谢谢
弯腰换鞋的时候
你又笑眯眯的
趁机轻吻我的双颊
一点儿也不含糊
顺便把我的帽子摘了

来来，我的儿，来来
多年以后
即使古怪的青春期
让你变得
性情乖戾，面目全非
即使你把自己关进屋里
把所有心事深锁
甚至蛮不讲理，以父为敌
我也一定会记得
你一岁以后的那些日子
曾经那样懂事，那样温柔
给过一个中年男人
那么多的温暖、爱与慰藉
来来，我的儿，来来

杨罡，江西修水人，1972年生。江西省作协会员。2003年9月开始北漂。现在京从事出版工作，业余从事诗歌、小说写作。诗作入选《中国诗歌排行榜》《中国新诗排行榜》《新诗日历》《北漂诗篇》等十余种选本。部分诗作曾在诗歌大赛中获奖。著有诗集《亚历山大与女理发师》。

梦秋（二首）

刘敬贺

梦秋

秋高气爽，午后梦香
梦中是平房，土院儿，满地的秋棠
我认出来
是我童年生活的地方

我并没有小心翼翼地惶恐啊
这里是我无比熟悉的天堂
我要起身踱步，细细用脚步丈量
我看到有两个女娃，偷偷摸摸地
钻进了仓房里玩过家家
看到我过来，瞪大了眼睛有些慌张
原来，我已是大人模样

我看到矮房子上，有朵绽放的、硕大的花朵
白的蕊，紫的边
经过风吹，稍显落魄
我记不起花的名字
只记得曾经的我，一定不陌生它

我看到院子里捕捉蝴蝶的白狗
臭着脸等我主动过去的玩伴儿
我听到唤我进屋吃饭的声响
闻到柴煤烧出的米饭香

我是在说我梦到了秋天啊
没有说心里的念想

前路

成长无声，是我在京第七年
才终于迟钝的反应

我发现，家人不再过问我的决定
我发现，自己不再有初来北京的憧憬
将将几年前
我对于首都的新鲜，还厚厚掩盖着对小城的思念

母亲回答我，不是不想过问
而是实在不知，该问你哪些
你的理想、规划与决定
妈妈已经没有能力指引

我亦问自己，怎么越长大越想家
像孩子般活了回去
我不愿承认啊，是因为潜意识里
家才是如今的远方
才是承载我憧憬的、回不去的地方

好像落雪与枯枝，永远是南方人的迷恋
前路未定时
记忆与童年，总是漂泊之心的牵连
站在人生选择的路口
我才明白，古往今来的诗篇里，
那些辗转反侧的笔迹
也都真切承载着，诗人对远途的眷恋

前路漫漫，风雪济济
想问前路在何方？
未到终点时，每一条路的走向
皆通往我的向往

刘敬贺，生于 1997 年 2 月，首都师范大学硕士。

北漂感言：如今即将迎来在京的第七年，也即将步入社会的转折点。迷茫有之，随之而渐长的，竟是之前不曾在意的思乡之情。

生命课（四首）

生命课

在秋天，生命开始结果
诚信挂在枝头，沉甸甸的
低垂一种成熟谦卑的姿态

经过花季，举叶为伞的日子
变得金黄，一些隐忍的爱
如秋水，波澜不惊
阳光通透而温暖
思维在一滴露里瞬间升华
世界在透明的球面里坠落

万物皆可读
春夏秋冬各尽其态
当灵魂出离肉体
便翻开新的一课

论眼睛的倒掉

眼睛倒掉的时候
躯体也就倒掉了

轰然一声，沉入土地
盲目的高远终将被拉平
飞鸟的荣耀在天空
眼睛的荣耀在脚下
只有看着脚走路
才不至于被石头绊倒

眼睛倒下的时候
有泪溢出，如泉
当身体流干最后一滴血

眼睛便会在泥土里发芽
一天天，随着太阳长高

巨眼如轮，日见明亮与清澈
可以看见更多不曾看过的事

被磨亮的时光

一声吆喝。惊醒了童年的记忆
让我想起母亲用过的剪刀

磨刀师傅用一块石头
把生活打磨得锋利
把时光打磨得明亮
他走过的地方，吆喝声
可以划开一道岁月的长河

长凳上的石头日见薄瘦
长满老茧的手日见干瘪
那些磨过的刀光华闪烁
吆喝声渐行渐远，及至消失

有时候，我们就是一把刀
需要有一块粗粝的石头打磨
在阵痛中让自己锋芒毕露
只是我们经常弄丢自己

石头还在，刀已生锈
一声吆喝，叫醒无数灵魂
被磨亮的时光
永不熄灭

给父亲理发

每次给父亲理发
都是一次虔诚的顶礼
花白的头发如雪飘落
从山顶跌落尘埃

父亲腰板挺直，正襟危坐
如一株老树，把叶子还给大地
我的手抚过岁月的沟壑
把沧桑的旧事收割整齐

用最简单的工具理最简单的发型
如小时候父亲给我理发一样
每一次低头都唤醒儿时的仰望
我的手扶着他的肩，如步云梯

多给父亲理几次发吧
这样朝夕相处的机会毕竟不多
洗完头看着他红光满面的笑容
有一股热流，直入心里

三月雪，本名王亚中，男，1971 年生，河北河间人。诗人、书画家。现为北京《中华瑰宝》杂志总编辑助理兼编辑部副主任，河北省作家协会会员。作品散见于《诗选刊》《天津诗人》《齐鲁文学》《暮雪诗刊》等刊物。部分作品入选《北漂诗篇》《蓝色世纪》《河间诗人》等。出版诗集《左手穿越右手》。

北漂感言：做有态度的漂客，写有温度的诗歌。以漂励志，以诗传情。

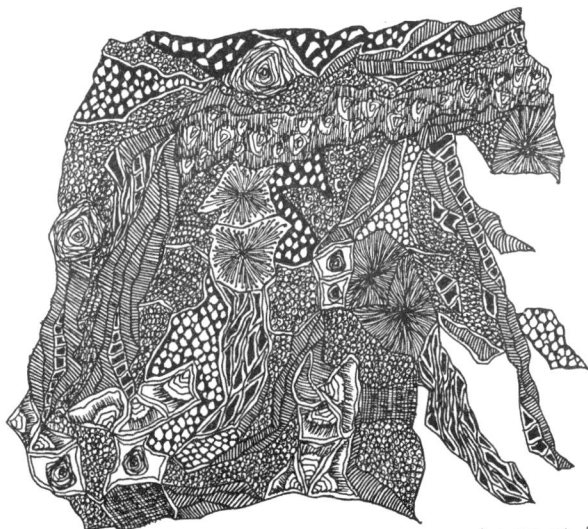

一直晴到巴勒斯巴海 /安琪
2021-3-17

我的同屋比我先睡（四首）

我的同屋比我先睡

我的同屋比我先睡
他脱衣解裤　动作娴熟
像一名熟练的技术工人
而我精力充沛
伏案劳作　夜理万机

我和音乐人老 Q 同居在北京
一间廉价平房里两张单人床
剩下的几个钱都交给了我们正在追求的
梦想　追女孩可远远不够
我们像齿轮一样咬合节奏和空间
我们像夫妻一样磨合习惯和细节

现在　我的同屋比我先睡
我独占一张书桌
正如你独占一片梦乡

我们常常在黄昏归来　回到心灵
向夜晚出发
房内只有一张书桌
我们只能相对而坐——
老 Q 在谱写一支准备席卷全国的歌
我正创作一首有望成为名篇的长诗
这样的夜晚多么美丽

后来　老 Q 支持不住了
也没和我道声晚安
钻进他自个儿的梦乡去了
支撑这夜晚已非我莫属
巨大的诗思汹涌于夜的寂静
诗人的冲锋其实很酷啊——

笔下终于分娩出又一首诗作
此时　我瘫软在书桌上

我放下笔
也该休息了
我钻进梦里猛跑
没多久就追上了老Q
他怎么还在梦里伏案作曲呢
我和老Q到底谁先睡啊

秋日偶感

太多的人都只是擦肩而去的过客

或聚首于驿站敞开心胸畅聊一夜
之后就此别过永远消失在苍茫人海中
连表情、声音都在记忆中淡漠于无

或在风雨中同行一程却不能共享成功
相知过患难过终也不能抗拒俗世的戏弄
问芸芸众生中有谁能与你同醉直到永远

许多人都是一生只见一面的行旅

同是跋涉者同是豪情万丈的年轻人
相见时举杯邀月纵论天下大事人间英杰
临别时洒脱一笑，互相祝愿以前程似锦

同是行路人同是郁闷愁苦的流浪汉
萍水相逢间寒暄几句，寂寞旅途中互勉一番
然后各自启程，一路风雨中请君多保重

一个人和无数的人终归只是陌路

世界很大也很小，缘分恍在若有若无间
曾经的知己偶尔也会似曾相识地遇见
当初的情谊却只是轻轻地一带而过了

海洋这么大，方向这么多，路程这么遥远

不论相信未来的水手彼此间情谊多么深厚
注定了在一个港口分手之后今生便难说再见

深夜里的情感

有时候我听音乐
听着听着就泪流满面
有时候我读一首诗
读着读着就泪流满面

你远去时送我的那盘磁带
我心动时写下的某些篇章
都让自己在感慨的泪光中闪动
也不知是为自己还是为别人

人生中总有一些这样的时刻
沉淀在心底的生活猛然涌动
它们的苏醒击溃了人的外壳
就这样我原原本本瘫在那里

我只是一个人独自坐在深夜里
才偶尔会有这样的动情
在白天，我也和别的男子汉一样
很坚强，很阳刚

我来到生活的前沿

一只神奇的手臂
把我搭在弦上
就这样简单
我来到生活的前沿

在我眼前万马奔腾
在我脚下大地流驶
江上千帆张扬
天空群鸟纷飞
生活的前沿气象万千

生活的前沿海拔很高

所有的人都撑到了最大
寂寞的花叶沉落水底
忙碌的日子无视青春

生活的前沿险峻峭拔
攀岩运动无比繁荣
我瞭望生机勃勃的锋芒区域
冲锋的人群奔流成巨潮

升起的太阳掠过天空
留给我速度的概念
静止的植物竟也健步如飞
这个时代万物疾驰

壮丽的场面浩荡盛开
激动的泉水喷涌出来
又倒灌回体内
兴奋得乱颤的人泪光热烈

在生活的前沿
我打开内部的矿藏
这一生我将不懈开采

朱家雄，男，生于1971年6月。中国作协会员。出版有长篇小说《校花们》、小说集《毕业前后》、文集《未名湖畔的青春》。诗歌作品散见于《诗刊》《中国作家》《北京文学》《安徽文学》《中国校园文学》《中华文学》等。

北漂感言：北漂是对文学理想的求索，是对人生价值的追寻。

孤城

刘书良

心是一座孤城
那城很小
几乎将我的血液挤压成一团血红的斑块
孤独的我书写了一份誓言
蘸着自己的血
写出没有文字的篇章

孤城没有太阳
也没有雨打湿不醒的梦
一团伤怀的流云忽现
一扇沉重的大门紧闭着
古老的钟声击撞命运之门
迎迓新生的一缕曙光
一只倦鸟在命运之门前盘旋
寻找归宿的巢

那只倦鸟扑闪着双翅
抖动出轻盈的白黄相间的羽毛
掩盖了时间的逶迤前行
也掩盖了梦幻的一片湛蓝
我失聪的耳朵谛听到城外雨打芭蕉的声音
我决意从孤城中突围出去
以我的理想的名义
以一只倦鸟抑或不死鸟的名义
当我走出这座孤城
一只脚在门内，一只脚在门外
这才蓦然意识到孤城其实就是混沌的幽冥的太极
在迷惘、绝望、挣扎中和命运的博弈

刘书良，男，辽宁省西丰县人。中国作家协会会员、中国报告文学学会会员、中国散文学会会员、中国传记文学学会会员、中国科普作家协会会员。1982年开始发表作品，主要著作有散文诗集《昆仑在落雪》，报告文学集《人生答卷——中国保尔吴运铎》《黑土骁将——国民党第一个抗战将领马占山》《医缘》《巴山夜雨过来人》《在人生起跑线上》《历史审判》《行走的丰碑——关于一个老年科技群体的记忆》《山河作证：一群拓荒者的迁徙与奋斗史》《改变：美丽乡村丁家垅》等。获解放军总后勤部首届军事文学奖。电视剧本《江桥·1931》、电视片《红太阳，绿太阳》等获北京电视台优秀编剧奖、优秀导演奖。

北漂感言：在京城工作和生活很久了，支撑我坚守在这个城市的，是我的理想和执着。

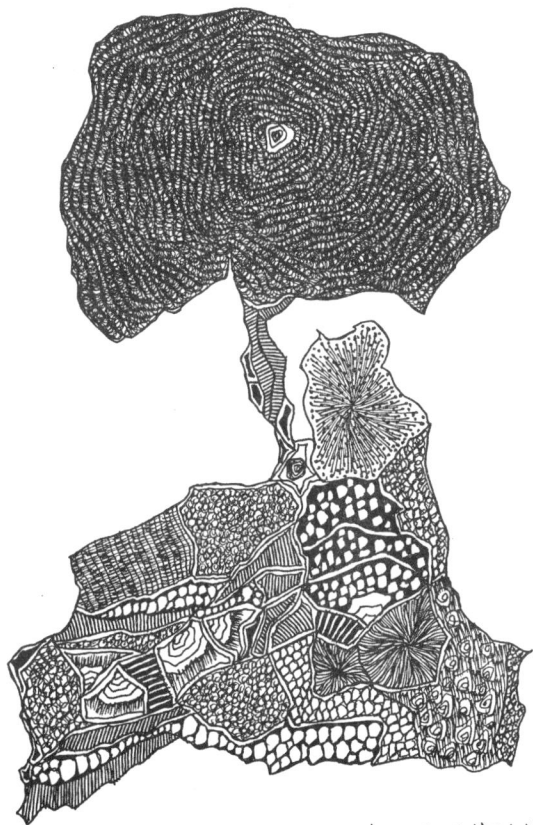

我把世界分为村里与村外
岳琪 2021-3-23

只是朋友而已（二首）

牛一毛

只是朋友而已

只是一点冬夜星火
或是傍晚湿润的空气
或许残忍
或许寒冷
只因夜色太美
咚的一声
点燃了整个冬季

灰烬处黑迹斑斑
大地陷入沉寂
残忍是冬日的一枝花朵
寒风带走了所有回忆
只是朋友而已

两颗金色的星星

我不敢拿起笔
唯恐那是一轮遥远的月亮
沉向村落
灭掉了灯
一只蝴蝶醉在了花丛
一首曲子迷失在了天空

一个安安静静的日子
夏天是一片清凉的树荫
沿着歌声的足迹
低头瞬间
我看到了两颗金色的星星
星星里藏着
一个女孩
一个真实的故事
一个深如大海的秘密

牛一毛，本名张春孝，毕业于山东师范大学文学院。现居北京，任职策划编辑。著有短篇小说《北漂寓言》《梦醒黄昏》等，长篇小说《好人好梦好月亮》《高二·六班正传》等。

　　北漂感言：漂流，不是浪漫，是残酷的使命；不是童年橘黄的灯火，而是荒野寒冷的星空。

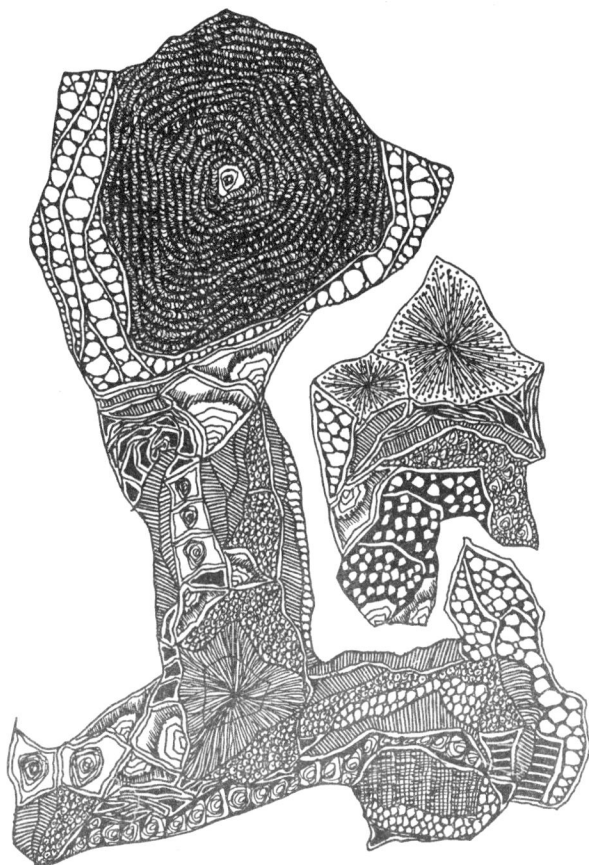

春分
安琪 2021-3-20

北京的天空（二首）

曹喜蛙

北京的天空

北京时间 11 月 3 日，李泽厚在美国科罗拉多州的家中逝世，享年 91 岁。

——题记

李泽厚先生
你看见我了吗
此刻我也看见你
你不是外星人
我也微微向你
笑了一笑
或者仅仅只是
在我的心里
沉重对你

此刻，李泽厚先生
你就是我的天空
一颗亮亮的星
是的，你不是外星人
守着天文望远镜
朝我望了一望
也朝我补了一枪
那目光如注如激光
你的电波我收到了……

维的隔离

感杨振宁、邓稼先的友谊，思考一个物理学概念。

——题记

地球上
是谁
第一个看到

那月亮升起

地球上
是谁
第一个知道
这空间有限

地球在宇宙
原来这么小
细胞觉醒了
生命才有义

星球与星球
原来是有距离
距离与距离
原来也能计算

生与死
只隔离着
薄薄一个维
只一层玻璃

人生漫漫
因为孤独
缺那一个伴
黯然伤神

漫漫长夜
苦相思
辗转难眠
才念一句诗

当时读不懂
维隔离作怪
"但愿人长久
千里共同途"

曹喜蛙，1966年3月8日出生，1991年开始北漂。中国人民大学哲学系研究生，曾任职《人民日报海外版》等多家媒体。曾在《北京文学》《诗刊》《星星》《中国诗人》《诗歌月刊》《诗选刊》《红豆》《流派诗刊》等刊物发表诗歌。著有《赢在互联网》《和明星去旅行》等作品。

直到世界反映了灵魂最深层的需要
安琪 2021-3-14

铁轨与天空（三首）

李龙年

拖拉机驶下纸面破坏了静物规则

午夜时分，一辆拖拉机驶下
静物摄影，某个角落
它遵循默片规则
不愿意触及红绿灯前
那些指挥时间的矫健身势

我知道，它应该是从海边驶来
曾经耕耘过蔚蓝和盐
轮胎被划伤，血渍里淌出夕阳
如今它不识来路，如同一切
变声期少年歌手，沉醉在葵花之美
实体的虚幻。童年无罪，花朵亦然

单凭拖拉机，谁能够抵达远方
词的光芒也不能回答
收集脚印与足迹，骑手不屑如此
他宁可在烈酒中拥抱烈焰
慷慨陈词。尽管词不达意
保持拖拉机就是保持一种方向
纸面上，无法描述出语言强势
它已构成，行走者持续的伤害
对现实构成了某种，潜在险情

凉水河，是个孩子吧

凌晨的凉水河
在黑暗中流淌了一夜
夜里我途经它时
声音好像更喧嚣，更孤独
仿佛孩子迷路
渴望妈妈

凌晨，上苍用光明安抚世界
包括
绝望中的凉水河
得到眷顾
此刻
河流多么安静啊

大雪

昨天，大雪封山。返途
我遇见了三匹马

漫山皆白，只有三匹马保持漆黑
但是雪花正努力改变形势：
它们竭力堆积在马背上
很快，又一片片被融化

汽车嘶吼着，从风雪中寻出一条道
三匹马被雪花和森林淹没
它们，雪白里坚持漆黑
让我想起少时一个女生绝望的眼神：
她的父亲，一身黑袄
寻找马匹，被暴风雪夜吞噬……

李龙年，中国作家协会会员，福建省南平市作家协会主席。著有诗集三部，散文集三部。

北方的柿子树（四首）

北方的柿子树

我们从远方来，在树下，我们跳舞
我们从山下走到柿子树前
观望它，北方的柿子树
她沉默，平静，和空寂
她提着一盏灯现在你的面前

站在你面前的是北方的风，北方的柿子树
她站着不动，一列火车经过北方
窗外是柿子树，鸟群落满了冷风

北京的秋天

在那一片金色的白杨树下，你走，像云朵

酒醒后坐在黄昏湖边看云朵里散去我们的喜悲
河面如同一张白纸

我想起南方的橘子正掉落在你的屋檐下
你也许不经意抬头看我如一枚单薄的霜叶
像落在你窗前镜中飞过惊恐的飞鸟

包乌日娜说

包乌日娜告诉我说
"总是有人问我喜欢什么
我说喜欢手表上的时间！"

乌兰浩特的夜色
静的只有黑夜
黑夜是屋子，和冷风吹拂的脸

包乌日娜说："幸福像一把伞下
雨水、阳光、沿着一盆文竹爬高。"

乌兰浩特的雾，矮过枝头
矮过青草上的露珠的夜晚

你说："在心里有一株向日葵
那是朝着阳光的生长，
总会有一朵花开的方向！"

在潮白河的一个上午

涨水了，没过了河岸上的几株野花
阳光和叶子一同落到河水里
红尾的几只金鱼又游走了，像惊吓的蛇
凉风吹着随几声蝉鸣散开

葛胖子指着我身后的一丛水草
看，一条很大的青鱼钻进水草深处了
他说水浅了，岸滩的沙土里会有很多蛤蜊
他结巴的样子像极了一枚风里的黄叶

火石，1987 年 7 月出生于甘肃庄浪，2010 年北漂至今。中国诗歌学会会员、北京市顺义区作家协会会员。

你好，你抵达了么（三首）

鲁橹

泡沫

我无法慨叹时光如流水
这个比如如此古老，贯穿到今天
我们周身的泡沫犹如石头，水拍一下
肉体就疼一下
多下

这个世界已不能用明晃晃的比如了
时光再古老，可流水是新的
泡沫也是新的
我们的疼痛变着花样，不能成为医生笔下的
确诊病例

石头是无辜的
当我说它是水的泡沫时，
水谴责我们的肉体，并让人类认领无法命名的
紧箍咒

空无之城

大的事物，总会在微小处有所挣扎
如我面前的这颗夕阳
卡在枝丫上已很久
我因为过分专注，瞳孔疼痛

我试图切断这个关联，闭上眼
内心将树干蹬断
夕阳沉落，暮色连绵
时光终究托不住两个孤儿

天空之城空无一物，被谁救赎
一声细微的挣扎，是鸟翅跌落

是裸体回归各自的
窠臼

你好，你抵达了么

看了看表，凌晨5点23分
窗帘漏进微光。大风里奔跑着无数的脚
这是一个加班的年代

温度大概在5度，或者更低
地平线还拱不出太阳。一个斜背书包的孩子
迅速钻进了副驾驶
车头灯刺眼，它跑不出多远

这是孤独的清晨。没有人喧哗
一切重复昨日
议程表和轮胎，填满雪白雪白的墙面
——你好，你抵达了么？
置身幽深的街巷，道路中间
会突然出现障碍物
险象环生，像现象学里没有通过的考题

多么迷人啊，因为停不下来
我们互相勉励，撞进更大的空间
成为一道写实的光线
彻底喊醒清晨

鲁橹，女，籍贯湖南。20世纪70年代初出生。1999年开始北漂。先后在《湖南文学》《飞天》《十月》《人民文学》《诗刊》《北京文学》《绿风》《星星》等刊物发表过作品，有诗多次入选年度诗选本。

北漂感言：仍然没有习惯，仍然很局外。我一直以乡人自居，一直觉得离北京城遥远。

辑二

辽阔夜晚的回音/钟琪
2020-4-25

缩小的春天（四首）

孙苜苜

大年初一

蜡梅从四十涨到一百二
红蜡梅售罄
红玫瑰被老板藏了起来
留着情人节待价而沽

金店生意兴隆到售货员
下午五点还没时间吃午饭
转运珠几乎断货

电影院人头攒动
次日的票已基本售罄
价格涨幅惊人

鲜花，转运珠，电影
用来代替疫情下的拜年，长明灯
守岁和大红灯笼

搬家

搬家后，在梦里还要再搬一次家
反复练习后，搬家变得容易

膝盖疼着疼着突然不疼了
而疼的念头迟迟没有退去

两遍人生，大写与小写各一遍
外伤要等内伤一起才能真正愈合

能说会道的人是春天的蝴蝶
一束鲜花让我变成守株待兔的人

远离城市的中心等于重建内心
欢乐的中心和政治经济文化中心

缩小的春天

如果城市足够大
就必须按比例缩小自己的
出行范围，以防止那种
力不从心的感觉和时间成本产生

如果内心足够强大
就能拥有一个人的城市
就能把春天倒逼进
内心及城市的各个角落

那里，春天拖家带口前来
春天不需要预约和邀请
春天是一个腰缠万贯的花枝
谁都可以和春天添加好友

如果城市足够强大
一个人内心的叹息约等于无

父亲节

垃圾车选择凌晨三四点作业
好赶在早高峰前出城
用手机找工作，他带着焦虑
半夜起来查看着消息
他的腹部日渐隆起
仿佛吃下了很多的苦头和
成吨的垃圾，无法消化和吸收
酷暑之下，冲进阳光里的
是一个没有父亲节的父亲

孙苜苜，河北省承德市人。曾在《诗歌月刊》《诗歌风赏》《散文诗》《散文诗世界》等
发表作品，诗歌入选《部落格·心灵牧场》《中华美文——新诗读本》等文集。

北漂感言：来北京三年多了，光环没有了，感觉到打工者生活在大城市的不易，各种落
差起伏太大，真的是冰火两重天，但是又很容易上瘾和依赖。

梦见你和草原以及马（三首）

张后

梦见你和草原以及马

梦见你
以及草原

你骑一匹白马
穿着睡衣
月色十分撩人

你的长发被风吹开
马在草原上奔驰

帐篷里有很多牧民
因此睡不着觉

不平静的夜晚
整个草原的马
都在咴咴长鸣

我们去山里

山里很静
许多小路通向
未知的地方
不用竖起耳朵听
也能听得到山沟沟
藏匿着的水声
白云很白
像吉祥的羊群

我们去山里
一只小鸟
突然从一棵树上

飞出来
像一颗子弹
速度极快
树枝颤了颤
恢复平静之前
抖掉一片叶子

我们去山里
山里没有人家

隔世

很早我就醒来了
我藏在草丛中
倾听昆虫的声音

一些微不足道的生命
在盛大的节日到来之际
显得格外卑微
我只能把自己缩得更小
与之为伍
我才心存平静

我低声说了你的名字
花就开始次第绽放

张后，诗人、作家。著有小说七部、诗集七部、随笔散文集三部、访谈录九部。执导中国首部以诗人海子为原型的电影《海子传说》。2016 年创办刊物《访谈家》。
北漂感言： 北漂之旅犹如凤凰涅槃。

渴望（三首）

王丁强

渴望

昨晚，我堆满了满屋子的忧伤
你的脚步声
将它踩碎了一半

今天你还能来吗
请再捎一篮子快乐
洒满我的房间

爱情

你不断地
往我的杯子里
倒滚烫的开水
我却想说一句
你为什么
不再加点茶叶？

十二月

十二月的天空太蓝
如涌动的海
结成晶体
走在以纯白为背景的
画面上
寻找一种感觉
树木早已站成往事
风在枝条上
编织回忆
鸟雀其实是岸上的鱼
一只箩筐一把秕谷
导演一个阴谋一个骗局

结冰的河流
暗暗期待着涌动
一泻千里的情感
在十二月的土地上
找不到突破口
寒冷的是心

　　王丁强，河南安阳人，现居北京，词作家、诗人。系中国网络作家协会会员、中国音乐家协会会员、中国诗歌学会会员。1994 年开始发表作品，出版诗集《情感的河流》，散文自选集《故乡的那片云》等。

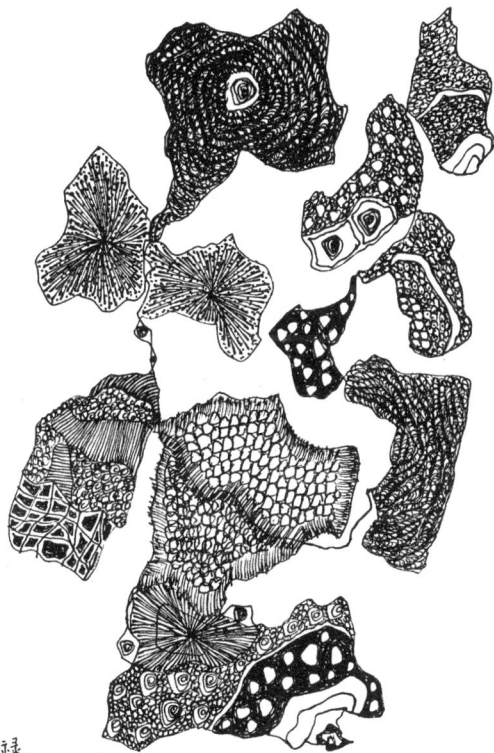

鹏启示录
安琪 2020-6-24

疤（三首）

蔚翠

疤

它们是我的弱点
一阵风吹来
举着小小盾牌
对抗虚无里真实的嘲笑

它们丑陋，凹凸不平成为身体的一部分
暗夜里，企求轻柔地抚摸
和安慰

但你不能揭开它。里面的
一些往事、过程
不能重现。不能将命名为疼的东西
再一次确认存在

烈士日

今天我们小声说话
缓行，肃穆。默默想一会儿
岁月
再默默地
将泪水换成决心和勇气

他们会看到的
那些云、雨、风和雷电
那些高楼、车辆、人群和幸福的表述
相互拥抱又怀念
相互望向世间的无限远处
山峦起伏
河流激荡

镜子

刚走过去，镜子就攫取了我的影像
它要求对等
我说不，它也说不
我笑，它也笑

可是我说孤独呢
我说爱而不得的无奈呢
我说我的坚持或者放弃呢
它假装听不见
也许，那后面薄薄的一层水银
的重量，是坠向时间深处的一颗石子

无论如何，它提示我存在
我皱眉，它也皱眉
我用手拂开额前的发丝，它也会
这个殷勤的不会说话的朋友，对我
有些执着

蔚翠，1965年生，系中国作家协会会员，北京作家协会会员，中国诗歌学会会员。《伊甸园》诗刊副总编，北京诗社副主编，卢沟诗社副社长。先后在《诗刊》《人民文学》《北京文学》《飞天》《绿风》等刊物上发表诗歌作品。出版有诗歌作品集《与自然的对话》《春暖花开》。

墙上的婚纱照（四首）

杜思尚

墙上的婚纱照

时间凝固了
西服，长裙与鲜花
有了油画的质感
但时钟一直在走动
远处传来，孩子的吵闹声
人们日渐忙碌，步履沉重
衰老在抹平记忆
直到某一刻
偶然抬头，望见那幅画
才停下手中活计
画上的人是我吗
时针走得更快了

从亨利·贝尔到司汤达

亨利·贝尔身材矮胖　说话结巴
想当诗人　却只会按部就班写段子
心血来潮　要当伟大的情人
在贵夫人面前　徘徊几十趟
逼自己表达爱情　要不就开枪
最后　爱了十八个月的他
硬是开不了口　但也没开枪
直到根据新闻　写出《红与黑》
小说主角于连　身材修长
追求市长夫人时　爬梯登窗
小说作者　也摇身一变
成了名垂青史的司汤达

我们的父亲

"爸爸
我看到那个人像你"

顺着儿子的手
我看到车窗外
一个佝偻上身
吃力蹬三轮车的
中年男人
一件白背心
被岁月磨损的
松垮变形
趿拉一双断襻的拖鞋
仍在人群中
奋力蹬着
我盯着他的后背
直到他消失在
生活的海洋
我们的车
也随即淹没在
车流中

去天文馆看星星

灯光暗下来后
头上的穹顶
依次呈现四季的星空
举叉的猎户
笨拙的大熊
人马箭指天蝎
牛郎织女隔河相望
我在疲惫中
酣然入梦
醒来，星河灿烂
童年的星星
正冲我眨眼

杜思尚，生于河南南阳，2008 年移居北京。诗歌作品发表于《文艺报》《解放军报》《解放军文艺》《诗潮》《读诗》等刊物，入选《新世纪诗典》《中国先锋诗歌年鉴》《中国口语诗年鉴》《中国诗歌排行榜》等文本。著有诗集《人间》《我常垂钓于逝水河畔》。

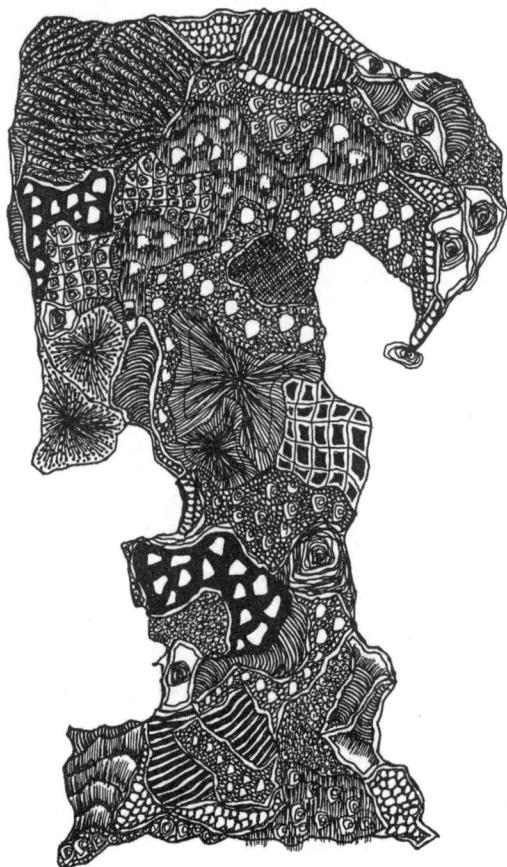

童话一种
安琪2020-5-9

缝隙里的夕光（三首）

陈克锋

缝隙里的夕光

它们也是北漂者
缝隙再小，再曲折
也要
摸一摸我
——稻草的脸

它们时常
摸到一把，谷粒般的
泪

布谷鸟

生来就是安慰人的天使
村庄兴奋的时候，喊着，不哭，不哭
生来就会这句话，对人说了一辈子
我们伤心的时候，也是，不哭，不哭

它一喊，我就想起和平村
它一喊，我就看见去世多年的姥娘和姥爷

落差

有过一段时间，最高的人生目标
是在县城实验小学当老师
那时，我常在汶河泡脚
到市里，沂河被世界最长橡胶坝
没收了浪花，欣赏过它汛期，短暂的高潮
后来各地行走，黄河长江澜沧江九寨沟
直到目睹了黄果树瀑布
才明白——
水流本无异，人生有落差

匍匐得越低，摔得越痛
内心越煎熬，灵魂越挣扎
越需要走出好久，才能听到
一个人内心
壮丽的喧哗

陈克锋，1976 年 2 月出生，山东人。山东省作家协会会员、中国诗歌学会会员、中国散文学会会员。文学作品散见于《北京文学》《诗探索》《星星》《青年文学》《芳草》《鸭绿江》《天津文学》《广西文学》等刊物。出版专著六部，其中诗集《母亲的北京城》《父亲的汪家庄》《俺的北漂史》"北漂三部曲"构成个人诗歌写作体系。

北漂感言：在漂泊的途中，是诗歌让我找到了内心的安宁。无论岁月如何沧桑变幻，诗神的阳光依然会出现在沂蒙山的田野、山川和河流，汪家庄的天空，我们世代流传的血脉里。

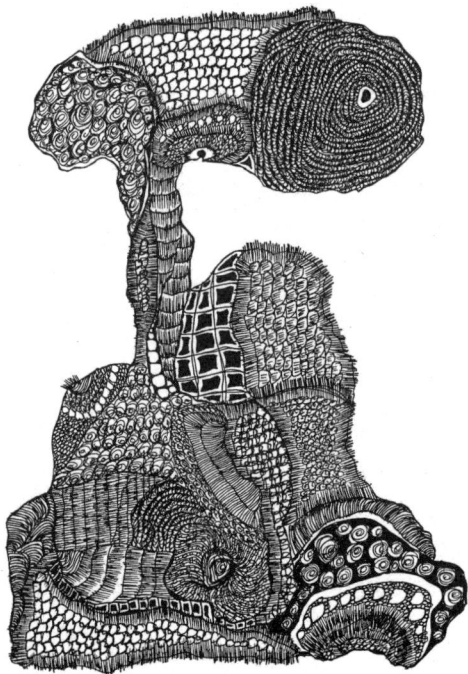

在冬日的光线里
安琪 2019-12-4

况味

总有一些路程只能独自笑着告别转身哭着前行
总有一些时光需要独自浓缩到发不出任何响动
光天化日之下，你多年的梦想都在被别人实现
你想从头再来却发觉自己已不是当初那个少年

你的影子没有因为在阳光下跋涉多年而变得明亮
所有许诺终生相随的人常常最后都会天各一方
你的世界若是昼长夜短说明你从未进入孤独
你所谓的长相厮守只是渴望对方无条件付出

"我再也不想它了"兰波对一个热爱诗歌的人说
你知道他的放弃不是急流勇退，而是无可奈何
起早贪黑的公交上挤着胸怀天下交不起首付的人
你知道太多背井离乡不是闯荡，而是无家可归

仰望苍穹，还有多少时光可以没有负罪感地挥霍？
还有多少用情专一者从生到死只为与对的人错过？
一条濒死的肺鱼期盼的大雨始终没有如期而至
而茫茫人海将相见恨晚的人最终淹没为匆匆过客

一个壮志未酬的老男人在无眠的午夜细数着星辰
一个跳完广场舞的大妈拎着韭菜迷失在都市的黄昏
我说："迷路也是一条路，没有出路也是一条出路
关心猪肉价格的人往往比心有远方的人活得幸福。"

韶华易逝，无论你怎么打玻尿酸还是开启美颜
智商正常的人自己都清楚今朝的容颜老于昨晚
一旦失去再不可逆，懂得珍惜不意味着还有相遇
时光无色无味且毫无踪迹，可我们却在陆续逝去

盛华厚，1982 年生于山东夏津县，毕业于中央美术学院。李可染画院和香港特区画院特聘画家。曾获北大未名诗歌奖，中国青年诗人奖，博鳌国际诗歌奖。著有画集《盛华厚作品集》；诗画集《拉萨女神》（琼吉诗，盛华厚画），诗集《默读》。录制有访谈节目《八零上线：盛华厚用艺术玩穿越》等。

　　北漂感言：北漂是一种心理状态，不是物质所能改变的，因为出生的根在外地，所以精神上对北京充满孤独和漂泊感。这种感觉或许会随着在北京的时间越长而变淡，但很难消失。

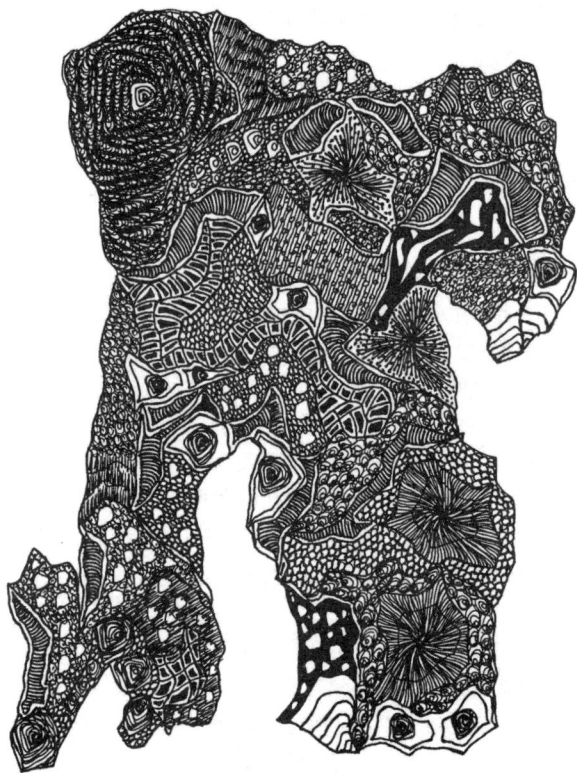

威昆斯
安琪 2020-5-26

爱我的人在人间（四首）

王彬

爱我的人在人间

那是非常平凡的画面，过往的冬天
挂满冰凌的屋檐下，父亲用嘴
给一个几岁的孩子哈气取暖
盛大的落日下，敞开的柴门
母亲端出一碗热汤面

弟弟早于我之前做了父亲
妹妹出嫁后过着平淡却温暖的日子
相濡以沫的妻子，共度似水流年
襁褓之中的女儿，给了
这个家无限的幸福和温暖

关于我和生命，我走过的路
云朵浮在蓝天之下，以爱之名
写我的诗，做喜欢做的事
我爱的人健康平安，爱我的人在人间
真——好

这一年

世事沧桑人间换了多少容颜
我把灵魂放逐，在天寒地冻的北方
故乡、亲情成为我诗歌的主题词
我把自己分成了无数分子
在诗歌的大海里游弋，在经济的大潮中沉浮
左边是亲情，右边是友情，中间是爱情
因为一次邂逅，我找到了写诗的快乐
因为一缕春风，我拥有了亮丽的春天
女儿的出生是给我的最好的礼物
这一年奔跑在路上，冬天来临之前
我向大地预约春的消息

三月，灵魂的骨头从泥土醒来

故园是一个隐喻，藏在黑夜
镰刀的怀想和渴望结满老茧
灵魂在燃烧，拒绝比喻和赞美

春满人间的三月
我是埋在大地里的一粒种子
等待着一场雨的来临

泥土芬芳，思念生长
在春天，灵魂的骨头从泥土中醒来
一只羔羊留下幸福的泪水

春风穿过母亲缝补的针眼
花朵举出诗的火焰
炊烟在眼里复活

请你原谅

故乡，请你原谅
原谅我再一次别离
留下老屋
屋角沉默的镰刀
留下童年的美好
父母的回忆

人越走越远
心越来越近
用记忆写下的思念
在初月夜里
高高的山岗上
彻夜不息

冬天亲手种下的麦子
在大地怀抱里拥雪而眠
青青的草色中
隐藏着思乡的火种

在异乡柔软的不是跳动的心脏
而是挥之不去的乡愁

　　王彬，安徽省作家协会会员、北京市海淀区作家协会副秘书长、中国诗歌学会会员。作品在《中国艺术报》《中国财经报》《诗歌月刊》《解放军文艺》《散文诗》《绿风》《中关村》《中华英才》等发表。著有诗集《暖一场相逢》。

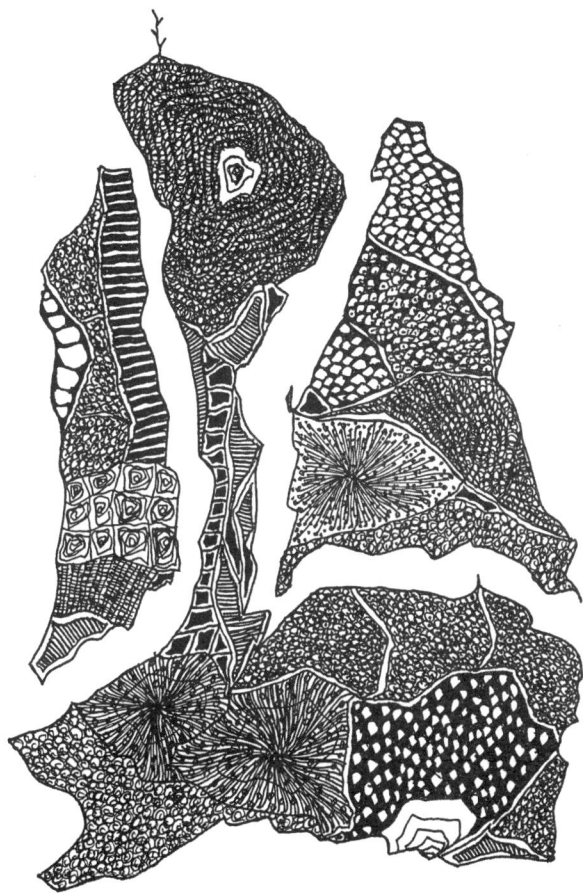

草木变奏
安琪 2021.8.24

秋雨（六首）

林夕子

秋雨

是春天没数清的花瓣
是夏季没安放好的起落架
在秋的木门上敲击

船头的一棵海棠

远方时时的祝福带着细雨
在眼前滂沱
流向大江　　大海
在迷雾中　　大山间
阻隔　　环绕

归去吧　　那书签的背后
告别吧　　那唇齿之间的距离

扬帆　　在离岸的木船
用行囊里的泥土
在船头
种上一棵海棠

冰山

它是海的儿子
却在海里漂泊

向上的白
在寒里坚硬
却在暖风里
泪流满面

生活是天窗外的花朵

在蝴蝶的凝视里邂逅庄子
在泡泡飞舞里遇见斑斓

生活是天窗外的花朵
在无尽的夜里消失

人间是一滴泪

我关闭了风
关闭了月
却关闭不了呜咽

人间是一滴泪
在无尽的夜里穿行

昨天北京的雪

昨天北京的雪我没有看
不想知道脚步会去向哪
那扎不进土地的白
在冷里忘却了悠扬

一场又一场的雪过去
像一张沉寂的白纸
等来的
是挪不动的墨迹

我们都老了　在灰色的屋檐下
偶尔响起的老歌
飘在泪光里
以笑的姿态
消亡

林夕子，1967 年 5 月出生，音乐人、画家、诗人。诗歌散见于各报刊，油画作品被机构、个人收藏。

像我这样笨拙地生活（三首）

丘春连

肉眼可见的生活

我看见
肉眼可见的生活
像是地铁里凌乱的头发
像是道路上佝偻的行人
像是那一双双
曾经迷人却无神的黑色眼睛

我看见
肉眼可见的成长
像是高大的男孩舍弃篮球
背上行囊和希望
再用皮鞋和西装
裹上自己多年的梦想

我看见
一个单纯女孩的过往
在落日炎炎的期盼
在漫漫长夜的寻找
她终究离去了
放下她曾经光荣的梦想

我看见
一对爱人的执迷
对过往的包容
对孩子的期盼
落寞无助的双眼里
只剩下加班和无谓的叹息

闭上眼，我迟疑
这肉眼可见的生活

好想，每天都可以甜甜地睡一觉

我好想
每天都可以甜甜地睡一觉
从日落到晨曦
从擦肩到背影

我好想
像婴儿般沉沉睡去
没有太多的追求
也不会听见
夜里梦想破碎的声音

我羡慕他
像羡慕那时的自己
只需要一点点能量和补给
就能朝着梦想的方向飞奔而去

我呆呆地蠕动
却在时间的尽头
看见那个缓缓睡去的自己
眼里没有了亮光
只留下沉沉的倦意

我好想
在美梦里甜甜地睡去
拥抱着幻想中的灯光
倚靠着不曾泛白的草地
任橱窗里留下无比清晰的记忆

像我这样笨拙地生活

有谁像我
这样笨拙地生活
从不探寻云层的高低
从不丈量足下的土地

有谁像我
这样真切地生活

从不屑于辩驳对与错
却只在乎真与假
在我年轻的时候
在我充满勇气的时候

有谁像我
这样勇敢地生活
想要留住一抹半空的白
想要弥补两鬓的忧伤
也一直在默默追寻
理想中的爱情真谛

有谁像我
这样执着地生活
年少时的懵懂期盼
年长时的清醒理智
假如能够提前预知的
都不能够称之为生命的火

我似乎感觉到
我热爱这样笨拙地生活

丘春连，1994 年 9 月出生，2013 年开始来北京求学，陆陆续续北漂近 10 年。

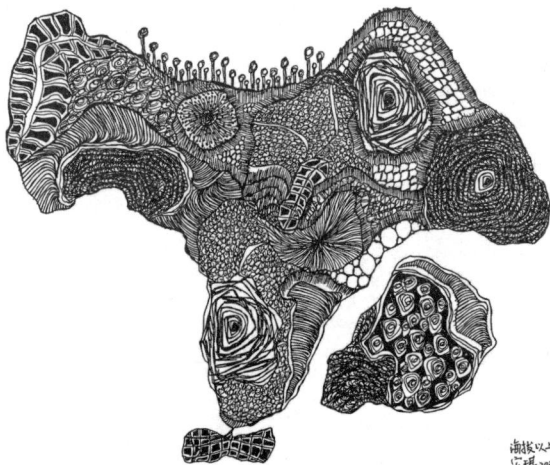

海报以上
安琪 2020-3-29

花瓣（三首）

苏瑾

花瓣

对于花朵来说
绽放在枝头和被人撷取
并没有什么区别
它们的人生本就短暂
阴天也好，晴天也好
没人知道它某一天的具体心情
就像它们自然飘落的时候
散步的人也不会多加留意
摘花的人，片刻之后
便会忘记这朵花的美
而人们，来来回回在河畔散步
也会忘记自己曾夸赞过
一片花瓣
这世间
遗忘的速度太快了
聚散也是
如此匆匆

几年前我写诗

几年前我刚刚写诗
第一首诗写的是男女情事
笔风成熟了
才开始写佝偻的母亲
和抽旱烟的父亲
我开始学会审视自己
一个人。与花草为伴
听鸟兽的语言，有一刻
我觉得自己是自然的孩子
我想做一株蒲公英
偶尔有人走过

我把自己埋入枝丫
这沉默的午后
一些怪念头
只适合写进日记本

路

风尘过后，鸟鸣阵阵
从一个音节跳到另一个音节
是孩童口中的天真
是此刻自然的赠礼

走过许许多多的路
北京的路，多是经历着的状态
故乡的路，是回去过又牵挂着
的路。走得久了
更要缓些。
太过匆匆，生活便要笑你。
这笑像个智者。这个那个
人。总有自己的路。

我呢？我呀。
要叫云来猜，猜不到，
想我也是路过某处
被光影迷惑的孩子

苏瑾，原名苏琳，生于1997年9月，北漂六年。《作品》杂志青年评刊团成员，华语作家网签约作家，北京城市文化艺术中心签约作家，白居易诗歌研究会会员。有诗歌见于《中国青年作家报》《辽河》《作家周刊》《天津诗人》《中国汉诗》等报刊。

北漂感言：在北京，有数也数不清的人，也有各式各样的路。我的城市太大了，大如一个文本的隐含空间，我的城市也很小，小如一首诗，我就在诗意的呼喊中陶醉了。

脚手架（二首）

袁丰亮

脚手架

抬头时
我看到高高的脚手架
这分叉的天空

我倾听
这哐哐当当击打
护栏含铁的音质
破碎而沉重的宁静

当空中的一群人
护腰的缆绳和生锈
的钢管
攀上亲戚
这风雨变换的日子
日常的劳作捆牢粗糙的
安全绳

我已从高空的背影看到了
他们脸上劳动的气色
黄土和灰污
这是我常见的
容易忽略的颜色

我有些担心了
不牢靠的
脚手架，是临时的
楼群和村庄是割裂的

公园植物启示

这些葱茏的植物
大都是移民风面孔
独异的美隐含异乡的口音

紫叶桃羞于目睹鸢尾草
放大剑形的手掌
刺柏从北美的地平线
穿过大陆架和海岛
一路的苦咸在云游中感知
白蜡树的路途
梦过多少白雪季

紫丁香、三角梅、碧叶桃
带着迁徙的疲惫
混血儿的花园
鼓励它们从山野进城
守着各自的身姿
和翠绿本色

我只和旱柳　海棠　榆钱树
槐花蜜
是朋友
我乡村的山川
只有接骨草　婆婆丁　牡丹花
我自带的方言
城里人听不懂

袁丰亮，男，山东临沂人。中国诗歌学会会员，中国音乐文学学会会员，北京海淀区作协会员。作品散见于《山东文学》《鸭绿江》《橄榄绿》《词刊》《中华英才》《中国人民防空》《稻香湖》等。

212

没有固定地址（四首）

黄华

我在地铁读《北漂诗篇》

我在地铁读《北漂诗篇》
乘客大多摆弄手机
沉浸于各自的世界
时事新闻　足球赛事　直播购物
按动游戏键盘的双手
忘却虚拟世界与现实人生的差异
捧书人亦低头
却与车厢的氛围格格不入

我在地铁读《北漂诗篇》
随同快速行驶的列车
在城市腹中乱窜
好在它不是柔弱的妇孺
不然可能疼得满地打滚
携带一身疲倦和永不停息的欲望
每一个心愿促使我在地铁里迎接新的一天
每一次召唤又让我踏上归途的最后一班

我在地铁读《北漂诗篇》
想象自己穿越回到从前
同纪晓岚一同读诗论道
和鲁迅一起探讨北京孩子的中考
我渴望像他们一样挥斥方遒
指点江山　激昂文字
为古城留下一点念想
让后人知道有一批北漂的人曾经来过……

没有固定地址

从一个地方漂泊到另一个地方
我背负沉重的行囊　拖着行李箱

把欢乐的笑声留给寂寞的山洼
将孤独的背影嵌入黎明的晨曦

从一座城市辗转到另一座城市
我从信箱取出上一位租客的信件和杂志
甚至未来得及激活的信用卡
我渴望联系到他或她

从海淀漂泊到西城　从朝阳漂泊到东城
我换过七八个地址　耗尽春的嫩绿和夏的绚烂
也许有一天我会欣赏到斑斓的秋景
但我更想现在慢慢品尝北京的四季

生逢其时

父亲一辈子感慨生不逢时
大学毕业遇上"文革"
人的一生有几个十年？
老爸悔恨被耽搁的青春

我未来得及思考命运
抬头回望已到达中年站台
也许活着就是幸运　思念在天国的父亲
身边的小树早已枝繁叶茂　绿荫如盖

含窗十九载　工作二十年
我从不认为自己生不逢时
每个人无法选择上车的时间地点
只能选择下车的时间　停靠的驿站

我在北京生活　飘飘荡荡
像雨像云又像风　但我只能做一棵树
只能生逢其时　扎根当下
背负重担　面向未来

一个人与一座城
　　——读《北漂诗篇》第四卷有感

如果爱上一个人

你会为他做什么？
也许你会爱上一座城
他所在的城

如果爱上一座城
你会为它做什么？
也许会在城里找一位爱人
与他共享城里的时光

如果爱上这个人
却不愿远赴他所在的城
没人知道
这份遥远的爱能够持续多久？

如果爱上这座城
却找不到心爱的人
无法预测
你是否还留在城中？

繁华都市　大漠孤城
都挽留不住
两颗渐离渐远的心
因为爱需要源源不断的给养

黄华，1974年生于河南新乡，现居北京，就职于某高校。

北漂感言：庆幸自己结识"北漂诗人"这样一批诗友，体会到诗歌"兴""观""群"的功用，愿与大家在诗歌道路上共勉！

北京人（组诗）

阿琪阿钰

在 KN5256 次航班上俯视天空

日光之下的白云、羊群和我，都是天空之城的子民
所有的羊都把头朝下，KN5256 是一只大鸟
一只白色的大鸟骑在默不作声的羊群上

我与十亿头羊一齐低着头，我们有着共同的命运
所有的羊在晴朗之日，都要被风吹散

日光之上。他说要有光，永远都有光
光要照亮大地的时候，羊群就从空中掉下来
掉在祖国的北方，就成了绵羊
掉在祖国的南方，就成了山羊

非虚构

在故乡，生娃办酒，耽误一天
迎亲嫁娶，耽误三天。老人离世，耽误七八天
挖坑种树，翻地种菜，上山遛狗
通宵打输赢之牌，整夜喝无用之酒
玉米和野草连年生长连年收割
无数人割弯了腰，割到了黄土，割成了小山丘
我偶尔在夜里得到的新词，总是被狗叫声带走
夜晚的门开着，看不见乌鸦的窝和狐狸的洞
像极了一个没有声音的停摆时代
草木在风中听风耳语

五百户村

京畿明珠，北部新城有五百户村
我看到五万棵大大小小的桦树
看到北京方向吹来的五千吨西北风
看到拔地而起的钢筋水泥，和无数风沙的四周

216

有四百户村，三百户村，二百户村
和头百户村

喇嘛庄村

我到喇嘛庄的时候，项光晓兄在摆摊卖古玩
万助华老哥也在摆摊卖古玩，我卖我的《漂泊在宋庄》
我在宋庄的命运是一张折叠桌子，一支中性笔
和所有在宋庄认识的人。2021年5月3日，万助华老哥
丢下未成年的一儿一女，永远离开了宋庄
石头包子铺里没有石头，包子铺换人，做了画廊
画廊画去了大厂。我的余建华老哥带着景德镇的陶瓷来了
瓷瓶上有山有水，有四季分明和我爱吃的青椒炒肉
1982农场，有人在巴掌大的鱼塘里钓鱼，绵羊和鸽子在空中相爱
一只公鸡学着诗人七月友小虎歪歪斜斜的乱窜
野猪在树林里奔跑，矮马被关了起来。那个叫伊娃的小女孩
你知道你的自行车没有刹车吗？你别骑得太快了
我在黄中华老师的院子停留，醉酒，重复着离开宋庄来宋庄
我时常想念黄中华老师的院子，这里像一个温暖的家

在宋庄美术馆

在宋庄美术馆，我看到一个雕塑作品
十个女人，一个踩在一个的腿上，向上重叠起来
她们的心是空的，像我漂泊在宋庄的十年
2010—2020，一个世纪的十年，我拖着行李睡马路
做搬运工，干杂活，卖凉皮，卖诗，写诗
开书店睡懒觉，大碗喝酒大块吃肉，日夜酒鬼与笙歌
白驹过隙的十年，很多人离开了宋庄
小招，丁仕宏，卧夫，伊蕾，莫腊，万助华……
他们从宋庄去了天国。宋庄美术馆，你欠他们一座雕像
晚风吹过北塘，很多在世的朋友
他们桌上的茶水，已经凉了

阿琪阿钰，本名张琪钰，1985年生于贵州。黔西南州作家协会会员，贵州省作家协会
会员，中国诗歌学会会员。作品散见于《诗选刊》《诗潮》《星星》等。部分作品入选《2017
年中国诗歌精选》等。著有诗集《安魂曲》，散文集《我带父亲回故乡》。

学画（三首）

程立龙

画草

画草至简
不挑笔不挑色
有纸就行，几笔就够

画草别画草原
太辽阔，几棵没有说服力
画画春天里的一望无际
生命一定浩荡向前

画草不同于画兰花
画不出长短宽窄的芳香
也不同于画竹
不需要根根如剑
也不需要笔直向天的气节

就画简单的随遇而安
和对土地的热爱
至于马蹄下的倔强
以及风雨里的不屈不挠
画与不画，都在

我起了一个与草相关的笔名
落到文字中间
不敢有一丝马虎潦草

画葡萄

青和紫是相对的
取决于阳光
也取决于颜料
与甜和酸并没有关联

画一串葡萄
首先要画出它们的紧密团结
无论大小胖瘦
都是自己的兄弟姐妹

藤一定要画
画出其中的人物关系
就算若隐若现
总归是血脉相连

叶子像是慈祥的长辈
托举着葡萄的生长
延着老去的藤蔓
从这一代呵护到下一代

画竹

不知板桥先生画竹时
清醒还是糊涂
寥寥几笔
竹竿笔挺，竹叶如剑

我学着画竹
不知道该糊涂还是清醒
就算腰板挺得再直
竹节始终画不直
就连叶尖都钝

握着竹子做的笔杆
却无法驾驭羊毛做的笔尖
手头很硬
笔头很软

画不出他画的竹子
也无法让自己清醒着糊涂
干脆找一片竹林
把自己先站成一株竹子

程立龙，笔名草哥。作品散见于《诗刊》《星星》《解放军文艺》《扬子江诗刊》《诗潮》《诗林》《诗歌月刊》《诗选刊》《草堂》《大河》《作家天地》《绿风》《上海诗人》《天津诗人》《中国汉诗》等刊物，部分作品入选2018、2019、2020年度《中国新诗排行榜》。出版诗集《蓝曜》，此书获"2019年度十佳华语诗集"。

北漂感言：对我而言，北京的天空只挂着一枚叫家的太阳。

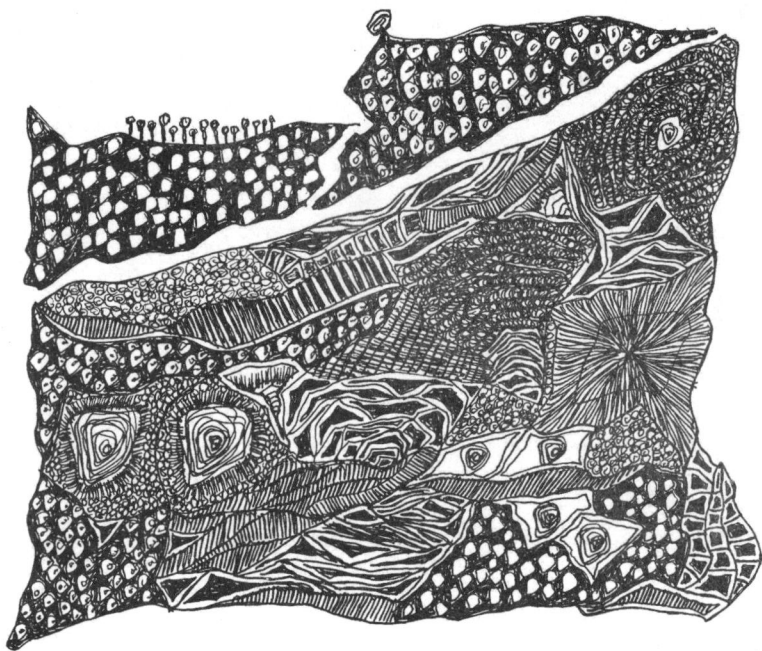

悦佰与柔情／安琪
2021-4-4

春天是位设计师（组诗）

高敏

秘密花园

春天像位隐士
悄悄走进终南山
春风围着沣河奔跑
暖阳坐在阳坡写诗
而我站在阴坡沉默
长在土里的山药告诉我：
"别踩坏春色。"
天空追着晚霞
晚霞又追着星星
星星变成流星
飞回秘密花园

秦岭

在古老的褶皱断层之上
你保存着春天的种子
寒风雕刻着你的素颜

你一直沉默
敢当南北的守护者
冬天，你变成防寒超人
春天，你变成吹哨达人

穿过秦岭老屋
陕南院落里
干辣椒在墙边跳舞
春天叫醒过冬的虫子
流水开始歌唱
树木唤来候鸟
石头和风也在欢呼
豆苗就爬上石背

一棵豆苗看见春天
一棵老树看见秦岭
把春天镌刻在秦岭
你能看见什么？
多年后，我开始收藏

春天回家

太阳慢慢拥抱北半球
鸟儿开始回故乡
我也开始回西安

我不是候鸟，但每到
春天，却像只候鸟
飞回西安城的暖巢
好像一切才是开始
一切又都是结局

绿色渐渐远征秦岭北麓
我便像个小孩子去挖野菜
并不是劳作，因为
我并未想过收获
虽然时常来丰裕口
看着沣河跳入渭河
在春天换新装，再跳入
黄河，像一个流落他乡的诗人
寻找春天的故乡

不，或许，故乡不在西安
故乡不在秦岭
故乡不在黄河
故乡不在故乡
大概，再有期待
就变成虚无

而年少的记忆早已走失
乡村的泥土芬芳
变成小区的宁静轻快

缝隙里的野草继续抬头生长
每一棵都是新的
让四季开始，让春天回家

高敏，作家，诗人，现居北京。已在多家报刊发表小说、散文、诗歌，曾多次获奖，有
作品收入《世界诗歌文学》（中国卷）、《奔跑吧河流》等。

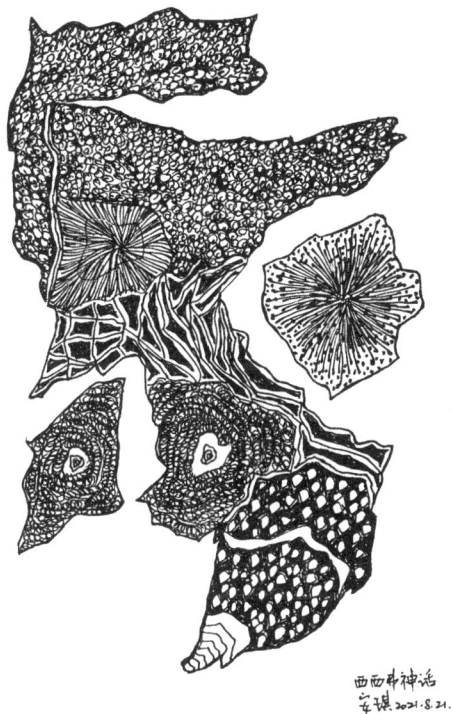

地铁里的国庆节（四首）

丁小炜

此刻

此刻，东来顺的铜火锅在沸腾
一名老外笨拙地伸出筷子
他矜持的味蕾，顿时在唇齿间兴奋起来

北二环，绵绵不绝的车轮
正把首都的道路仔细丈量
一位网约车司机与后排的乘客
索性讨论起久违的沙尘暴
像说起一位老朋友

电视台演播室，一名主播
做着直播前的最后准备
他再一次使劲抿了抿嘴唇
最新鲜的中国消息，即将出炉

一位送外卖的快递小哥
在中关村的车流里左右游刃
等红灯的片刻
他刷着车把上的手机屏幕
抓紧抢了一单，心里有点小快乐

外馆斜街的柳树下
驼背的老爷爷缓慢地收起理发工具
硬纸板上写着：专业理发 5 元
不得不说，这是全城最低价
柳絮飘起来，仿佛老爷爷剪下的那些白发

此刻，人间四月
北京时间十七点五十五分
阳光像金子般洒满大地

开饭店的表弟

他那只有几平方米的操作间
调料、肉类和蔬菜各自安好
小小角落，安抚着
前祁家庄很多流动的胃
富豪与打工族，流浪者与追梦人
都要一日三餐。这是城乡接合部的北京
望春园小店，价格不贵，众口好调
几个方言各异的回头客
就着一盘花生米、一份毛血旺
能在小店喝到半夜
他是我表弟，经营小店十年
在老家买了楼，开上了小汽车
跟他一起北漂的儿子也上了大学
当然他还赚了一头白发。累了就独自
喝杯二锅头，或者玩玩抖音
唱一出声嘶力竭的《甘露寺》
中国农民工的典型代表，我赞美他
赞美他麻辣混杂的坚守
赞美他五味调和的自足
最赞的，是灶台地面上那个深深的脚窝
那是长年颠勺调味、旋挪辗转的纪念
是一个叫任宝华的乡下厨师
用炉火照耀的十八般武艺创造的辉煌

地铁里的国庆节

地铁八号线，坐 14 站到朱辛庄
再坐 4 站到昌平南邵
在北京生活这么久
第一次让开往深秋的一列火车
从地下把我送到那里
我要去见草原来的兄弟
他刚刚游完花团锦簇的天安门
那时我们是军校里一枚枚青涩的果子
如今都变得有些矜持，都说不能喝酒
祖国的生日之夜
地铁里满是脸贴五星红旗的人

坦露着对家国的热爱
身旁两个女孩，眉飞色舞地讨论着
回家包饺子，为祖国庆生
还有满车玩着手机的人们
我仿佛看到了他们内心的喜悦

春风吹暖了七里渠

夏天的风，吹干了
七里渠地上爬满的蒲公英
秋天的风，吹落了
七里渠银杏树上炫富的金币
冬天的风，吹涨了
七里渠快递小哥的蓝大衣
只有春风，吹暖了
整个七里渠

七里渠，在一个诗人眼里
不只是谋生地的坐标
在一个北漂人心里
不只是地铁八号线的终点站
在一只流浪狗的记忆里
不只是一个避难地或者收留所

三年前，我两手空空
远离堵车、加班、酒局
以一个诗人的名义
叩响了七里渠的十二时辰
我爱这里的四季与晨昏。从那时起
蓦然发觉有一丝暖意从脸上掠过
是春风。春风里，我问候沿途的万物
向整齐停放的共享单车致敬
向部队营区传出的军号声致敬
向夜晚楼宇散发的灯火致敬
春风如此浩荡，我的敬意泛滥成灾
忘记了自己的卑微

草地上漫步的灰喜鹊
啄起一颗返青的草籽

向七里渠最先报告春风的讯息
南村的塔吊上
河南籍女司机长发在飘动
北村的挖掘机里
青海籍老师傅黑亮的脸膛红润起来
上学的孩子，健身的大妈，市场的菜贩
他们跳跃、奔走、吆喝
春风让一切加快频率
包括快乐与忧伤，心跳与方言，尘世与安康

在这伟大的国度
七里渠只是一个拥有两个村庄的地名
而春风给了它精准定位
春风吹暖了整个七里渠
七里渠暖了，回龙观就暖了
回龙观暖了，北京就暖了
当北京暖了，春风早已吹遍中国大地

丁小炜，1974年4月出生，重庆云阳人。著有诗集《不朽之旅》《野象群》、散文集《心灵的水声》《一路盛宴》、长篇纪实文学《在那遥远的亚丁湾》《一腔无声血》《江竹筠：一片丹心向阳开》、长篇小说《秋山几重》等。曾获第六届冰心散文奖、第十届解放军文艺新作品奖、第三届海洋文学奖、第六届长征文艺奖。

北京，那么大（三首）

王迪

北京，那么大

物流园区，有两棵硕大的树
在办公室，抬头就能看到它们
它们之间距离恒定
各自独立

狂风来的时候
一棵树的手臂搭到另一棵树的肩上
风中它们的语言我听得懂
阳光好的时候，它们就对我笑

我知道泥土下面
它们的根须缠绕在一起不分彼此
看着它们，给爱人打了电话

银河里的水声拨弄到它们的叶尖儿上
沙沙作响

没有固定地址

北京很大
我从朝阳搬到丰台

从丰台搬到海淀
又从海淀搬到通州

通州到宣武
地址不断地变换

我如同一片落叶
被风裹挟着来到大兴

可，悬着的心
一刻也没落下

担心收不到样刊和书籍
只好把地址改为老家衡水

我一直在北漂
只有故乡和爱人恒定

在北京

在北京
仔细地看过月亮的背面
那么多破碎的裂痕
不知什么时候重新黏合
她自己摔倒在山石上
沿山的那面，滑下

妩媚的微笑
镀上一层朦胧的夜色
谁能看出疼痛的时光
我懂得
为了弥补圆满，她一夜无眠

在殷实的月光下
树影斑驳
叶子带着月光落到我们肩上
发出瑟瑟的声响
感到天气微凉

两棵树，紧紧地依偎
暖暖的，热气扑到脸上
这些暖意
不是来自上苍
而是源于他们的根基

渐行渐远
再看时，月亮圆了，又圆

王迪，河北衡水人，2006 年来京。20 世纪 80 年代开始发表诗歌，作品收录于《北漂诗篇》《中国诗歌排行榜》《当代网络诗歌精选》等多个选本。

北漂感言： 我的骨头，已长进北京的血肉里。我的北京，不是故乡的故乡。

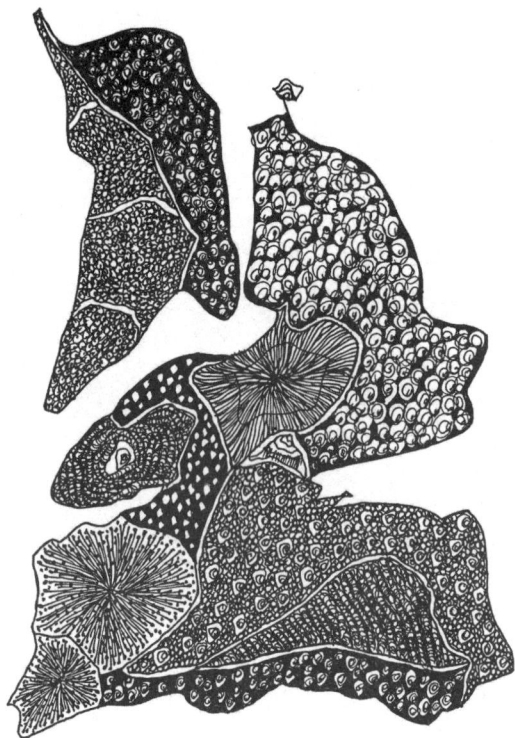

麦田的守望者
安琪·2021.8.17

我从这里找到您（四首）

黄卫

我从这里找到您
——致敬世界杂交水稻之父袁隆平院士

二十世纪八十年代
在中学时代的考卷上
我第一次找到了您
您的名字
是一道填空题的答案
世界杂交水稻之父是谁
答案就是袁隆平

九十年代
我考入农业大学
第二次从课堂上找到您
老师们教授的内容里
从来少不了您
我的学习笔记里
记满了您发明的杂交水稻育种技术
写满了对您的崇敬

大学毕业后
我第三次在编辑工作中找到您
我编辑出版了一本
关于您职业教育思想的图书
书中记录了
您备课的讲稿
您在稻田里
给学生们上课的场景
您赠送给学生的《资治通鉴》
和一把能演奏出悠扬旋律的小提琴
让我真正知道
您竟然是这样一位
只给学生魅力呈现

却从不给学生压力的良师益友

二〇一二年的夏天
我来到安江农校
在您工作了三十七年的地方
再一次找到了您
在这块偏僻而神奇的土地上
留下了您默默耕耘的汗水和足迹
滚滚的稻浪告诉我
您的闪光
是一种立在中国大地上
有一说一、最接地气的农业科学精神

二〇二一年的五月
我在电视上又一次找到您
这一次
我看到您睡着了
睡得那么安详
睡梦中您应该是去
告诉您日思夜想的妈妈
安江的稻子熟了
中国的稻子熟了
世界的稻子熟了
您的儿子终于有空来陪陪您了

我至今无法相信
这将是在尘世中
最后一次找到您
可是
我又坚定地相信
在那稻花飘香的田野上
在那亿万老百姓的心底
我永远
永远都能找到您

北归的天鹅

留与不留
既然已经春暖花开
便又到了回归的季节

带不走的一池春水
把我的羽毛沾湿
挥舞的翅膀
拍落串串露珠
就像是最后的一点点流连

我的心只属于远方
那即将沉没的夕阳
将漫长的归程点亮
金光闪闪的穿越
背影里有我飞翔的忧伤

高铁

高铁
从夕阳的深处
飞驰而来
有人到达
有人离开
朝夕之间
完成了时空的转换
把千里归途
浓缩成了短短的一天
而思念
却化成了月月年年

风筝

父母的故事
珍藏在我的心底
它从故乡开始
又到故乡结束
父母的起点虽然不一样
但是终点却走到了一起

我是父母故事的主角
就像牵在父母手中的风筝
牵挂是父母手中的线
风筝飞得有多高
线就有多长

风筝喜欢在空中看故乡
天空下的故乡很小
外面的世界很大
风筝追逐着风飞翔
父母跟随着风筝奔跑

风筝累了的时候
父母也跑不动了
忽然有一天
牵着风筝的那头空了
那根线却没有断
没有了牵挂的风筝
拖着思念的线在空中漂泊
不知道哪天要掉向何方

黄卫，江西新余人，1972 年 6 月出生，1994 年 7 月来到北京。现为中国诗歌学会理事，北京市海淀区作家协会监事，中国农业科学院农业信息研究所副主任。曾在《人民日报》《光明日报》《中国文化报》《中国新闻出版报》《纪实》等报刊发表散文、诗歌作品多篇。

北漂感言：来北京快三十年了，这是一座寄托我梦想的城市，从躁动回归平静，我心安处便是故乡。

回乡
——写给一个老女人

夏野

三十年时光，你如孤雁
努着劲飞。
因为太过孤傲而刚强，
翅膀上沾满流言与灰尘。
我看见，
你孤单的落寞，疲惫的目光，
在一维空间蒙太奇变幻。
要强的女人啊
要躲避世俗之风残忍切割。

抖落孤独与泪水，
孤芳在世俗中变为世俗。
一生被物质奴役，
为虚荣而仰天呼啸。
你还好吗？

我知道你熬尽灯油，
浑浊的眼神精疲力竭。

一个努劲飞翔的孤雁。
生活的风雨，使你黯然神伤。
曾经的娇媚，已伤痕累累。
物质和虚荣疯狂成野兽，
你的目光，充满了多维的无奈。

再无女人之香，在你周围飘荡。
我觑着毫无波澜的脸，
望着三十年前的梦中情人，
为一个耗尽心血的老女人，悲悯。

夏野，本名景盛存。山西省运城市作协会员，北京市海淀区作协会员。曾发表中篇小说、散文诗歌等。小说《帮扶记》获运城文学院优秀创作奖，诗歌《禹王之地》获作家在线优秀奖。

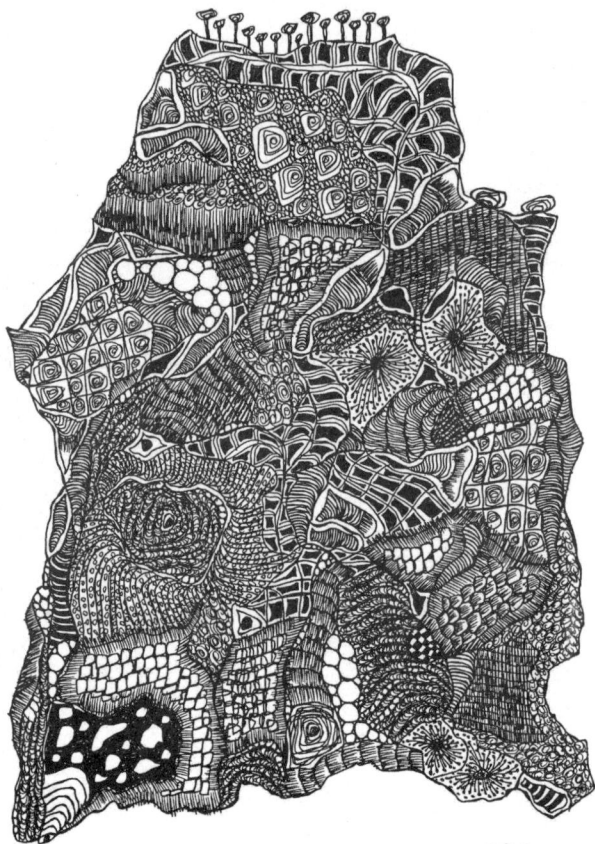

不再旋转的木马（二首）

王文

不再旋转的木马

沿着温榆河边看不到河的
山道
一路开到一家刚刚营业的度假村
吃完午饭四处游荡
原来有一座废弃的游乐园在附近

滑梯下躺着露出肚皮的野猫
不知道是不是刚从上面溜下来的
海盗船悬停在大海深处
永远都开不出来了
一群碰碰车被锁在一起
等待着有一天偕老成废铁

许多人坐过的旋转木马
安静地在雨中咀嚼青草
它曾像指针一样
一遍遍
把细微的声音振动
刻在旋转的轨道上
现在，却独自梳理鬃毛，喑哑不语

我们一起逆时针推动它
像播放一张年代久远的唱片
那些不小心录进去的欢笑声和情话
都在这寂静的午后
随着木马的步伐
慢慢回放出来
就像无数个恋旧的幽灵徘徊在周围
我们都听到了

鼓楼

每个城市都有叫这个名字的地方
可能真的有一座楼
安放沉默的刻漏
笨拙的日晷与
年纪成谜的驼背
持续工作多年依然兢兢业业
或者只有楼
里面空空如也
展出部分展品
让人凭吊和喟叹
写下
思古的七言绝句
又或者楼台不明去向
空留路牌一张
信不信是你自己的事
对绝大多数人来说
这都没有区别
他们早已习惯这个
古旧的名称
如同新街口、索家坟、积水潭、魏公村、西土城、牡丹园
鼓楼被记住不是因为它高大巍峨
当然也不是因为它早已无法追上的时间
对出租车司机说，咱们去鼓楼
通常他会有些迟疑
鼓楼东大街卖外贸服装
鼓楼西大街饭馆林立
鼓楼前方是车流交汇的路口
鼓楼后面有个小花园
唯独鼓楼本身如此多余
所以你去鼓楼要干吗？

王文，1993年10月出生于安徽六安，毕业于北京师范大学法学院，现居北京。作品散见于《萌芽》《朔方》《野草》《草原》《上海文学》《山东文学》《安徽文学》《江南诗》《诗歌月刊》等文学期刊，偶有获奖。

纪念一座山（二首）

碌碌

纪念一座山

在这片白色的岛屿上写作
风吹芒草，掺杂着动物的嘶叫
远处的房子好像一座座墓碑
灯笼点亮，一串红色照亮碑文
人们说这里有童话，而我只知道
山的下面，只有空旷
好在，在这里我可以进行我的秘密仪式
面对文字我是一名虔诚的教徒
就像明知神灵不会回答我的问题
我依旧会在每个日落时分
面朝太阳的方向认真地一再跪拜
直到双膝如木，直到手脚冰凉
通向这里的火车多年未变
山路上盘旋的汽车告诉我
这座桥需要重新建造
还有那些石阶
有人在昨夜的雨中滑倒
总有人要在日出前割掉自己的耳朵
就像总要有人，在落叶堆腐败之前
将它们点燃，帮助灰烬
在天空的云里得到永生。
从冥想中惊醒：沉睡的荧光蓝剑鱼
远方的云呈现出男人的侧脸，高楼的轮廓与
落日，在无限美好的红色中，彼此交换着死亡
想要成为一个炼金术的巫师
把所有的奇装异服与崇高的命题
都融进语言的铸造器里实现忘却
最终的救赎，属于那些
忘记自己的人，而忘记自己就等于忘记
日复一日的重复，可重复与无常，
只会继续。

二〇二一年九月二十一日

夜晚依旧是忧愁。
那个独自在房间里
抽烟的女人
她推开阳台的门
在只不过是又一个无须男人的夜晚
找月亮聊聊天
发丝又掉了两根
头顶的缝裂成了异乡
仿佛对此生没有任何期待的
她和月光拥抱，把烟头
丢进窗台的石缝里。
她知道了
秋天是一件
和圆形有关的事。

碌碌，本名盛钰，浙江省绍兴市人，喜爱写诗，译诗。

北漂感言：我爱这座城市，它的温暖胜过它的冷漠，孤独过，但是此刻是爱着的。

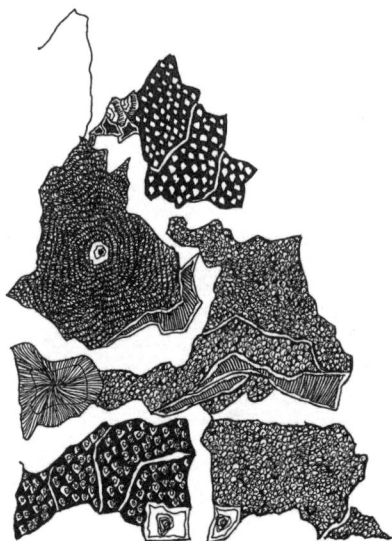

狂风（三首）

陶剑刚

狂风

我不知道猛虎是如何下山的
在都市和我的窗口
它四处乱窜，怒吼
这就吓坏了平时很胆怯的门窗
当然还有同样胆小的，如一些
树枝，雨伞，瓦片和电线杆
看样子它们好像真的被吓坏了
在剧烈颤抖

其实，我没有真正见到猛虎的样子
只是听到它在乌云翻滚时
喊出的那一声声疼痛

都市油画

钢筋与混凝土中生长着
童话。丛林里不期而遇的
总是飞快奔跑着的光影
线条和色彩也躲闪不及
这些家伙的艳丽与暧昧
当这些碰出火花的时候
我猛然看到城市的一幅幅油画
上面布满了声音和尖叫

骤雨

乌黑骑了野马，闯入我的视野
我仰视，它在云层深处
突奔、咆哮、怒气冲冲

声声马蹄，狂野四处，唉，这野马

四面八方寻找领地，寻找草地
我的眼睛里，到处飘着
黑色鬃毛，深情跳舞
我的视线上，旌旗林立

热情有时酝酿一场灾难
直率、豪放，也会剑走偏锋
将一切都卷入自己热情的盛宴
惹得怨声四起
单相思呵

不得已躲进人家的屋檐下
我昂首看你，不是来感谢你
是你打湿了我的梦

陶剑刚，1962 年 7 月生，浙江绍兴人。2008 年开始北漂，从业新闻媒体。

北漂感言：每个人的一生，都在寻梦，有的梦实现了，有的还在寻找。不管如何，人有梦，总是好的。北漂寻梦虽更艰难，但也更有价值，我们不妨学学黄山松的生活态度，即便在悬崖峭壁上，也要硬生生地活出个"树样"来，甚至更加郁郁葱葱，让人敬仰。

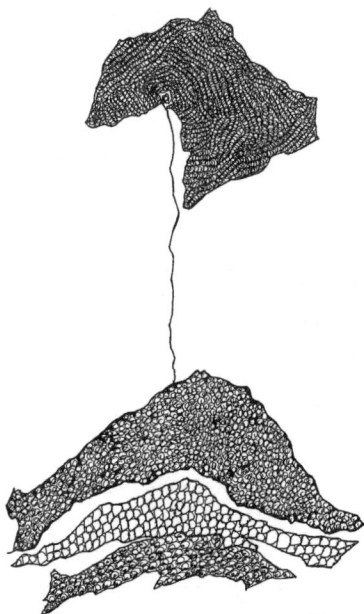

小步舞曲
安琪 2021.9.8.

北京，我无法把你当作家乡（二首）

周步

北京，我无法把你当作家乡

快二十年了
熟悉你的纹理如熟悉家乡的脉络
走过你的街巷如走过家乡的阡陌

快二十年了
领略你的风采如领略家乡的厚重
感受你的护佑如感受家乡的温暖

有些习俗不再，有些乡音已改
我甚至怀疑自己被故乡抛弃
那些根深蒂固的思想，随着天长日久
已经和这座城市融为一体
已经和家乡格格不入

但我更加清楚地知道
大雁留下的是鸣叫，河水淌过的是流程
——就算我已经在北京安家落户
就算我能生活到下一个世纪
我和北京之间，仍然隔着一段
情感可以丈量的距离

十年后的今天

十年后的今天
我们还能不能相见

十年后的今天
我们还能不能在这座城市里
做着各自喜欢的事情
说着彼此开心的话题

十年后的今天
我们是否还在这个狭小的空间
同担风霜与寒露
共享晚霞与朝阳

十年后的今天
我的白发定然会增添不少
你的容颜也有所憔悴
那时候，我的手心能否捂热你的手背
你的下颏是否还抵着我的宽肩

十年后的今天
我的笑容是否依旧灿烂
你的话语是否仍然新鲜
我能不能从你温情的凝视里
读懂幸福的含义
你会不会在我无语的抚慰中
感受到生命的温存

十年后的今天
我也许穷病交加，满面怆然，老之将至
如若从你华丽的身旁经过
你是否会像今天一样
习惯性地伸出双手
把我的快乐忧伤，轻轻抚摸

十年后的今天
你也许雍容华贵，或黯然神伤
我能不能坚持爱的承诺不变
你是否还恪守情的誓言不改

十年后的今天
我们是在茫茫人海中各自走散
还是历经艰难痴心愈坚
十年后的今天
我们是面对夕阳各自追忆过去
还是牵手晨曦一起展望未来

周步，甘肃山丹人，现居北京。作品以散文、诗歌为主，曾入选《中学生最喜爱的散文》《中国诗歌排行榜》等选本。多部作品被拍摄成电视散文等在电视台、广播电台朗诵播出。

北漂感言：漂在北京的是人，留在故乡的是魂。

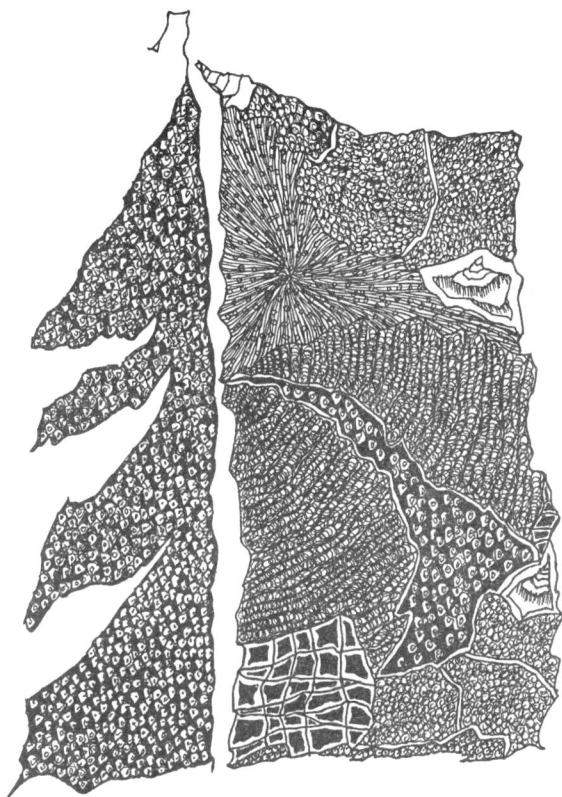

时间的背面
安琪 2021.9.6.

我心安详（四首）

陈劲帆

我心安详

夜幕下的九棵树西路
温暖而安详
月光透过高大的树冠
与我撞个满怀
其中一缕
穿过我的身体
割裂着不易觉察的忧伤
把它涂抹在同样有些阴暗的马路上
让你
没有丝毫的觉察
身体忽然轻了
路仿佛托着你的身体
飘向天空中
飘向白云深处的那片月亮

夏末傍晚

一只野生的牵牛花
用白色的大喇叭鼓吹着夏天的优美
招来一群蜻蜓
躁动地鼓掌
晚霞配合着
把天空画得五彩斑斓
几只看似胡乱飞行的蜜蜂
凌乱地服务着这唯一的花朵
两只充当观众的蝴蝶
看得漫不经心
倒是早起的一片半月
像极了即将独自登场的青衣
冷眼旁观
人间舞台上的喜怒哀乐

初秋夜雨

在我感知到秋天到来的晚上
秋雨如约而至
雨珠子在我窗外的阳台上聚会
有的敲击着玻璃
有的拍打着柠檬树叶
有的跳到地上
把身体扭曲成各种各样
他们尖叫
他们窃窃私语
他们放纵毫不收敛
他们又含蓄似有似无
入夜
初秋的床空空如也如同初秋的天空
雨下了一夜
我的梦里下了一夜雨

喝茶的晚上

窗
把一注月光倒进我的茶壶
茶汤清澈　暗香浮动
我喝了一夜
这一壶月光不浓不淡
没有悲喜

陈劲帆，原名陈千涛，曾用笔名韬筱白，湖北恩施人，土家族。湖北恩施市作家协会会员，北京市东城书法家协会会员。作品曾发表于《民族作家》《北漂诗篇》《中国诗歌网》《中国最美爱情诗选》《新世纪新诗典》等。

人间印象（三首）

张弓惊

窗内

细密的雨
滴在玻璃窗上
下滑

这时候
你如果在窗外
看见我的
脸

细密的泪
滴在我的脸上
下滑

那是多么
畅快淋漓的
一场
痛哭啊

可惜我找不到
伤心的
理由

人间印象

我在
大地上走
像梦游

总有想去
的地方
总想记住

来路

总在
半梦半醒
状态

在庄周和
蝶
之间
我卡着

大地液化
我漂泊
如萍

失眠的夜

失眠的夜，是人生难得的空白时间
几乎所有人都睡了，包括对手
都停止了努力。你醒着，总结一下
经验和教训；可以偷偷地笑，怎么
自鸣得意都行。当然也可以哭，无声
或者有声。泪流满面，也不用擦。
偶尔，收拾心情，认真筹划一下
战略和战术……失眠的夜，放空头脑
让心灵运筹帷幄。且失且珍惜

张弓惊，生于 1971 年，陕西宝鸡人，2001 年开始北漂。出版了《伤诗止痛稿》《胡同里的百家讲坛》等，编剧、导演了《红楼与梦》《平西地下交通线》等。

北漂感言：诗人的故乡是诗和远方，所以我不管在哪里都是漂泊。

丢在时光里的伞（六首）

陈丽

春分

此时春已过半
需要学会慢下来观察
观察一朵小花细微的爱情
观察草籽起身针尖一样钻出地面
听麦子返青拔节
鸟鸣清脆

此时更需要等。
等一场细雨来，洗涤尘世与灵魂
用旧了的日月星辰、原野、河流、枝枝杈杈都会焕然一新

此时最最重要的是
学会爱
爱新生也爱死亡。
爱万树江边杏，新开一夜风
也爱细草微风岸，危樯独夜舟

爱一次，春风就暖一次
再爱一次，你就被春色浸染了

丢在时光里的伞

雨落着
在那个，夏日的午后
两三朵粉荷
开在淡蓝色伞面上

雨花，开在荷叶上与荷叶下躲雨的鸳鸯上
在这狭小的空间里
它们紧挨着。
如同伞下的我们

心与心贴得那么近

以至于多年以后
那把伞，那个撑伞的你，那个提着裙子的我，一直行走
在雨里

秋殇

浅秋到深秋，只隔着几场雨的距离
你到我，却隔着一世的眼泪

阳光好的时候
适合晾晒，收集。
石头、月亮、星星
这些永恒的事物
总把我指向未来

那时秋色尚浅，莲蓬如盏
我们共用
一盏止渴
一盏赏月
这世上，我信了前世之约

可。花开着开着就谢了
叶子绿着绿着就黄了
我们走着走着就散了。
露水玉净
净玉的露珠每一滴，都抱着一枚月亮。草尖微颤
我怀抱回忆，不敢多走一步

立秋帖

风
打了个旋
一枚叶子便落了下来
这一落便成了界碑
秋，便在界碑上站立了起来

空中的云，一朵才逃上岸

另一朵又被鱼儿衔了去
我只能重新认知天空的蓝
认知凋谢，枯萎，离别
无法阻止一场风的到来
无法阻止大雁迁途，与一滩芦苇老去

唯一能做的就是止语
动修止，静修关。
从无到有的悟
悟生死，悟因果，悟聚散

悟着悟着
故乡的柿子就熟了
变成灯笼，照亮
归途

莲

你说你会乘船而来
于是，我终其一生也不肯上岸

在水中
我怀揣雪的纯洁，水的清幽，月的恬静，
借一花一茎，一叶一蔓守望
只为一次遇见

风来你不来，雨来你不来
我把一截一截的心事丝丝缕缕地念
全部按进泥里

在外地

在外地有那么多相似的十字路口，让我迷惑
走弯路是在所难免的

我像一头麋鹿东奔西撞
一边警觉地躲避着暗处的黑手
一边习惯了自言自语

夜晚来得好像出奇得快
我发觉自己如同口袋里的钥匙，形同虚设
打不开一扇门

没有一盏灯愿意为我明亮
没有一个人愿意为我等待
所有的窗都闭合
穿梭的车流用无视把我抛给路边的落叶

陈丽，笔名幽幽水中月，河北沧州青县人。自由职业者。2018 年 10 月北漂至今。

北漂感言： 北漂对于我是一个跨越式，是逃离抑或追梦，也是一种涅槃，是人生的一次
转折。

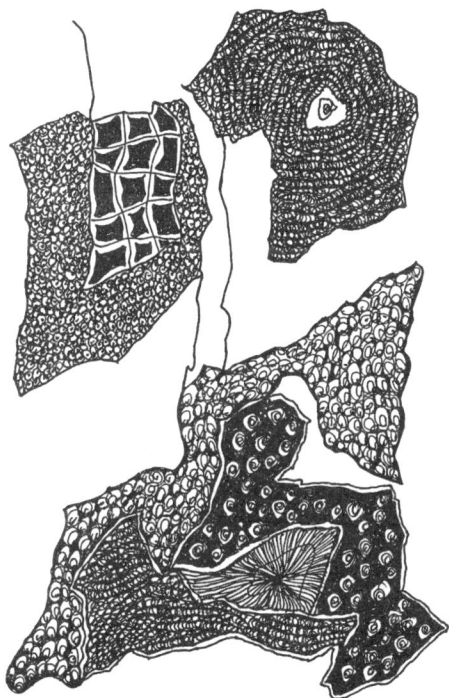

语言与神话／安琪
2021.8.5.

小雪的雪（四首）

冷宇飞红

小雪的雪

这是我越走越轻的样子
把天地分解也不过是一片一片小小的白
不要激烈
不要赶上来追问我曾经的姿态
我喜欢零
我喜欢这温度
我喜欢不上不下不左不右
这是我选中的起点
也是我纯粹的回归

我爱冷我爱无声
我爱慢下来
反正余下的路都是
一种颜色
往哪里走去
都行

你说什么
我一点一点转身
睫毛挂了些许雾屑
你站在那里
那么陌生

雪继续
我踩过的地方已无痕迹
看落在胸前的花瓣靠得紧凑
不知为何会有
这样的发生

往纷纷的密处深入
还有前途咯吱咯吱延伸着

细碎的弹性
这是一种巨大的混合
从灵魂的交接到日夜的统筹
这是岁月里
一切无法挽留的宣誓

小雪的雪
把天地分解也不过是一片一片小小的白
这是我越走越轻的样子
必须的必然的簌簌的
一个一个
没有文字的标点

忽然就有了风

忽然就有了风
像石头上瞬间多出的缺口
从夜色眨坏的星辰算起
这是第一百零多少次重复
我是你单一的圆周率
怎么都不能
包围一次全程
让孤单的孤乘以单
让平方冰冷
我抬头就等于宇宙忘却
我回首
就等于闪电逆流

所有的告别都是永逝

比我更悲伤的是我自己
我发现人间弹唱正是
脂粉掠过皮面
冰雪覆盖人心
亲情啊爱情啊友情
每一块肉都是物理的公式
每一个标点都是化学的构成
陷入深情的总是一件格格不入的挫败
我发现

所有的告别
都是永逝

剪影

我喜欢秋风从悬崖摔下的样子
我爱着白云的一愣
我喜欢深夜收走落叶
环顾天涯皆是无声
我喜欢空去的杯盏扣住起伏的大地
我喜欢钟表交叉，认出我
是它单一的剪影
我喜欢住在没有名字的人间
陌生地垂下头去
我喜欢闲置没有远方的世界
漫等一颗流星
我是我的小草小花小飞屑
我是一个不会说话的人
驶入平途的宇宙
没有倾听

冷宇飞红，本名张发起，1971年9月出生于河北省沧州市盐山县，毕业于沧州师范与河北师范大学。中国诗歌学会会员，河北省作家协会会员，中国美术家协会会员，中国工笔画学会会员，中国少数民族美术促进会会员，河北省工笔画学会理事。2009年9月开始北漂。

北漂感言： 北漂是候鸟的一次逆行，北漂是心灵的一次远征。

星空下的宋庄

李川李不川

去年冬天，夏加尔在宋庄驻足时
留了一双脚印在枯树上开了花
尼采像一只忧伤的豹子，潜伏在树杈上
影子一扑，蒙克就摔了一跤
满地都是悲伤的石头，后背真疼

没有人像杜尚那样
随便捡一块石头，不仅能点石成金
能陪智慧的人走到彼岸
又把自作聪明的人带到小丑表演的台子上

挣扎在卡夫卡的城堡之外
又深陷奥威尔的城堡之中
此刻，若遇上弗里达
我会吻她的伤口，她的伤口里住着天堂

李川李不川，原名李川，青年艺术家、诗人。1989 年生，甘肃庆阳人，2014 年开始北漂，现居宋庄。作品发表于《中国青年》《青年作家》《海外校园》《中国新诗排行榜》《中国当代诗歌赏析》等。

旧时光（五首）

旧时光

旧时光，踏着消亡的节拍
是蜕变掉的色泽，不再光鲜
遗忘掉的那些路途
行人和光拼命往后退
掩盖不住。遥远的歌声

幸福是怎么进入的
或者，是一场徒劳无功呢
挟着大雾的天气
迷失在陌生的丛林

再也不会那样顺畅
总有一些硬的东西阻挡思维
使它不能流利地读出

春天被模糊地放大，透视
光是重要的来源，消亡
是一种方式，或是一种过程
预示着永远不可重复

我不会大声说话了。
这样更好。它堵塞了言语和思想
却会平息不止一次的争执
令人陷入狭隘，没有勇气走出

"将失去我的光阴"

不在意的时候，它走得很慢
在意的时候，它飞驰而过。

"将失去我的光阴"

你藏在你的身体中，看不清楚
光影掠过的样子。一个大的美好
盛开在不远的地方，
盛开在遥远的地方。

彼岸花

愿意从八面玲珑依附上一扇门
看不到细枝末节，天凉逐步停下来
没有与谁先前打好招呼。
你这个顽劣女子，小脸蛋，高颧骨
手腕纤细可捏，喜欢坐火车
讲话与微笑。擅长做梦，话里话外
多数时候，脸庞无彩霞，善描红
秀丹青，记下潮涨潮落
以示去日之数。

停留者

我想只是短暂的停留。
在时光之外。
我不能告诉你，短暂有多短暂。
或者，有多么漫长。

不止一次在天空看到飞鸟。
它们独自、双双、三五成群——
甚至一群南飞。
它们与我们一样，会迷失在路上
终日寻着家的方向。

我不想叫你：停留者。
无疑一颗生锈的铁钉，它不能将自己
扎进任何一块木头当中。
它不能，让任何一个物体疼痛。

第六日·针

有一根针，藏在你永远也找不到的
地方。它毫无防备地出现，无声无息。

它让你浑身不舒服
在身体内部。有些酸，有些疼，有些——
突突作响。如同一个无声的马达
在岸边，自顾自地说。
它看到的故事，比天空中飘浮的云彩多
比闪烁着的星星多。

（第六日，你穿上漂亮衣服。
戴上口罩，帽子，外套，雨衣。
伴上欢声笑语。）

这个时候，你被针扎了一下。
在心头最柔软最稀薄的地方，它充满
疼痛。是的，疼痛。
你不与人说话，你幻想着用一种药
来化解那根针。
你找不到任何方法，却也不是无可救药。
因为它并不经常，而是藏匿。

红色药水，1982 年 6 月出生于河南南阳，2004 年 7 月开始北漂。芳疗师，香邦芳舍 / 香邦芳疗创始人。

北漂感言：不管是继续漂在北京，还是在此生根发芽，或者漂向他处，无疑会是我一生中最珍贵的记忆。

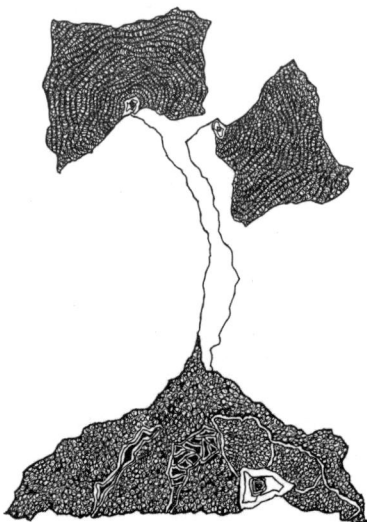

诗与药 / 邹琪
2021.12.7

与时空伴侣书（组诗）

牧野

与文学书

一个女人，你爱过她
并且爱，正在持续
你在四楼拉开
粉色窗帘
探出头
喊她
她仰头看你
捧起双手
给你一个舒展的飞吻
哦就是这时
一个诗与小说
恋爱的黄昏
天空
突然放开闸门
成吨成吨重的修辞垃圾
自上而下
倾泻到她的身上
然后
整个社区整座城市
一整个高出喜马拉雅
正在进行时的
造山运动——
你在其中，所有人都在其中

与甲骨文书

我看到一个人，悄悄把灯关了
神不知鬼不觉的
像做贼一样摁下了开关
我理解他的苦衷
像理解一只乌龟，驮着

背负的文字沉入了海底
我们假定过，大海是每个人
最好的归宿，那么乌龟的寿命是要更长一些

与石涛书

我爬到山水之中的一棵枯树上
数起远处不多的几处山头
这时一群游人恰好路过
其中一个书童
牵着一头毛驴走上了板桥
我学一声鸟叫
他的驴子打一声喷嚏
我再学声鸟叫
他的驴子再打一声喷嚏
我索性学起狗叫
想看看那畜生的反应
果不其然，它调转身子
一头撞死在了树下
随后"嘭"的一声
我重重摔在客厅的地板上
"嗨，等等我"，我喊
没人搭理，仿佛没有驴子
也没有牵驴子的书童
我只好眼睁睁看着他们
走过小溪，消失在山后的树林里——
"谁啊？"有人敲门，那又会是谁呢？

牧野，诗人，艺术批评家，策展人。

一个人

陈艺文

一到晚上就有各种人物找她谈话
有从梦里赶来的
也有从心尖上冒出来的
直到太阳都醒过来了
她才睡着……

陈艺文，广东清远人。1996 年 8 月赴京。从事过服装生意、金融行业等。现就职于北京一家律师事务所。

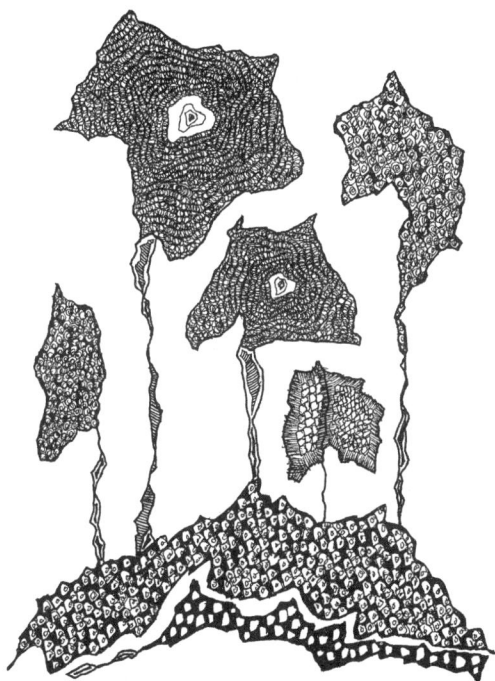

存在与时间
安祺 2021-10-26

血与水的速度（三首）

宋德丽

血与水的速度

一群野鹤引渡岸边
树枝滑落
滚动饥渴的火焰
飞过沙漠
清澈的水渗出血液
拨开云层
翅膀承载生命的轻与重
饥渴中飞翔
血与水的速度中奔跑

一只鹤引来一群群野鹤
水波荡漾支撑坚硬骨头
水中寻找饥渴的食物
伸开翅膀
高原的天空下
一群群野鹤穿过云图

高枝上俯视人间

读一首诗
我听到林中的鸟鸣声
心含露水花朵绽放

写一首诗
文字在钢丝上弹奏
美妙琴声流入林中清泉
鸟儿不请自来
唱出孩子们的欢笑

琴声荡起离别的痛
迎来重逢喜悦

唯有孤独的鸟
高枝上俯视人间
唱一曲哀婉抒情的歌

秋的薄脚印

秋如一件单薄的衣裳
挂在树枝
风吹叶片无影无踪
裹紧自己　四季轮回

风吹弯树枝的腰
叶子旋转飞舞
薄薄的脚印走进泥土

空旷的原野
只留下一棵树的骨头
秋风中摇晃
一棵百年的老树
深扎的根探路寻梦
寻找未知世界

宋德丽，中国作家协会会员、中国诗歌学会会员。作品发表于《诗刊》《人民文学》《诗探索》《青年文学》《诗选刊》《星星》等。现供职于中国少年儿童出版社。

深夜走过尹各庄大桥（三首）

胡小海

深夜走过尹各庄大桥

灯下的影子
月下的影子
昨天的影子
此刻的影子
残雪上的影子
河流里的影子
水泥地上的影子
交叉出不同的我
走在 23 点 40 分的尹各庄大桥

不知道夜黑了多少回
不知道流星坠落了多少颗
也不知道这样走了多少次
而今夜的树枝是光溜溜的
月亮光溜溜的
我的口袋也光溜溜的
就这样怀揣着星辰与大海
一次次在河的波涛
梦的浮桥
时间的荒野中
空空行走

我和春天的二元平衡

春天　在一个树杈上发生美丽的故事
另一个树杈也同样如此
在每一块松软的土地里发狂
为每一棵野草根兑现诺言

春天　在北斗上刻下三月的风
在月亮旁倒影桃花的梦

在灰暗的大地上点一盏灯
照亮燕子和长蛇的征程

春天　翻动着大海中的每一滴水
一遍一遍淘洗着太阳旧日的光
一遍一遍在岩石上留下吻迹
擦拭着天空的每一个角落
每一丝雾　每一片云

春天啊　我要歌颂你
用我胸中无尽的烈焰和眼泪去歌颂你
世间万物因你而重生蓬勃
姹紫嫣红　草长莺飞
而你
只在我的身体里
投下枯萎

有人在皮村弹钢琴

有人在皮村弹钢琴
有人在三月张开喉咙
正午的天空阴沉沉
压抑了一个冬天突然有想哭的心情

有人在皮村弹钢琴
弹拨着芸芸众生的奔波命运
要有怎么的胸怀
才能把人世所有的荣辱悲欢安放平静

有人在皮村弹钢琴
朝北的窗帘在瞬间就起了风
门前的大杨树又将添上新绿
指尖流走了去年复燃的旧恨

有人在皮村弹钢琴
夜晚降临时必琴声呜咽又悲怆
星星迷失在异乡人漂泊的鞋子里
街上流淌着春天的喧哗与躁动　空空

胡小海，生于 1987 年，一线工人。皮村文学小组成员，老舍文学院诗歌班学员。

北漂感言：北漂，靠着一种想象的力量。在上升，也在坠落。一切皆虚妄，唯日月星辰，暂时安定寰宇。

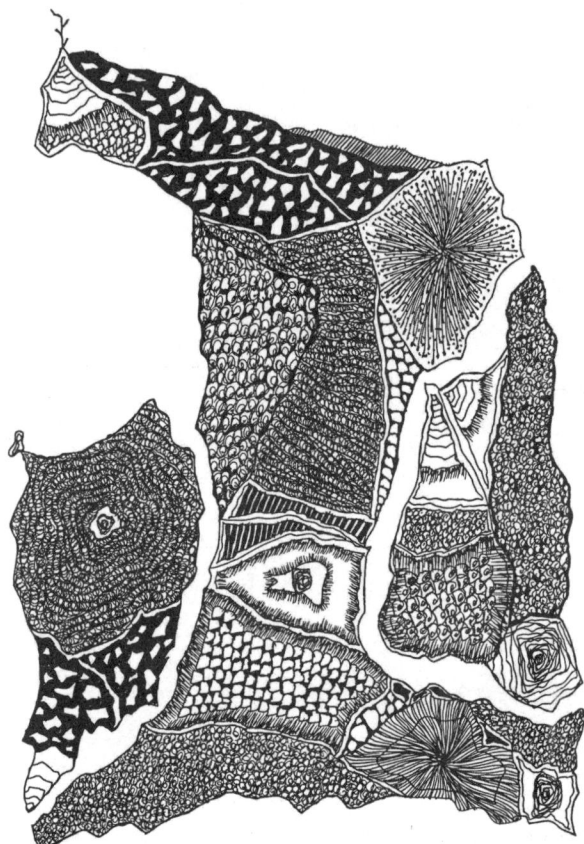

—无所知的知 / 安琪
2021.10.31.

留住美好也是种能力（五首）

老巢

留住美好也是种能力

多好的夕阳啊
你在降落，就要降落了
我用手机拍下你
发朋友圈，这样你就落不下去了
就这样静静的，很美好的
闪烁在朋友圈和我黯淡很久的心里了

每一天都既特殊又普通

比如你大病初愈
像一个陌生人重新睁眼
打量这世界，身边的人和事
比如你突然梦想成真
你盼望得那么久那么苦那么伤心

而对大多数人而言今天
是普通的，一点也不值得纪念

是的，我仍然

仍然是一头长发
仍然看着你看不见的
地方，仍然
是一个孤单单独坐北京的
人，仍然想着心事
仍然听着火车从身边的楼下
开来开去，仍然
想着你，在这个城市
脚步响在一条寂寞的马路上

八月的风里，我迷茫

像一个无家可归的孩子
站在地铁月台上
上车，还是不上车，是个问题
去哪是个问题，就那样站着
时间一分一秒过去
生命也一分一秒在过去
就那样站着，像一个孩子
无家可归，在北京，我没有家
28 年过去，我还是我
北京还是北京，我们的关系
时而对立，时而混为一体

被雕刻的时光和那阵风

我站在京城的
某个角落
有风，从身后拉扯
像一个孩子
我没有因此收回眼神
也没改变姿势
这是一个注定会被雕刻的
时光，包括那阵风

老巢，原名杨义巢。皖籍诗人，现居北京。出版有诗集《风行大地》《老巢短诗选》《巢时代》《春天的梦简称春梦》《时间的态度》等。

我把我的呼吸都装进口袋（三首）

我把我的呼吸都装进口袋

时间瘦瘦的，没有结果
在昏迷中
挖一口深井

酒精它只是本身
与身份无关
与廉价与富贵与半斤八两
没有达成协议

把湿透的纸巾放进冬天的雨
或更好的雪
做最纯净的掩埋
所有的悲伤
自动续杯

我希望所有的心情像雨后的太阳
无论前面是什么颜色
都可以称之为晴朗
我希望每次开伞都是独立
与预想的风暴
无关

陈旧的新鲜

笑声在夜幕降临后响起
如同在黎明前窸窣的脚步
踩在同一时间里
同一节奏的音乐上
那群人
为何对生活总是那么不厌其烦
孜孜不倦

一个又一个复制的陈旧
被酵罐密封
重新新鲜

行，不行

如果可以
请用一场大雪换我四平八稳的人生
如果不可以
用一根即将承雪的枯枝也可以
随便什么树都行
实在不行
就用种树的泥土
无所谓哪一块土地

崔家妹，1994 年生于重庆，北漂四年。

北漂感言： 四年中，从北京离开又回来，又离开再回来。这倒与诗歌中的短句相似，倔强而又不厌其烦。

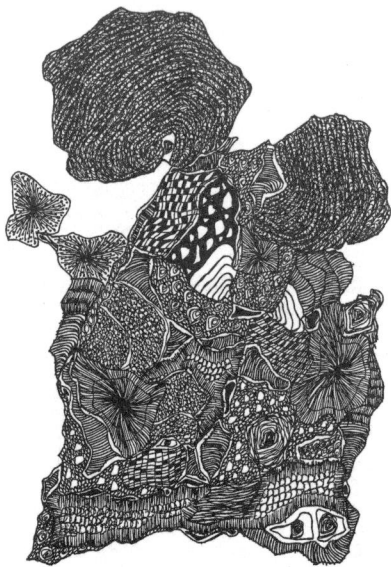

具有语言魅力的线条
宇琪 2020-4-18

在昌平（四首）

张高峰

在昌平

在昌平，一棵花楸树下
水声寥廓，露水草丛，太阳沉静
这是秋晨平明的光线向此岸寻来，它知晓
更为轻盈而清澈的风景——在事物内部
持续闪耀。那也定是陌生述说的时辰，
仿若永有无尽的行云，在头顶上飘浮，
遥听风从南吹向北，无止歇的，未知起落
海古般巨灵的幽蓝，永在伸展……

过多的赶路人途经，风盏般的眼睛
它穿越我们自身，在时光里凝定晶化的弦音
在昌平，一棵花楸树，俯视散尽的泥土
那神秘隐匿的低语，也在献出九月的圣祷
为我们打开未曾读过的一页。天空盈满，
过重的寂灭，而风永在无穷地将大地搬空
隐逝的事物也会抬首远眺不可构想的所在
但见远方山麓深深，野花荒凉而灿烂，
某一刻我们尾随它向天空铺开，白石透明
九月末，风在加深着一切，空寂的浅滩，
北方的秋水，是触及万物的冥想——
永向我们靠近，灵越了村庄古老参差的瓦棱

风的雪盏

风的影子追逐，雨水闪耀
万物都在饮下十一月的光象
古老的隐喻，在海的波浪里跟随

只是一日，道旁的积叶已深
它们穿过回忆明灭，在微光初寒里
犹如金黄的词，陌异地敞开

入夜后，乃有落雪的寂静
乃有北方群集的风声涌来
昏黄的路灯，围绕着飘散的音瓣更远

在途中，光芒冻结，雪纺着回声
起舞——回旋，也终是飞越而去，时间空了
一切都在被光的碎屑递送

雪后景象

雪后夕昏的静寂，我们看见
山脉一线光洁，林梢上浮升浅黄色云霞
河流黑色的阴影，浮冰漂动

你所见，轻盈绵软的色彩第三章
渐次消失在远方，与我们同在的神秘
片刻间残存，那些记忆中颤动的事物

清澈的云，倾听的空间
一如雪般脸庞晶亮，群山枕着你
永为温厚的手臂，林间静立的音乐
将田野里一个人的悲伤放大

雨水，图书馆

九月的雨飘落，无形而恒在之物临近
风吹动浅水，长久的回音，移行于明净之间
不朽的树影交织，无垠的沉默更深

那些自此穿过我们而去的，被雨水挽留
巨大的光晕里，端凝着，片刻间重又返回
透明的晶体如此相似，需用尽一生的等待

那些思想的献予者，白色花朵中闪现水花
堆积于黑森林之上的金车草与星粒，仍在迎向
过重的存在，时光的收集者，也在将他自身倾听

雨声黄昏漫上行云，遥遥的灯盏，海浪飘摇

落下青穗草般明亮的影子，未到之处的雨水
仍在持续地追寻着光的群落，当我们于燃烧的色彩中远望

张高峰，1984年10月生，诗人，北京师范大学文学院博士，河北省作家协会会员。出版文学研究著作《修远的天路》，诗集《转述的河流》《千月》《原乡的信使》《青麓》《云霜之树》《鹿雪》《雨旅山行》《云麝之丘：昌平歌集》。作品散见于《文艺报》《新京报》《中华读书报》《诗刊》《星星》《中国语言文学研究》《理论与创作》等。

北漂感言：为了诗艺精进来到北京，在这里众多师友给予了我温暖、信心与力量，珍惜且前行。

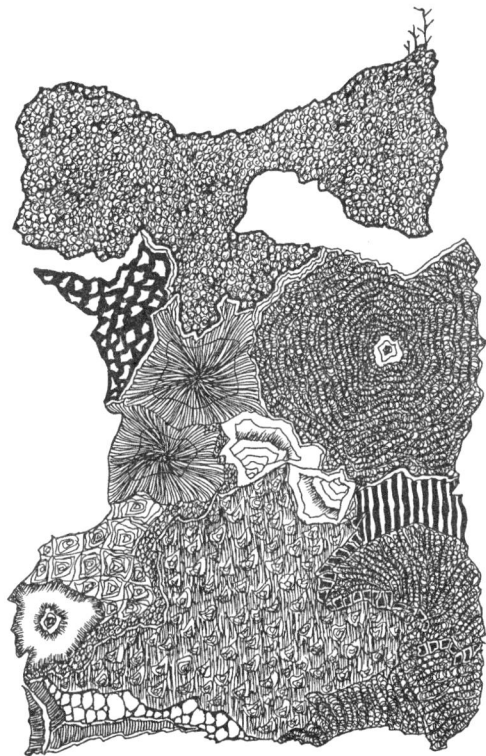

自身世界的地图
英琪 2021·11·10·

天上看云（组诗）

李木马

云世界

相对于大地而言
云的层面还有一层世界
有云峰，云海，云森林
云沙漠，云岛屿，云旷野
影影绰绰，似乎还有云动物
甚至云人群

云世界，色彩统一
即使乌云，透过舷窗近观
也近乎透明
也虚得更干净

云世界的万物
比大地上的万物
活得轻松、抽象、轻盈
轻松得很具体
也轻松得很抽象

天上看云

天上看云
一时间觉得与云平起平坐了
还真有点飘飘然

下飞机，我仰头看看
云还是云
我还是我

孤云

一朵孤云
孤得没有道理
没有一丝风
是什么力量
把它送到这么远的地方

一朵看似很放松的孤云
松弛而严肃
谁也不会相信
它没有思想

云野

云野和田野的区别在于
田野是土，云野是云
大地果实累累
天上棉花丰收

那么浩大而真实的云野
纯净而诱人
虽然并没有机会踏上去
却还总是担心
一脚踏空

李木马，原名李志强，曾任《诗刊》编辑、中国铁路作家协会秘书长，现为中国作家协会会员，中国书法家协会会员，中国诗歌学会理事，中国铁路书法家协会秘书长。参加《诗刊》社第17届青春诗会，鲁迅文学院第7届青年作家高研班学员，在《诗刊》《人民文学》《十月》《中国作家》《中国书法》等报刊发表诗文作品两千余篇，出版诗文集《铿锵青藏》《碎银集》《掌心的工地》等十八部。

北漂感言：北漂岁月，行云流水，已然二十载，苦辣酸甜的脉络中，诗情画意一直萦绕如昨天。

秋天深了，王在写诗（三首）

曹谁

阴阳燮或燕郊

我从热闹的街市进去
又从冷清的道路出来
我走的是同一条路，路的尽头没有什么

我怀着巨大的幻想进入
又带着巨大的失落出来
我们进的就是那所小屋，一切都是冬天的幻觉

我坐在空旷的大地冥想
怎样才能从两个方向同时抵达
火就在此时环绕我燃起

忧伤的时候就骑着马在五环绕一圈

你经常莫名陷入忧伤
这时你要驾驶着宝马
走上五环路
大风呼啸而过
华灯一路铺开
你的马跳来跳去
他跟你交头接耳
穿过九世情缘相遇
匆匆就在雨中分别
人生在世难免会忧伤蔓延
雨点是上天的眼泪
落叶也在增加气氛
我们驾驶着宝马在五环路狂奔
等到从五环下来
我们就心绪平复
在京城度过漫漫的人世

秋天深了，王在写诗

树叶金黄，阳光金黄

黄衣飘飘，纸张泛黄

秋天深了，王在写诗

戴草帽的少年坐在林中的枯木上

他望着遥远的群山

鸟群在领唱

羊群是词语

他提笔写下

当一个男人不能用刀征服世界时就选择笔

神秘的语言在空中传播

大地开始伸展

天空开始升起

黄金的王冠现出

宏伟的石头将他包围

成为一座高大的通天塔

无论如何你都要建成

无论如何你都要建成

少年从草帽下醒来

他告诉人们他看到黄金的通天塔

秋天深了，王在写诗

曹谁，1983年生于山西榆社。诗人、小说家、剧作家、翻译家，北京师范大学文学硕士。中国作家协会会员、中国电影文学学会会员。著有诗集《帝国之花》《亚欧大陆地史诗》《通天塔之歌》等十部，长篇小说《巴别塔尖》《雪豹王子》《昆仑秘史》（三部曲）等十部，翻译《理想国的歌声》等三部，写有电影剧本《功夫小鬼》、电视剧本《孔雀王》等。有作品被翻译为英、日、韩、法等十余种文字。曾获首届中国青年诗人奖、第8届意大利罗马当代国际诗歌艺术学院奖、第12届俄罗斯金骑士奖等文艺奖。

等待是飞翔（四首）

夜子

等待是飞翔

等待是飞翔。说这句话时你已经修建了跑道
一个人，面对着越来越紧的时间
飞翔已经开始沉默寡言。像大地的主人
相信大地的忠实。它交出的是成熟
是风景，是四季早就签订好的契约
它们的合同只终止短暂的冰冻期
冰一化，马上履行手续。这时她会赶着诺言飞奔而至

一想起这些，你的等待就生长出花朵
以及亿万亩绿草。小蜜蜂一片一片地飞
后花园里，她亲手栽下的香椿林已是香海飘万巷

天晓得

天晓得
到底是谁成了这场雨的客人
我并不讨厌这样的泥泞
通常在一段艰难之后
会出现意外相依为命的风景

我依旧愿意回到高粱地
枣红的穗子带着去年的记忆
它的姿态远胜于被人称颂的奉献
我更愿意接受它的提醒
这个秋天走得越远　我则离它越近
我体内的激情被毁灭一次，就会
燃烧得更热烈一次

天晓得
枯萎的喇叭花确实是
一次自愿的离场

它只不过希望越过冬天的无聊
以保住更持久的美
就像雨的客人
——假设是支棱着两只雪白耳朵的小猫
它更喜欢承接一场申述的雨

我

我用清醒对付失眠
我用欢爱抗拒爱情
我用疾病获得健康
我用活着承担虚无
就像你们一样——
在悲剧中寻找快乐

意外之喜

已经没有具体的事物可言
过去的一天没有细节，没有感动
一幕假戏已在视频招摇
你像个顽皮的孩子，一把推散了厌倦已久的玩具

你曾经玩过的小玩具
又被镶进了世界的大玩具中
大玩具以赤道为中心，以两极为轴长，飞速组装
踏板还没装好，就有胆大之人奋不顾身

你小心地站在玩具之外，今天终于没被碰着
天上的萤火虫都还活着
一个挨着一个，努力地挂牢
今夜，没有一颗流星滑落！

夜子，中国作家协会会员，河北文学院签约作家。作品刊于《诗刊》《诗选刊》《十月》《青年文学》《北京文学》等，入选《中国诗歌精选》等选本并多次获奖。出版诗集《弧线》《我消失。或者还有你》、小说集《白色深浅》、长篇小说《味道》等。

北漂感言： 北京像一望无际的大海，神秘而又惊险，我被吸引，投身其中，时而漂浮，时而深潜。

又一次见到你（二首）

王德兴

又一次见到你

适合用诗，打动那些桃红梨白
都城南庄是回不去了
疫情之下，联通仅靠电信

红豆加蜜与山楂蘸糖
哪个更喜欢
布谷鸟又催着播种
门前的阳坡地植棉还是种菜

当我面对你摘下口罩
透过泪眼蒙眬
四十年前芳华旧事，瞬间怒放

黑色的孤独

如果，名字上加副黑框
算作诀别
那么，当夜晚把整个世界涂黑
为什么还能见到日落月升

乌鸦披件黑斗篷
扯着嗓子四处布道
纵使歌唱也被识作致悼词

久在暮色中行走
头顶却越来越白

王德兴，1964 年 8 月生于山东夏津，空军大校，曾出版《嫩黄色的旗语》《以各种方式走向你》《强军梦》等诗文集十九部。

杞人忧天

李尤然

你果真不必忧虑天塌地陷
当你走过我的路
头顶没有轩邈的天
脚下没有厚重的地

你果真不必忧虑山崩海啸
看我未来的房屋
四面环山
海中漂荡

你就更不必忧虑风雨雷鸣
听我前方的声音
裸露的哀哀哭泣
虚伪地笑脸相迎

我真应该嘲笑你的无知
明知这里是一出戏
你还要担心它是否真实

李尤然，1998 年出生，北漂两年。

北漂感言： 在北京要不断改变自己，才能够活下来。违己之后，发现自己还是很难改变现实，原来那些勇敢的、纯粹的梦注定将要远去。但是我不后悔来到北京，我还是在期待，我的梦想能够以另一种形式开花。

六月不是我的，我已经错过（二首）

周朝

今天早晨，我听不见矜持的鸟鸣

如今遍地原野
季节顺风而下　抵临秋水
绿色不忍隐退　与九月的风尘一起
挽留隔夜的落叶和草香

在昌平　在独处的居庸关的脚下
我听不见矜持的鸟鸣
森林以及晨光是另外一种形式
失去桂花的记忆　开始生长

六月不是我的，我已经错过

北京西三环的一株树　在中年结满叶子
多么像你　像你背后风中的黑发
此刻　我走在你的绿荫里
朝着不为人知的方向　方向在远方

我选择这个季节　把自己交付与你
是因为已习惯沉沦于夏天
习惯用心中的酒杯　啜饮六月的回声
回声不来　六月疏离　我已经错过

我真的会牢记什么　或者耽于昨日
寻找和穿越一座城市就是见证
那是某个黄昏　预言降临
你的门环上　依然是未曾启封的沉静

诗人说　我最初的情人　和最后的感动
都必将是你
一如在人行道边别离的夜色
你曾经的背影　让我此生再不能遭遇

周朝，原名刘林，诗人，作家，传媒人。在多家文艺报刊刊发现代诗歌、文化随笔、历史散文及文学评论一百余万字。诗作《爱情在一号线》《在敖鲁古雅》《生祠堂，最早的仪式》等入选多种年度选本。著有文学作品集《观照乡野》。2010年抵京。现为香港紫荆网执行总编辑。

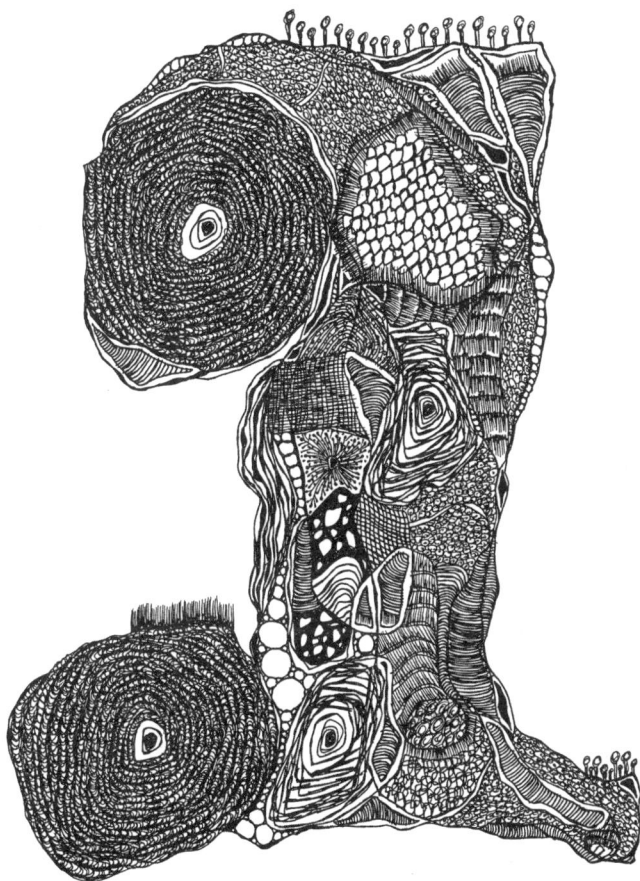

蝌蚪寂寂
安祺 2020-3-31

火车（二首）

郭峰

火车

哦，火车，哦，火车
哦，火车火车火车
我在键盘上不停地打出以上这几个字来
发出一阵又一阵有规律的节奏的响声

女邻居

她总喜欢给别人看她家的相册
如同展示她最满意的作品
那是一个算得上温馨和睦的家庭
夫妻俩养育了一个儿子，标准的三口之家

他们有一本巨大的厚重的相册，并且每年都往里面加几张照片，他们保持着一个家庭固有的默契，女人操持一切，男人沉默寡言，一切都井然有序。

这从照片中也看得出来。

除了全家福，大部分是这个家庭最日常的部分：女人炒菜，女人看电视，女人敷面膜看电视，女人喂孩子，孩子睡觉，孩子躺在地上，孩子吃饭，孩子上学，孩子坐在父亲的背上，孩子骑在父亲的脖子上……他们去旅游：大明湖，黄山，天柱山，天安门，天池，莫高窟诸如此类，再也熟悉不过了的。

如果你再仔细一点
也许你会觉察到，这些难得的照片里面包藏的
美好的光。
是那种微弱的光
过去的事情总是美好的。

但是当她感到不如意的时候，她总会翻出那些过往的记忆与丈夫争吵（这和照片无关，照片总是美好的）

争吵声穿过楼层的格挡
当这种声波的震动暴露在邻居们的耳边的时候
她的歇斯底里已经变得不顾一切
她是世界上最伤心的女人。

她的生活就是在这样重复循环的过程中度过的

将近三十年的时间
她一边对别人称赞自己的家庭
一边不断回忆起
那些家庭内部几乎让人窒息的难堪
那是由无数个难以平复的愤怒组成的关于生活最为直接的记忆。
这让她不能释然。

郭峰，生于1993年10月，内蒙古人，现在北京工作。

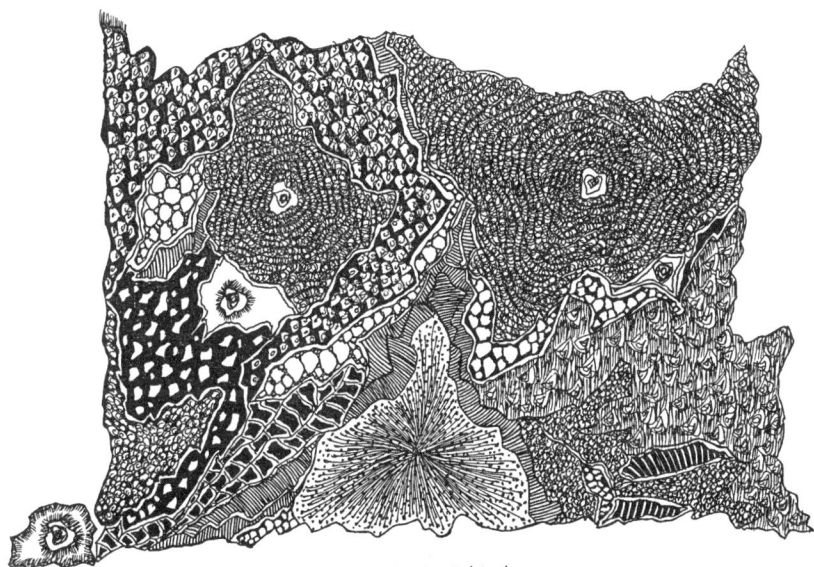

幻觉与神秘／安琪
2021.11.9.

小区广场（组诗）
——献给北漂的老人

张文刚

日复一日

阳光轻抚你的肩背
日复一日，露水听懂了
乡音，互相点头致意
鸟巢模仿村口的古钟
唤醒所有的往事和记忆

从这一页开始，返老还童
和蜜蜂、蝴蝶、小草说话
看夕阳的余晖一寸一寸融进
星星的瞳孔

柿子

东边几棵柿子树，红艳艳的柿子
像是被谁追赶，仓促之间躲到树上
你问四岁的孙女：那是什么？
孙女说：宝宝。
谁的宝宝？树的。
它们会掉下来吗？会的。
为什么？熟过头了就会掉。

你的心微微一颤
感觉身子忽然下沉了两厘米
但没有人看见

桃树

西南角的几棵桃树，曲干盘枝
桃花开过了，桃子结过了
空阔的枝干间，一群孩子

爬上爬下，打坐，荡秋千
桃树又开花，又挂果

北风里，一场咳嗽落尽繁华
只留铁画银钩和凛凛风骨
在雪地里生根发芽

物归原位

没有什么不同，落叶，狗尾草，麻雀，雪
都是从小就看惯了的，像亲人
还有傍晚的风暴，雷电，甚至萤火
月亮和星星也是衣服上的纽扣，万物随身

一群人围着一盘棋，默然不语
你感觉自己的手中也捏着一粒棋子
像萤火、麻雀、落叶或星星
想着物归原位
可总也找不着故乡山水里那张久违的
棋盘

张文刚，湖南安乡人，1959 年 10 月出生，2020 年 5 月来京。出版诗学著作《诗路花雨——中国新诗意象探论》、文艺评论《洞庭波涌写华章——改革开放 40 年洞庭湖畔作家作品论》、长篇小说《幻变》等。曾获丁玲文学奖一等奖、湖南文艺评论优秀著作奖、全国高校社科期刊优秀主编等奖项和荣誉。

北漂感言：北漂，不仅是空间的位移和身份的变动，更是一种精神的淬炼、融合和升华。老年人的北漂大多"随波逐流"，在亲情的濡染中一面为家庭奉献余热，享受自己的晚年生活，一面又在内心的孤寂中追念似水年华和遥远的故乡。

冷泉村第一场雪记（二首）

楚红城

失足脚手架的老人

他躺在纸上。黄昏溜下瓦背的响声是清晰的
一个趔趄，一荡一落
划过秋色时，他看到轻微的划痕

他不明白工地什么时候变成一张轻薄的纸
他想抬起胳膊，挨着脚手架坐起来
发不出呻吟

围观的人散去。
他已经听不清楚包工头心痛医疗费的咒骂声、跺脚声

他看到一只年老的乌鸦抓紧水泥桩，正在替他喊出疼痛

冷泉村第一场雪记

临界，真实的缺口
雪在空中轻轻巧巧
年老的妇人唤我"盛饭"。打开
出租屋门
她手里的两个馒头散发热气，递给我
折返
再递给我一碟子凉拌藕片，一碗小米粥
一个多月，每天如此

她是河南人，租房住在这里的几乎都是河南人
隔壁的河南"哥哥"朝我笑了笑，他们从工地回来
"哥哥们"泥鳅一样，一条条钻进各自的屋

雪花们跳着舞，那么欢乐
扑进屋里一些，粘衣，粘额头，粘眼睫毛

甚至和我舌尖相触
好一会儿，我没有掩上房门

　　楚红城，北京老舍文学院第二届中青年作家高研班学员，作品散见于《诗刊》《中华辞赋》《北京晚报》《星星》《西双版纳》《雨露风》等刊物。著有诗集《另一个我》，编选《2017 华语诗人年选》《2019 华语诗人年选》等。

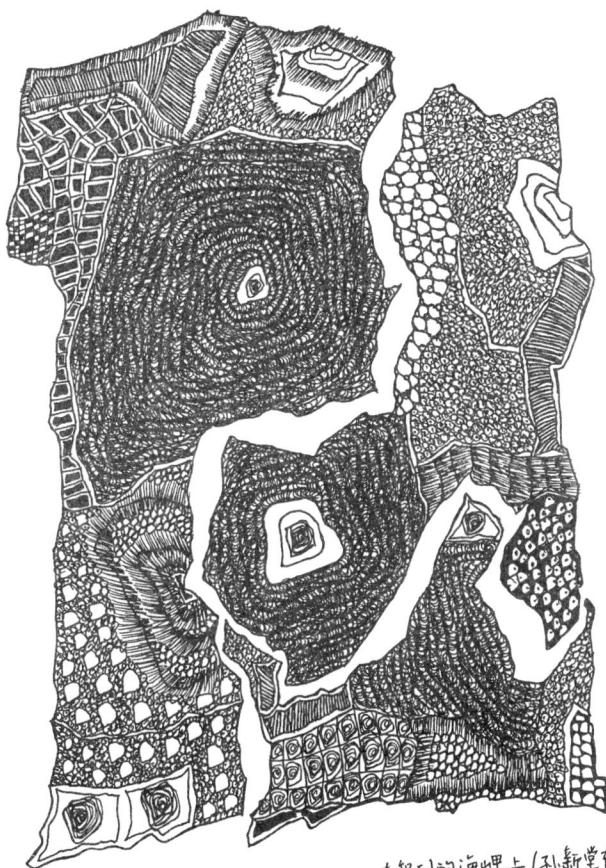

在智利的海岬上／孙新堂存
安琪 2020-8-17

不回来的妈妈（二首）

林茶居

不回来的妈妈

妈妈，一听到"妈妈"一词
就觉得笑也是罪过。多少年没看到你了
我常常想念，姐姐和两个弟弟都想

你的媳妇和孩子们
每年朝拜，只是不知你在哪里
泪水深处，没有你的身影

我不敢说太多。如果说
都是山河破。不悔恨
不说悔恨。那时病床上

你回到了小时候，蜷缩着，怕冷
我也无助，不知怎么找回我优美的妈妈
找回早餐飘起的炊烟

朋友们都有妈妈
我偷偷叫朋友的妈妈为妈妈
是你欠我一个妈妈还是我欠自己一个妈妈

妈妈，我想我终于明白了
我为什么长得如此愁眉苦脸
这样说又显得矫情，辜负了你的养育

妈妈你看我的写作如此不幸
就像此时，伤口长出了锄头
挖血，挖天，挖掉我找你的路

不回来的妈妈，我就写这一次
写，写，写，写妈妈的时候
石头把自己搬到石头里去

不回来的妈妈，不回来的诗
我天天写，写一个妈妈
再痛哭一晚，从此不再走散

侄女的临港大道

从联航路出发，8 号线
东方体育中心，换 11 号线
罗山路，再换 16 号线
一路向南、向东
一站一站，我在本子记下：
周浦东，鹤沙航城
航头东，新场，野生动物园
惠南，惠南东，书院……

第一次乘 16 号线
我的笔也在纸上走
站名是站名，也是心情
这水绿色的线，另一头有侄女的家
作为上海的大学新教师
她说她像银杏找到了爱银杏的土

"下一站就到了。"太太提醒
当我们走出地铁口
侄女与她的夫君
连同周末午后的光影
描写了临港大道
停在树下的绿牌车
树荫是它腾出来的空中美学

我有多久没见到侄女？
似乎昨日刚刚聊过大治河与滴水湖
她的航运经济学课题
是不是已完成纯理论研究
而进入实务阶段？
车子跑在临港大道，窗外
不时闪过巨大的几何体
几只白色的长颈的鸟飞起，喳喳叫着

想必它们选定了一片芦苇荡

"沿岸都是客厅，风在屋后耕种。"
我写闽南家乡的诗
似乎也为这里而写
都在东海之滨啊，远远地
涛声中一个个波浪一样的劳动者
相互激荡，又各自为峰

侄女和太太说一路的话
我慢慢听清楚了主题：
孕检，奶粉，玩具，图画书……
万物接力，哺育如此优美
岁月替我拟写了一封长辈的信：
"必须有红，红概括了人世间的信。"

终于拐过一个顺着小河的弯
侄女为我们点的咖啡也如期送达
作为草木的一部分，她的家
增加了草木的葱茏
朝南的楼中楼
第一层安顿三餐烟火
第二层吞吐四季光华
小小的阁楼，留作来年的幼儿园
再上去，是看得见的天
和看不见的天问者

新知生于欲知，系于新路
既求学于远方，又执教于近处
侄女的临港大道，延伸到海
到闽南最南。那里也有她的家
她的爸爸妈妈
上班，下地，想闺女
想着退休后，过的慈祥如初的生活
——不现代，也不古代

林荼居，1969 年生于闽南东山岛。2007 年由福州至北京。中国作家协会会员。著有诗集《大海的两个侧面》、随笔集《大地总有孩子跑过》，编有诗文集《生命之重：中国百位诗人献给汶川的 100 首诗》等。现供职于华东师范大学出版社北京分社。

北漂感言：漂泊是变动不居的持守，持守是深深扎根的漂泊。

我们的世界｜安琪
2021-2-8

种下故乡味道（五首）

张广超

杯盏朗月

那年，父亲送我去远方
家乡的田野上，高粱火焰般燃烧
他说，他是丢入土壤的
那一粒，来年醇香凝缀唇齿间

时光走过，脚步丈量的路
从冷到冷，他说，慢下来，温一壶酒
一点点抽滤出草的枯黄
酒杯，湮没故乡的春色

酒本溶剂，稀释难以下咽的痛
一壶酒，横亘他乡和故乡
一壶酒，倒出父亲的背影

纵然，迷彩青春穿成褴褛的样子
我一直行走，不曾停息
为了他的幸福，为了
把杯盏中的浅钩读成一轮朗月

二十一克

自称重量足有七十千克
除去骨头、血液和日渐剧增的横肉
二十一克的灵魂
如秋天叶子慢慢枯黄、坠落
最终化作尘土

或许，当我发现和二十一克对话时
那些被秋风带进泥土的喘息
已变成一匹奔驰的野马
不论平原、山岭、河流、溪谷

风速或快或慢
我站起被风扶着，弯腰
倾听着脚步挣扎、前进的声响

风送走风，雨还没来
青丝已经开始变白
还有什么不能承受的呢
二十一克的我，穿越时光空洞
无声角落处仰望星空

背影

趁着天气好，做好一切春耕准备
母亲的吩咐更像节令

我找寻到儿时用过的镰刀
像匠人拾起吃饭的看家本领
一把带有锈迹的镰刀
回忆，只剩得一点月牙留在稻田

母亲弯腰正用镰刀割除田里的枯草
这一生，她割草、割稻子……
也割去了自己的青丝
唯独割不去春耕里期盼的喜悦

我要离母亲近些
在我弯腰、起身的瞬间
镰刀都能看到母亲的背影

与父母备春耕

连阴雨，熟睡中，母亲叫醒我
戴上口罩，手扶独轮车一袋袋往田里搬肥料

20 年，我一直在笔尖下翻种故土
它时而苦咸，时而拔节
时而一片金灿
今日，我握着锄柄
和父亲做一样的动作：抬举，对准，向下……

一锄一泥，一翻一拉
像个老练的庄稼汉

春耕，春景，春望
父母，守着老家的炊烟
而我一直漂泊在外

今年春耕，我看见父母的笑容多了一些

种下故乡味道

远远地一个人走远了
全身都带满泥土的味道
我告诉她要去哪里
是母亲伫立村口守望的方向

临别的刻盘顿失了声音
画面就此封存，父母翻山越埂
用指针去掉枯萎只留粗壮肥嫩
笑一笑，心里满是花开的声音

是的，我不需要太多的行囊
把点燃的烈焰，拼成一串串脚印
就此，故乡的味道
一根根扎进异乡的土层

张广超，四川自贡人。中国诗歌学会会员，北京顺义作协、四川自贡作协会员，北京老舍文学院 2021 年诗歌培训班学员。作品见于《中国国防报》《中国组织人事报》《解放军报》《星星》《诗歌月刊》《鸭绿江》等刊物。现居北京。

诗与魂（二首）

楚燃香

诗与魂

读一个人的诗
就是窥探一个人的灵魂

因为诗里有他
全部的情
所有的爱
完全的思

如果你想爱上一个人
就去爱上他的诗
诗不会骗人
诗只会攫取人的灵魂

当他写下的时候
就是在自愿缴械

最虚弱的袒露
有着最摄魄的力量

来生

来生
我想做母校的一片法国梧桐叶

飘落在秋初
某个黄昏的操场上

落在你身边
被你的一瞥目光留住也好

飘在你身后

成为你生命的一瞬背景也好

只要有你
我甘愿奋力成长
我渴望枯萎

我愿意在四季轮回中静默等候
等与你山海对峙的那一息

或许微风中有淡淡的发香
或许日暮穿过宇宙画出你身影
但一定有我

不是暴躁的雨滴
不是调皮的柳絮
而是我
一片安静的法国梧桐叶

楚燃香，1996 年生于重庆，土家族，2019 年入京求学至今。
北漂感言：一路向北，"漂"即一种自由的精神之旅，苦乐皆在其中。

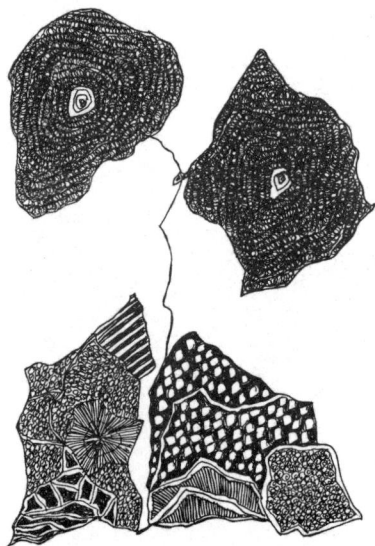

路过宣武门（四首）

项见闻

路过宣武门

路过宣武门时，路边有棵老树
树身已经歪斜，像一个站立不稳的老人
几根铁杆，支撑起它佝偻的腰身
我在树旁略作停留，想起一些远去的人
包括我去世多年的父母亲

在这人世，我和树，各有苦楚不同
但我和它，都已习惯缄口不言

独角戏

上班他是董事长助理，下班回到寝室
他是自己的佣人，在不同环境下转换不同身份
一个人唱一台独角戏，洗衣，做饭，扫地，叠被子
这些家务活，他都能得心应手，成为习惯

有时候，他也会暗自苦笑，想起人们的嘲讽
"男做女工，到老不中"，但不会觉得委屈
"不扫居室，又何以扫天下？"

也会偶尔感冒，上火牙疼
扛得过时就扛，扛不过时就上百度，对症买药
居然每次灵效

也会饥一餐，饱一顿，
一觉醒来，他已学会，把该遗忘的遗忘

我写诗，也卖酒

我是一个农民，也是一个城里的高级白领
我种地，也拿笔杆子写诗

换得人们对农民的另一种认识和尊敬

写诗，是我对美好生活的愿望
生活却常常把我打回原形
让我明白先有柴米油盐，后有诗和远方

现在，我写诗也卖酒
请原谅我对着高雅的诗歌，尽说些败坏雅兴的破事
一个在梦想与现实中无法两全的人
他一直在努力，做得俗套而又不俗气

如鲠在喉

你有没有想过，有一种关系
隔着距离，却又被无形的力量
牵引

你有没有见过，那个异乡的人
他很久地伫立着，一动不动
怀念着养育他的土地

不要问这种无形的力量，根源何处
如果你见到磁与铁
你会想起那种摸不着
又看不见的关系

你会想起你对故乡的爱
一直如鲠在喉
却又说不出，你有太多热爱的理由

项见闻，中国作家协会会员。2013年来北京，后一直工作于北京新发地。
北漂感言：时代的大潮卷而来时，我没有选择逃避，而是激流勇进。北漂八年，虽无所获，却也欣慰回首无悔。

粽叶（二首）

王发宾

粽叶

倾听一片粽叶
每一次摘下，它发出的声音
都有一种微妙的变化，所以
追问生命的意义

好像投入汨罗江的粽子
写成一首震撼寰宇的诗
高高地耸立于大地
眺望着未来

爱一位伟大的诗人
如同，爱一个国家的精神
走进时空，能听到历史的回声
滔滔不绝奔腾中华民族的复兴

远方的梦

在心中埋了很久
像漫长的夜
熬过一片黢黑的从前
生命在奔跑着

十年，二十年，一百年
雕刻一颗民族的心
我知道肉体和钢铁
一次一次跳出炉火

风，吹过蓝天
一列火车发出悠扬的声音

万物静静地倾听
一个时代的律动

　　王发宾，1952年2月生，内蒙古呼和浩特人。中华诗词学会、中国诗歌学会、中国散文学会、中国书画家协会、内蒙古作家协会会员。1980年开始文学创作。作品散见于《人民日报》《解放军报》《解放军文艺》《文艺报》《内蒙古日报》《诗刊》《散文诗》《散文选刊》《诗林》《星星》《草原》等。2016年开始北漂。

　　北漂感言："漂"是一个追逐梦想的过程，它可以磨炼人的意志，提升人的想象，把生活打造出金色的光芒。

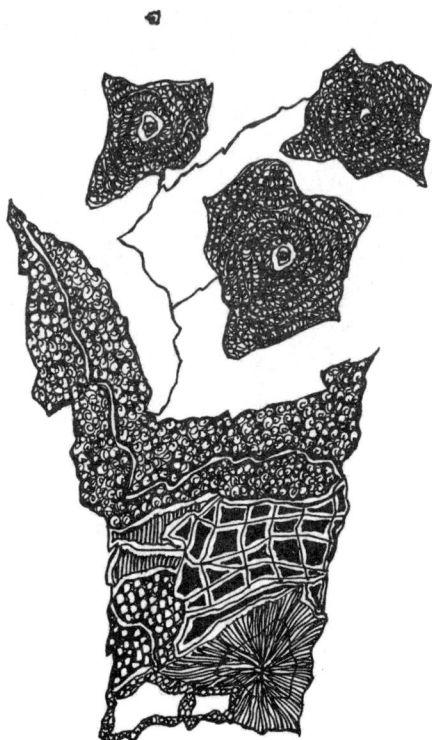

家族微信群（五首）

马文秀

奔波

清晨的阳光，夹杂着奔波
囊括了世间的喜怒哀乐

一缕照在女人的脖颈处
起伏的皱纹，激荡成一条河
撞碎了青春的梦

一缕照在男人发福的腰身
听到疲于奔命身后
有柴米油盐叮当作响

唯有嬉闹的孩童
将俗世的欢愉撒向天空
过滤了苦痛

成年人挣扎于隐秘的岁月
奔波让梦有了逃亡的缝隙
于是，纵览山河
发现宁静处的自己才够真诚

生命赠予的惊喜，不需要
刻意仰望，有时就在足下
迈开步子即可

家族微信群

家人将不同形式的琐碎
堆积到微信群
无数未点开的红点都是谜
我的食指开始犹豫
在焦躁与不安间来回周旋

生怕虚无的谜底后是一个真实
具体到父母隐忍已久的一声
咳嗽、啜泣或者叹息
我更愿意与家人视频通话
即使短暂也能让猜疑与疲惫暂时停歇
将原始的自由、真实、坦率
融进科技时代的对话中
"都挺好"
父母用言语编织的谎言
如若在屏幕前泄露，那将是谜底后的沉思。

亏欠

白天的喧闹，深夜难以终止
五脏六腑如若起伏
便会在深夜最脆弱的时候
也会在阴雨天孤独的时候
碰到出没"暗礁"，并清楚记录下
人世间的"亏欠"。
父母卧病在床，而我也遥相呼应
咳嗽连连，颤抖的肺部
时刻准备从口中，
一跃而出。
漂泊在外，父母生病
伸不到一双照料的手，亏欠就越深
人一生病就变成了孩子
喜欢任性、念旧，甚至哭泣
及时的安慰甚至比一颗糖果更要香甜
生活中总有亏欠，父母与孩子
亏欠总是无法详述
填不满的沟壑，留住的都是心底的回声。

心空如洗

初冬，黄昏的静谧
垂直而下
拥抱万物的清冷

我临窗而立

将喉咙处燃烧的话语
存放进一首诗中
想送给饱受严寒的人群

此时，字里行间的无数匆忙
悄然隐去
键盘之下，我开始跋涉
去寻找漂泊者的踪迹

我明白，无数伏案
而作的日子
终将能解开郁积的心结

拍影子的人

跋山涉水的人
将自己的足迹挤进光线中
再进行排列组合
拍出的照片微暗、拥挤
甚至略显突兀
却只为留下自己的影子

喜欢拍自己影子的人
时刻在寻找远方
甚至怀疑自己所走的路
也想去云霄之上
遥望自己的前半生

光在流窜，心在追逐
袒露内心的事物
不停游走于画面
泼散内心的赤诚与隐秘
所有说不出话的事物
皆在表面堆积情绪

马文秀，中国作家协会会员，作品见于《诗刊》《中国作家》《民族文学》《上海文学》等刊物。著有诗集《雪域回声》，长诗《老街口》入选中国作协 2019 年度少数民族文学重点扶持项目，部分作品被译成英、法、俄、日等文字。现供职于中国诗歌学会。

晚钟未响（五首）

马莉

前行者

那些前行者不发声
是背朝我们而前行
迎面走来时，他们
没有看我，他们低头赶路
不看旁边人，不看这世界
我想他们内心一定是难过的
也是恐惧的，他们的母亲
也一定是痛苦万分的
他们不是战士，也非怯懦者
如果我能对每一个人耳语
爱你……我就不会那么无助
他们在冒险的路上前行
有一天，在崖上纵身一跳
不存一丝活下来的侥幸

晚钟未响

今夜，万物依旧
潮水把远方岸岩铺满青苔
一只狸猫从风的耳边溜走
一只枯叶蝶默守在黑夜中
万物依旧保持高度警觉
被宇宙包围，被时间遗忘
芳香的褐色映衬我们眼中的迷茫
秋凉了，为你披上一件外衣
月亮依旧在偌大苍穹巡逻
阴影依旧沉重，晚钟未响
米罗的画中人未到达此地
未讲述怎样在一座城晚祷
人们匆匆而过，摩肩接踵
依旧把每一天丢失

风吹散了花瓣

蜘蛛结网时一首唐诗
落入网中，万物寂静
屋顶上的天空潮湿着
每束鲜花都睁开眼睛
人们匆忙赶路，从宋朝
回到唐朝，兵马相随
我看不清那些模糊的面孔
因为海水已经沉入海底
落入网中的风吹散了花瓣
香气袭击着迁徙的候鸟
它刚刚飞过梦境的天空
展开巨翅俯瞰大地，阴影下
人们一面赶路一面争吵
在往生的路口搬运自己命运

一支烟斗深思熟虑着

深夜从酒吧回来
房间的门被风推开
人影憧憧，扑克牌摊在桌上
手指轮番跳跃。整个晚上
一支烟斗深思熟虑着
慢慢喷吐出许多问题
那张椅子正被一缕烟云缠绕
呆立在黑暗中默默流泪
他尚未坐下，我已回到家中
窗外空荡荡，路灯没有点亮
时钟在墙上追赶着整日整夜
我在被窝里读书，想起往事
那些在时间里错过的人生
那些无法追回的狂妄念头……

说书者

傍晚，有人在搭船
小贩努力兜售货品

说书者雇了一顶轿子
在雾里奔跑，没穿鞋子
远方镜子里的脸庞肃穆
正直，端方，不显山露水
穿黄色的裙裳，念念有词
坤是纯阴之气，气味俱在
坚持柔顺便是正道。时光
冒冒失失，在结冰湖面划过
春天的小鹿又来偷吃玫瑰
不要训斥它们！请记住
你向西走会得到一张兽皮
你向东走不会丧失掉勇气

马莉，诗人、艺术家。中山大学艺术学院艺术导师、中国书画院艺术委员。艺术创作涉及架上绘画、抽象水墨、十四行诗歌及散文创作。曾在北京今日美术馆、北京大学图书馆、广州外语外贸大学图书馆、美国圣塔克拉拉会展中心举办个人画展，2018 至 2019 参加国家艺术基金支持的中国当代诗人画家艺术作品"灵性的回归"全国巡展；多次参加全国联展。获第二届中国女性文学奖、第一届中国新经典诗歌奖、2018 中国－星星年度诗人奖等。已出版著作十八部。诗歌被译介到美国、英国、韩国、意大利等。

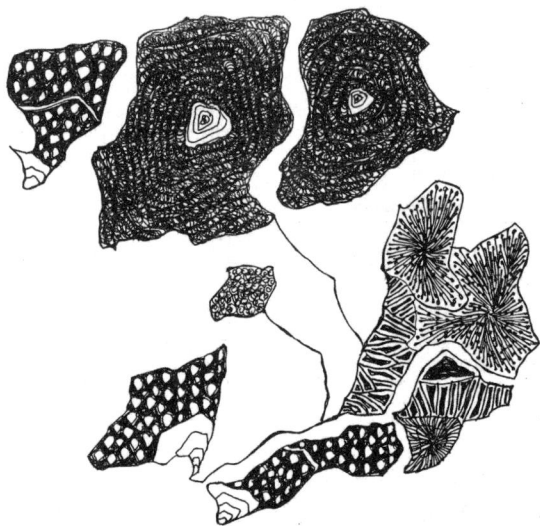

一大早春天
安琪 2021-2-11

大雨就要来了（三首）

梁子

大雨就要来了

在北方
少有这么柔美的山
这么清的水
我在山间呆坐
我在找一个词
来形容溪水中的水草
想来想去
也只有一个词
干净
小鱼儿越来越多
在鹅卵石与水草间穿行
我想子安来就好了
她最喜欢和小鱼儿玩
她说不行
整个暑假都不行
学校规定不准出省
她在各种培训班兴趣班间
穿行
大雨就要来了
大雨马上就要来了
大雨一来
就可能有山洪
危险来临
我不知道怎么告诉这些鱼儿
这让我着急
而我又必须在大雨来临之前
赶回市区

空白

台风出尽库存
雨水充盈
既能蹂躏
也可为万物疗伤

花生穿着紫衣
花姿乱颤
在锅中翻滚
哭泣
失色
每一粒腋间的留白
紧裹盐的粉末

蛋壳逐渐褪去
椭圆的弧度
刚好适合嘴唇
它的糖心
有三十年前的温和热

酒杯与酒杯之间
是沉默
是白色的烟的灰烬
轻轻磕在玻璃的心上

一二三
一二三四五六七
时间过得真快
我们在谈论
回忆
话题隔着空气和泪
隔着雨
隔着防洪的堤
随混沌而冰凉的江水
被冲得很远很远

落叶的北京

在北京
我常常被落叶惊醒
有时候是零零落落的
一片片
在草丛
在结了冰的湖面
盘旋
飞转
有时候是满山满垄的
叶子追逐着叶子
飘飘扬扬
层层叠叠的
它们被不断地清扫
装车
拉走
焚烧
像一个个
一茬茬
逝去的人
还有一些叶子挂在枝头
它们在等待下一阵风
去惊醒下一个人
落叶的北京
天空变得高远

梁子，本名梁相江。出生于浙江新昌大彭头。先后在《文学港》《人民文学》《湖北文学》《天津诗人》《诗参考》《芒种》《鸭绿江》等刊物发表诗作，部分诗作入选多种诗歌选集。

你所询问的季节已经冷却（二首）

薛诗涵

你所询问的季节已经冷却

我已不再金黄
不再，像麦芒一样，与天空针锋相对
顺从不是我与生俱来的品格，俯首向大地
我是肥沃土壤里长出的贫瘠
被谷仓放逐的最桀骜不驯的一粒
命运赐予我玩笑的中空，都未曾
被阳光灌满，眼神湿润，喉头干涸
我有悲伤的蛀虫，它啃食掉整个春天
你所询问的季节已经冷却
步履蹒跚的老农只能从地上捡拾生活
他挑走丰年里的一担风雪
而我慷慨引颈，坐等收割

送别

时间是一次无知的循环
另一次失而复得，如坠空虚的忐忑
蛇一般的铁轨扼住我的脖
总是招手间，匆匆，又匆匆地送别
遥远的远方再没有地平线
长如生命，短于一瞥
走吧，他说，别再耽搁
十二月的风声咳出疲惫的火车

薛诗涵，中国艺术研究院硕士研究生，1997 年 11 月生人，2021 年开始北漂。

北漂感言：大约和出生于海边有关，我对"漂"这个字眼，一直有种莫名的亲昵感。这让我想到远航，想到"乘桴浮于海"，想到一种闯荡的勇气和洒然的姿态。"漂"是轻盈的，沉重的只是礁石。或许人海茫茫，我尚不知未来确切的方向，但作为一只船，至少我在漂泊，我从未沉沦下去。

林中路（五首）

安琪

康西草原

康西草原没有草，没有风吹草低的草，没有牛羊
只有马，只有马师傅和马
康西草原马师傅带我骑马，他一匹我一匹，先是慢走
然后小跑，然后大跑，我迅速地让长发
飞散在康西草原马师傅说
你真行这么快就适应马的节奏
我说马师傅难道你没有看出
我也是一匹马？
像我这样的快马在康西草原已经不多了。

北京之春

春天在永定门外等我
我从十四号地铁冒出头，杨柳树
已抽出嫩绿叶芽儿
摩的米师傅年轻
拉着我过陶然亭
过先农坛
来到金泰开阳大厦
春天从一本诗选冲出来迎接我
它说，诗人，我已读过你的诗
春日熊熊
春日熊熊
能点燃春天的人都是了不起的人！

曹雪芹故居

2005 年春节我做了两件与曹雪芹有关的事
一、第九遍读《红楼梦》
二、和小钟到黄叶村看曹雪芹故居

这两件事又分别引发两个后果
一、读《红楼梦》读到宝玉离开家赶考时哭了
（宝玉说，走了，走了，再不胡闹了。）
二、看曹雪芹故居看到曹家衰败时笑了
（我对小钟说，曹家的没落为的是成就曹雪芹。）

在黄叶村曹雪芹故居里
我一间房一间房地走过，正是暮晚时分天微微有些阴
行人绝迹，一钟一安一曹尔。

周末又风雨

我听到瑟瑟发抖的雨在屋外寻找我
那个曾经埋首赶路的人。

我看到泥泞的风在收拾无家可归者
你独自苦咽的泪水
被夜晚的灯照亮——
那可以浇灌故乡父亲死去的骨殖重新长出
新芽
的部分
称之为漂泊。

为什么每到周末雨就搭着风的顺风车
而来。呜呜的
执意唤你回到过往——
干玉米的午餐
清冷的保安注视下的羞愧假日
木然，抑郁。
直到北京城暗了下来
把你赶进尘埃扑面的继续中

生活就是磨炼
就是穿过痛楚的玻璃门
来到你面前——

林中路

所幸还能在迷路前找到通往你的
或者竟是你预先凿出等着我的路！
陌生的城市
我抛弃前生
脱胎换骨而来
我已不记得走过的山
路过的水
我已被错乱的经历包裹成茧
就差一点窒息
我已失语
一言难道千万事
我爱过的人都成兄弟
继续活在陈旧的往事里而我已然抖落
我说相逢时不妨一笑但别问我今夕何夕
别惊讶
我麻木茫然的面孔犹存青春的痕迹
因为我曾死去多次
又新生多次
所幸还能在最终的绝路将至时猛然踏上
你的路
林中路。

安琪，本名黄江嫔，1969 年 2 月生于福建漳州。中国作家协会会员。独立或合作主编有《中间代诗全集》《北漂诗篇》《卧夫诗选》。出版有诗集《极地之境》《美学诊所》《万物奔腾》及随笔集《女性主义者笔记》《人间书话》等。曾获柔刚诗歌奖、《诗刊》社"新世纪十佳青年女诗人"、《诗刊》社中国诗歌网"2018 年度十佳诗人"、《北京文学》《文学港》优秀作品奖。应邀参加意大利诗歌节、哥伦比亚麦德林国际诗歌节等。现居北京，供职于作家网。

水的悲歌（三首）

卢吉增

水的悲歌

傍晚去菜市场买菜
经过一个废品收购点
一个男人站在车上铺纸箱壳
每铺一层就均匀洒一层水
并不避人
我说，老板你这不是作假吗
老板说，收购站也知道
他们会减分量的
我要不掺水就亏了
看来这些事大家都心知肚明
我疑惑的是
这个简单的交易为什么要浪费那些水

落日

傍晚的烟蒂，收回最后一缕
稀释坚硬水泥格子的轻烟

滑行的白光式微，助力的风
被晚高峰的人们堵塞了轨道

灿烂地道别，静静地凝视
我在哪里都逃不过苍蝇某一个巨大的复眼

看吧，察看脸上伤疤的放大镜
每天都是，早上借傍晚还

葡萄不紧不慢地生长

夏日早晨
阳光还没煨热空气

还有水珠在葡萄叶上颤抖
院子里的一串绿葡萄圆鼓鼓了

阳光倾斜
出来进去我总能看见那串葡萄
还有多久就可以吃了
看到的人几乎都这么说

请小声一点
它还不成熟，还不大能听懂人们的话
它还在不紧不慢地生长
还在信心十足地驻守着足下的山河

卢吉增，2013 年到京。作品见于《人民文学》《诗刊》《诗选刊》《北京文学》《青年文学》《诗歌月刊》《诗林》《中国校园文学》等。有作品入选《中国诗歌精选》《中国年度优秀诗歌》《现场：网络先锋诗歌风暴》《北漂诗篇》等选本。

北漂感言：故乡和北京是磁石的两极，只有同时存在，我的指南针才有效，但是心灵归向何处？无论何处，在梦想和灵魂的摩擦中，产生了生命的热和生活的爱。北漂，是逐渐沉下来的生存。

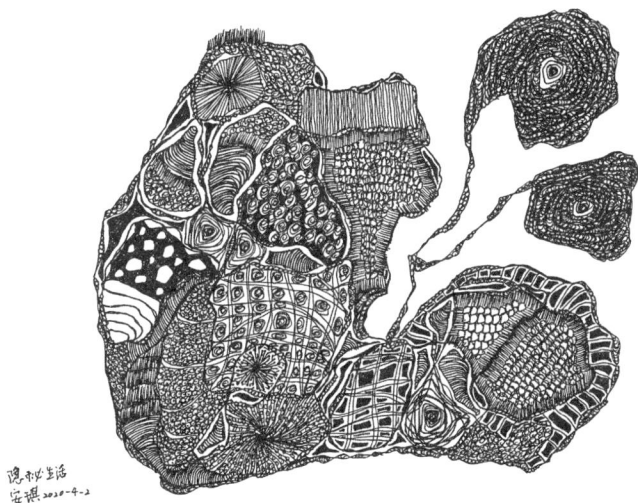

生活的洪流（六首）

王夫刚

生活的洪流

傍晚时分，孤独的雪做客北方
写诗的年轻人激荡，忧郁
他来到出售景芝白干的
小酒馆里，购买最好的风花雪月

他拉着酒馆主人谈论李商隐
但酒馆主人只知道李白
他把酒馆里的女服务员叫作妹妹
但妹妹们需要扫地，洗碗

他用公用电话寻找曾经一起
数星星的女孩——他说
现在的雪花比那一夜的星星还多

但他是一个失败的数学家
有百万英镑，而小酒馆
只能出售无关风花雪月的景芝白干

怀念一所消失的乡村小学

二十几年了，我一直没有放弃
这样的愿望：回到家乡
回到村庄对面的山冈。
在那里，我将指给你看一排
旧房子，它们游离于集体
衰败的墙上镌刻着一所乡村小学的
青春。那里的学生
已经无处可寻；那里的老师
坟前青草已经几度枯荣。
我将为你朗诵一首短诗，我将在诗中
遇到少年的事情，因为你的
倾听，我将流下久违的泪

素描

他画了大海，又画了一只小船
载着年迈的渔夫。他画了一片风声
又画了一个著名的童话
他画了一张网（那是诗人
献给生活的思想史，抑或存疑）
他画了浪花，在歌唱
他画了侥幸漏网的鱼
揣着惊魂一路狂奔。他画了秋天
落叶的命运；他画了蜃景
捞月的另一个版本
他画了日记，睁着一只眼
闭着一只眼；他画了天空有云飘过
他画了时光和流逝的时光
然后卷起画布，毁掉它们

生活的洪流

暴雨过后，河水变得浑浊不堪。
说来你不相信，在去往县城的路上
我忽然清晰地看见了洪流
和生活的洪流（狭长的
河床中，它们曾经是浪花之歌
溅湿了我的青春）。河岸一侧
破旧的公共汽车奔跑着
我在笔记本上写道："生活的洪流
滚滚而来。"车厢里的男人
在吸烟，女人们在说笑
吃樱桃的孩子耐心地盯着窗外
怀有身孕的少女默不作声，昏昏欲睡——
从一次具体的生理变化开始
爱情结束了，爱情的记忆
像雨后山区的绿色
越来越不着边际。破旧的公共汽车
始终奔跑着，生活的洪流啊
这样清晰，却从不值得多么惊讶

另一条河流

事实是，我的体内的确涌动着一条河流
而不为生活所知。我提心吊胆
每天都在不断地加固堤坝。
有时我叫它黄河，叫它清河，小清河
去过一趟鲁西，叫它京杭大运河
有时我对命名失去了兴趣
就叫它无名之河。我既不计算它的
长度，也不在意它的流量。
当我顺流而下，它是我的朋友
当我逆流而上它被视为憎恨的对象。
在一次由泅渡构成的尝试中
我的态度是，不感激
不抱怨；在一次由醉酒构成的聚会中
我背弃大禹，堵住它们。哦，泛滥！

失眠者

午夜，或者午夜以后，失眠者
让乡村略有不安：他划着火柴
仅仅照亮了自己的面孔
他来到村口，但那里空无一人

王夫刚，诗人，1969 年 12 月生于山东五莲。著有诗集《粥中的愤怒》《正午偏后》《斯世同怀》《山河仍在》《仿佛最好的诗篇已被别人写过》和诗文集《落日条款》《愿诗歌与我们的灵魂朝夕相遇》等多部，获过齐鲁文学奖、华文青年诗人奖、柔刚诗歌奖和十月诗歌奖。中国作家协会会员，首都师范大学驻校诗人，供职于中国诗歌网。

一只烂苹果（三首）

大枪

一只烂苹果

我不是苹果，我不知道苹果是被利牙加身痛苦
还是自行烂掉痛苦，我对这种痛苦一无所知
苹果是从一边开始腐烂的，从另一边平视过去
这是一个完整，漂亮的红富士苹果
我冲动得像从身后捉住我的女人一样捉住它
从这一刻起我开始迷恋它曾经的完美样子
即使另一面的身体已经腐烂，我的眼睛也会把它
缝合成一个完整的红苹果，就像它从篮子里
刚进到我家，就像从水果摊刚进到篮子里
就像从树上刚进到水果摊，就像刚刚在树上
它正像一个结实，骄傲的乳房一样挂在那里
我能轻易地想象出它高高挂着的骄傲，这是一个
十八岁女孩的骄傲，它曾经赋予苹果园里所有
为人津津乐道的爱情，直到从树上进到水果摊
从水果摊进到篮子，从篮子进到我家，从星期一
进到星期六，它已经腐烂了一半，另一半
仍将继续腐烂，我的女人会把它扔进垃圾袋
并让女儿把它和发霉的面包，干枯的玫瑰扔进
楼下的垃圾桶，我会很快忘掉它，短短六天能让
我们忘记的事物太多，即使它们曾经是如此美好

老城墙

老城墙在我的眼睛上面，我是一个眼高于天
的人，老城墙在天的上面，我从不敢僭越
城墙上有变幻的大王旗，有多少旗就有
多少空洞，相比于城墙上的士兵
我选择忽略这些空洞，一块砖就是一个士兵
一块砖抄袭另一块砖就抄袭成了这座城墙
我第一次尊重抄袭，它给了5000年士兵相同的品质
像一块砖一样极简生活，像一块砖一样爱一个国

我不敢践踏这样的砖，士兵的灵魂宿在上面
城墙上有很多垛口，它们的开口向上，它们是
真正的天窗，它们对着星宿说亮堂的地球话
星宿就有了怀人之心，星宿就把眼光停驻在
长城上，这世界上最长最长的城墙，竖起来就是
一条通往天堂的阶梯，能带来人间最好的祭祀
春天来了，花朵会开在阶梯上，秋天来了
浆果会结在阶梯上，这是一条花团锦簇的天路
所有的城墙都汇集到这里，像河水汇进海里
我从这些城墙下经过，像一条洄游的鱼
偶尔落下来的花和浆果，钓饵一样提醒我
曾经也是城墙上的一个士兵，并请求立即归队

老照片

全世界的色彩退位为黑白二色，全世界的人口
退位为一家六口，那时我们还有父亲
要感谢光，留住了他积极向上的嘴角
这对一个追随神农尝过百草的病人是多么不易
那时候的母亲还很年轻，两条奔跑的辫子
被年轻的美人肩分割成健康的"人"字
这让我们的童年，在"人"字路上行走得熠熠生辉
我们会在照片右边的池塘洗澡，那是在夏天
太阳会在黝黑的小屁股上，滚动播报温度指数
有小女孩路过，无数的小太阳会一个猛子
扎入水底，这是多么盛大的场景
我们还会在照片左边的老枣树上摘枣
枣树是八月最靠得住的粮食味道，红彤彤的枣子
能治好这个季节里左邻右舍的色盲和短视
却解救不出照相人被单色挟持的眼睛
陈旧的"咔嚓"声一响，池塘，太阳，枣树，
父母，我们，万物一起被锁定，多年后打开来看
拂去茂盛的灰尘，只有黑白还是那样深入人心

大枪，江西修水人，长居北京。南昌大学美术学士，昭通学院文学研究院研究员。《诗林》杂志特邀栏目主持人。《国际汉语诗歌》执行主编。诗作散见《诗刊》《星星》《绿风》《诗林》《诗潮》《诗选刊》《诗歌月刊》《中华诗词》等诗歌期刊，并多次入选《中国诗歌年选》《中国新诗排行榜》《中国诗歌排行榜》《北漂诗篇》等选本。获得第四届"海子诗歌奖"

提名奖、首届杨万里诗歌奖一等奖、《现代青年》杂志社年度十佳诗人奖、《山东诗人》年度长诗奖、第五届中国当代诗歌创作奖、"湘天华杯"全球华语诗歌大赛银奖、2018年度十佳华语诗人奖等。

罗马
安琪 2020-3-19

牛年立春这一天（四首）

张小云

牛年立春这一天

家住传媒大学的好友
收到我外甥女帮我购寄的
水仙花。外甥女从收货照片上
看到水仙花叶折了球也半烂
马上回话说找快递投诉
我说这样的花不容易收寄
很快就过年不用给快递找麻烦了
你这用心比花值钱

与此同时
收到花的好友也发来几句话
"我慢慢养，开花时
发照片给你们"

夜向深

从嘈杂中聆听寂静
到从寂静中聆听寂静

生活中翻捡火星
火星里剔除火

谷堆里扬出秕谷
向秕谷要空

清晨看到安琪的微信

"睡前喝茶，通宵失眠"
她在微信里还质疑茶专家
"卫星都能上天
喝茶失眠为何解决不了"

她甚至还跟着讨论
"要能解决失眠问题
茶销量一定大增"
她甚至还进而自己跟自己
讨论："茶是世上最好的饮料
美中不足，失眠"
我留言：缺陷之美

敢情跟冠军一起吃食堂

看到全红婵突然成了话题
心里一面笑老外怎么就没有
什么什么从娃娃抓起的念头呢
一面想起每到什刹海
就将车停进体校停车场
到饭点时很少去吃
后海的油烟
而是去蹭那里的食堂
买好饭菜会坐下来
看着进进出出的孩子们
边吃边自言自语
"这一群必定有
世界冠军"

张小云，1965 年生于厦门。有作品收入《中国现代主义诗群大观 1986—1988》《世纪诗典》《中间代诗全集》《新世纪诗典》等。著有诗集《我去过冬天》《够不着》《北京类型》等。2019 年 1 月获亚洲诗人奖，2020 年 6 月获李白诗歌奖特别奖。现居北京。

十月（二首）

李金龙

十月

十月的远方依旧是故乡
故乡已不再是远方
留不住的是十月的诗
诗人走远
回得去的故乡
到不了的远方
文字里的伎俩
写尽万物
写不尽十月的寂静
故乡的树叶变黄
果实也成熟
除了现在，一切和从前一样

更上一重山
——致我的爱人

石阶上的青苔
已经诞生了亿万年
去年的果实没入
厚厚的樟叶泥土
发芽的发芽，消融的消融
牛栏坑的肉桂
吮吸着甘甜的岩溪
把苦涩酝酿成人间清香
你未到时，峰腰的红千层为天地生
你到来时，欢呼的太阳鸟为你而歌
我给你的爱，是一生的索取
而这大山给你的，则是广阔的放下

李金龙，1989 年出生于甘肃静宁县一个小山村，2007 年开始诗歌写作，一直基于田园书写故乡的诗歌，2017 年到北京工作，着力推进文学作品在乡村振兴中的价值。出版有诗集《青春的悼词》，联合主编《故乡》《我的父亲母亲》等作品集。

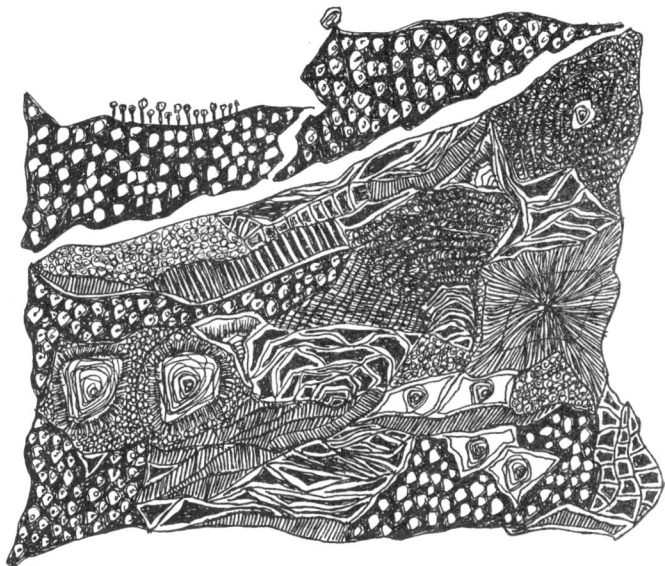

悦佑与柔情 / 安琪
2021-4-4

从母亲的悲伤说起（二首）

阿 B

从母亲的悲伤说起

我的母亲啊，她在世间时就已死去
她的白夜有说不尽的悲伤线索
让她一直醒在悲伤的饥饿与凌乱之下
她一直说：把药拿来，快，快
她把我放进左脑，把悲伤放进右脑
她用一生梳理这些，不知懈怠
她的悲伤已形成风格
直到成为我写作的原浆，彻夜涌动

这些悲伤有着黑暗的心脏
一直在跳，跳出她的体外
有着比任何一种比喻还直接的力量
占用我的成长、文字和四季梦想
我被这些培养、敦促着
就连呼吸也带有酸痛味道
我的如今，也到处是悲伤四溅的记忆

我经常想起母亲悲伤的样子
那些在夜里也战栗的汗毛都是我的神经
这个世间的悲欢，我都喜欢
这个世间的美好，我也喜欢

不了了之的冷气

你启齿，便于冷气出入
它是一个有态度的家伙、茶客
在 11 月之初，它迎着你我所有的偏见
直入寒冷主题，它问：准备好了么
你启齿，让我看见吞咽时的腾云驾雾
是怎样破坏掉你整齐的两排伶牙
可否不了了之呢，而小寒当令

你看着霜露一点一点变大，还有我笔下
瑟瑟发抖的文字

你说：别去理解和识别了
一切饥荒、丑陋、病毒
或让我为之混沌、痛苦、怨恨过的
一切现象，一切的不了了之
这之前，我只做过一件事：瞻前顾后

冷开始，我放弃了对它的环视
我需要接住那些还在乱舞的叶子、花絮
直到丑的更丑，直接的更直接
我说，有点饿了，内心发慌
微寒下，好像一切食物都无济于事

走自己的路，需要旁人看不见的勇气
你我都在那些勇气里站立多时
你启齿，意味饿和说些什么
或者没有意味，我却在等啊，等啊
用尽一个夏天，一个全部的 2020 年
夏天没了，蚊子的声音没了
炎热、暴风骤雨、满目的鲜艳没了
2020 年也将用尽了……
一切将不了了之，包括启齿

阿 B，本名毕翼，诗人、策划策展人、服装设计师。毕业于北京大学艺术学院文化管理专业、鲁迅文学院 1997 届作家班。北京中盛凤凰国际文化发展有限公司董事长，QIBUL 柒布了新中式文化女装品牌创始人、设计总监。首款诗歌旗袍设计制作者。《我的绝密生涯》等多部影视剧服装设计和艺术指导。出版诗集《七步之遥》《干草部落》等。国际汉语诗歌协会理事、中国诗歌学会会员、世界诗人大会会员。

幽暗的音阶（三首）

王冷阳

幽暗的音阶
——写给大学班主任于珊老师

二十出头的女生，刚毕业
就做了我们的班主任
那么美好的花，不敢直视的花
在空气中盛开，一束词语的光
照耀一个傻小子的沉默

穿过男生的话题和胡须
在九月迎新派对上
你化身为一阵清风，一首歌
或一首诗漂亮的第一句
将一座建筑的寂静轻轻拧开

一个人要走多少路
才能望见命运的枝头
安栖着名叫时光的飞鸟
我想把一生捧在手上
回避星辰、幽径和锈迹斑斑的民谣
用身体里的河流洗净自己的叙述

一个邻家女孩，我们眼中的公主
爱美，会哭，你红颜的岸边
那被所有男生在内心呵护的花朵
就是我们永恒的春天了
此刻你在我的句子里走动
没有一点儿声音。只有虫鸣
通过低垂的星光重返教室

现在，已没有多少人活在
一座图书馆的低音区
那幽暗的音阶里住着我的老师

她穿越夜色，在我的手机内存里
一截一截抽出我眼角的花瓣

沿着宋词的高速公路直奔血统深处
——与易安居士书

淮水过于锋利，以至于你的一生
被裁为两截：一半在青州，一半在江南

桃花、杏花、海棠花，都被你写过了
红颜早已零落成泥。明诚兄不在此地

此地已划归开发商。现在是21世纪
考虑到绿肥红瘦不应限制春天的长度

你可以沿着宋词的高速公路，打车直奔
血统深处。你的府邸在天空，众星为邻

我看见一个女孩从你身体里款款走出
"和羞走，倚门回首，却把青梅嗅"

那女孩我不认识。只知道姓李，说山东话
守着一盏青灯经营早开的红梅

雪花极少落在江南。你只好在纸上画雪
北方是你的故园啊，如今黄河两岸

早已换了人间。你的埋在地里的亲戚
千百年来不发一语。金戈铁马之声

早已消弭于空气——空气指数：良
PM2.5指数偏低。一阕词牌的能见度

足以令你看透春天背后的爱与生死
北中国的一盏灯下，我穿过词牌拜谒你

我听到词语深处花瓣被风吹落的声音
风挤进窗子。江山更替。一切都变了

只有你还住在这一页蒙肯纸。轻盈的纸
历史高于星光，但低于我的诚意和叙述

生当作人杰：如果你生在此世，相信你
仍是人杰。但你可能只爱姓赵的男人

鸽子在飞

说实在的，写好鸽子
并不容易。它们做得对
鸽子在飞。没有违反天意

天空允许它们这么做
出于对光线的维护
犹如一大批词语

自由组合成诗篇
而语法宽恕了那些不羁的叙述
风吹过鸽子和我

也吹过远处的人群
我原地站了五分钟
抽了一支烟，吐了一次唾沫

咳嗽了三声。生活中的谜语
始终对我守口如瓶
鸽子的队伍是一条虚线

被时间断开。鸽子和空气较劲
把天空抬得更高。这一切
受心灵支配。身为一首诗的作者

我什么也没有动
仅仅目睹了天上的事情
之后低头掐灭了烟蒂

王冷阳，出版人。20世纪90年代开始发表诗歌、散文、评论等。现居北京。

附录

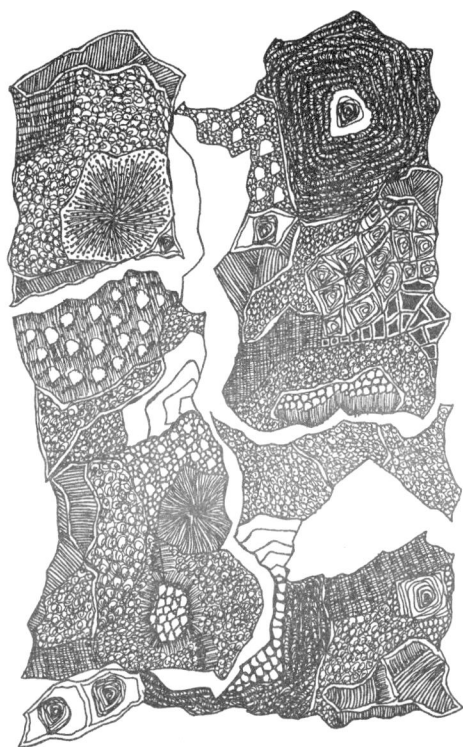

神农
安祺 2020-7-24

流水的北漂　铁打的诗篇
——阅读《北漂诗篇》第四卷感受

姜红伟

铁打的营盘，流水的兵，拜读了眼前这本由诗人、画家安琪和诗人、评论家师力斌联袂主编、中国言实出版社出版的诗选《北漂诗篇》第四卷后，我想把这句俗话改成：流水的北漂，铁打的诗篇。之所以说流水的北漂，是因为这本诗选的作者全部是在北京漂来漂去、流来流去的诗人。之所以说铁打的诗篇，是因为这本诗选的作品是经得起诗意的推敲、美感的审视、诗质的锤打和时间的检验的"铁一般的诗歌选本"。

中国诗坛各种诗歌选本层出不穷，也良莠不齐。然而，《北漂诗篇》系列诗歌选本却以不俗的创意、不俗的选题、不俗的影响、不俗的销量，以及"四少四多"的现象，即名家少、名篇多，熟人少、生人多，老人少、新人多，假诗少、真诗多，在全国诗歌图书市场脱颖而出，成为一种极具精品质量的"铁一般的诗歌选本"。

《北漂诗篇》系列的编选与出版，其意义、其价值不仅仅在于为"北漂诗人"这个新诗歌群体的独创性命名，更不仅仅在于为"北漂诗篇"这个新诗学概念创造性的命名，更重要的主要表现在两个方面：

第一，荟萃了"铁一般"的过硬诗作。安琪和师力斌是两位优秀的诗歌编选家，他们俩凭借深厚的功底、前瞻的意识、横溢的才华、开放的思路、丰富的经验、独具匠心的策划创意、慧眼识珠的审美眼光，采用大海捞针、沙漠淘金的办法，在数以千计的诗篇中精选了项建新《我的母亲》、刘不伟《南茶坊雪夜醉卧》、李占刚《感恩于聆听》、黑丰《子虚乌有的乡村》、林茶居《旧书保存方法》、徐厌《愿景》、马莉《我的情书》、大枪《北漂时代的爱情》、徐书遐《出入证》、项见闻《一位菜农，要打赢一场中年的硬仗》、卢吉增《我与母亲交谈甚欢》等142位优秀北漂诗人创作的409首反映北漂现实生活、表达北漂思想情感、抒发北漂心声意愿的优秀诗篇，最终荟萃成书。在书中，最打动人的那些诗篇是关于乡愁、关于乡恋、关于爱情、关于亲情的诗篇。生于福建、长于福建的安琪，对家乡情深爱切，在她的笔下，《福建》成为一曲缠绵悱恻的乡情恋歌，成为一支低回婉转的乡愁心曲，写出了诗人对家乡的爱恨情缘，道出了诗人对故园的思情别绪，读后心生波澜，泪眼蒙眬。徐厌的《愿景》是一首风格独特、新颖别致的爱情诗，这首诗手法绝妙，正话反说，真情虚写，构思奇特，语言鲜活。读这首诗的过程，更是一个充满美感享受的过程，我的脑海里始终回旋着王洛宾那首《达坂城的姑娘》，品味着异曲同工之妙，感受着珠联璧合之美。卢吉增的诗歌《我与母亲交谈甚欢》语言虽"山穷水尽"式平铺直叙，手法却"柳暗花明"式奇峰陡转，整首诗构思巧妙而情感细腻地将诗人对母亲的孝心表现得力透纸背。徐书遐的《出入证》从日常生活中切入，诗句尽管简短，意蕴却很深长，寥寥几笔，短短几行，将北漂一族的心酸、忧愁、悲哀、恐惧淋漓尽致、言简意赅地表现在字里行间，使每一个读者在阅读的过程中感受到震撼，感受到伤感。在书中，类似这种思想性、艺术性俱佳的诗篇比比皆是，从而使《北漂诗篇》第四卷成为荟萃精品力作的最佳诗歌选本之一。

第二，汇集了"铁一般"的过硬书画。《北漂诗篇》第四卷不但是一本荟萃了"铁一般"过硬诗作的"最佳诗歌选本"，令人惊喜的是，这本诗选更是一本给人美感享受、给人诗意熏陶的"最美插图绘本"。在这本书中，在诗页之间，散布着一幅幅由诗人安琪创作的优秀画作，从而使《北漂诗篇》第四卷变得卓尔不凡。众所周知，安琪是一位出类拔萃的诗人。其实，她还拥有另外一个身份：与众不同的画家。对于她的画作，我命名为"安琪神笔诗意画"。她的画是她的心灵密电码、情感的心电图、思想的幻灯片、生命的投影幕。她的画既不可意会又不可言传更不可翻译，属于外星人的图腾，神秘不可捉摸，莫测不可猜解。她的画，充满神秘的色彩，散发神奇无比的美学韵味，令人深思，令人惊奇，令人震撼，令人顿悟，具有极高的辨识度，即使将安琪的名字遮蔽，读者也能一眼就辨识出那是安琪独一无二的画作。在这本诗选中，共计收入安琪创作的《并不完整的秘密》《不断修补的记忆》《旧我与新我》《梦想也是真理》《这个世界会好吗》等80幅画作。这80幅画作，构图复杂，底蕴深厚，线条绵密，寓意深远，每一笔都是神来之笔，每一幅都是神笔之作，看似随意描绘，实际暗藏玄机。正是因为书中收入了安琪神笔诗意画，从而使《北漂诗篇》第四卷成为一本诗画同辉、珠联璧合的"铁一般的文本"。同时，值得一提的还有另一位主编师力斌的书法，在这本书的封面上，由他挥毫题写的"北漂诗篇"四个遒劲有力的大字，为全书增添了亮点，增添了底蕴，增添了美感，增添了诗意。

流水的北漂，铁打的诗篇。我相信，在安琪与师力斌的精心打造下，《北漂诗篇》这个独创的诗坛品牌在今后的日子里一定会更加发扬光大，成为载入中国当代诗歌史册的经典诗歌范本。而"北漂诗人"这一诗歌现象一定会引起诗歌评论界和诗歌批评家的重视和注目，从而成为中国诗坛新的诗歌理论研究课题。

2021 年 6 月

一座城与一本诗集
——评《北漂诗篇》第四卷

黄华

如果爱上一个人，你会为他（她）做什么？也许会爱上他（她）居住的那座城。如果爱上一座城，你会为它做什么？答案很多，但对于"北漂诗人"而言，答案一定是"为它写首诗"，记录城里的生活和自己的足迹。人生最美好的年华不过一二十载，将最美的青春留驻在一座城市，谱写成诗，不能不说这是最坦诚、最挚爱的告白。我想这就是《北漂诗篇》存在的意义，也是主编师力斌、安琪坚持这本年度诗集的动力源泉。

2020年推出的《北漂诗篇》第四卷秉承了前三卷的传统——作为北漂一族的文化想象和精神地图，记录异乡人在北京打拼的多彩生活，反映他们对未来的期许和不懈的追求。"北漂"是一种生活状态，一种义无反顾奔赴理想的激情与一段被磨砺的人生岁月，因而，《北漂诗篇》具有纪实性、流动性和创新性的特点，不仅在当代诗歌史上留下浓墨重彩的一笔，而且具有社会学、心理学、人文地理学等多学科研究价值。

《北漂诗篇》的纪实性体现在诗歌中记载的过去一年中许多难忘的瞬间——灰色的春天、不安的情绪、冷清的商业街……北漂诗人们一面记录过去岁月里的悲伤，与亲人的诀别（黄华：《父亲的冬天》），对死亡的哀悼（崔家妹：《佩剑的蚂蚁》），在北京感受清明的虚空（王德领：《在北京感受清明》）；一面以微笑面对死亡，倡导友爱，"在城市人人都是一座孤岛/彼此渴望温暖的拥抱"（王长征：《城市孤岛》）。写诗就是他们拿出的最积极的生活态度，同舟共济，共克时艰。

流动性是北漂诗歌最明显的特征，这与诗人的职业、身份有关，他们是城市的暂居者，在这个城市流动，诗歌记录下他们打拼的艰辛。张灵在《快递骑手》中写下对辛苦奔忙的快递小哥的同情，李松在《早晨的北京地铁》里记录上班族在拥挤沉闷地铁车厢里的心情："每个人都是自己的帝王/没有逃避 只有沉默/他们的生活 工作 食物/以及反复抱过的蜜一样的爱人/让每一秒地下时光/变得异常坚韧/牢不可破"。星汉在《那一夜大雨落下来》中回忆投宿京城的第一夜，"大雨落下来/像敲击一面旧皮鼓//那一夜，我在硬板床上/收拢四肢，抱紧自己/使劲地缩小自己"。更多时候，北漂人默默记录着自己在这座城市里的日常轨迹和对生活的感悟。项见闻幽默地描绘新发地菜贩的头发，"你的头顶已越来越明朗/可前途却越来越暗淡/起伏的菜价，耗尽了你多年的热情"（《一位菜农，要打赢一场中年的硬仗》）。范秀山无情地揭露考核的真相，"考核的真相/只离着一颗心的距离/……我们都要穿上厚厚的铠甲/并学会把有些利剑踩在脚下"（《考核》）。北漂作为北京流动的生力军，把个体的生存与这座城市联系在一起，谁能否认北漂族为城市做出的贡献？

创新是北漂诗歌存在重要的理由，不断有新人加入北漂诗人的行列，专业的、非专业的诗人们用诗歌描绘着这座城市，与其说这些诗来自生活，不如说来自诗人们自由奔放的灵魂深处。北漂诗歌中不乏新奇的比喻、独特的意象，张绍民把北漂人比作"在北京奔跑的树"，在奔跑中带动了整个城市（《在北京奔跑的树》），他把外地人比作"一种绿化"，"将北

京绿化得生机勃勃 /……绿的拥挤是一种巨大生机"(《在北京，外地人是一种绿化》)。大枪形象地描述北漂之家，"一南一北的两棵树就这样生活在一起 / 生养小树，捕捉月亮，装饰风景"(《北漂时代的爱情》)。也有诗人把自己比作鲜花，"我也自顾掏出心底的蕾，凝结出露 /……学着花的样子，静静地开"(孙殿英:《陪路边的鲜花一起开》)。《北漂诗篇》第四卷总不乏令人心动的诗句，例如"城市待久了 / 情绪被沾上各种花粉 / 身体被涂上各种颜料"（坚果:《城市》)，"失落的人在北方 / 一口一口将月亮吃掉 / 喝醉了在废墟上抽烟 / 熄灭星空的灯盏"（小海:《在北方》)。

　　如果说古代以籍贯来划分文脉流派，如江西诗派、泰州学派，那么今天的"北漂诗人"是文学在地理意义上一次新的划分，以居住地取代了千百年来的籍贯地。这是现代文学带来的变革，也是地域观念的一次更新，乡愁、身份、归宿等关键词，伴随着对自我的反省和对人生意义的追寻，在北漂诗歌中多次出现。在北漂族的世界里，乡愁是永远的主题，故乡是魂牵梦绕的地方。安琪写下"年轻时我想脱去的故乡 /……如今还在我身上 / 并已咬住了我的骨血 /……我爱上的第一个人 / 我爱上的最后一个人，都属于你"(《福建》)，陈家忠写下"没有出过远门的人 / 不会懂得什么是故乡 / 故乡是远去的父母……"(《我给故乡的定义》)。"北漂"是身份的标签，代表着异乡人在北京对自我身份的困惑与追寻，因而诗歌中不乏此类题材，"这座城市 / 每天都会有脱轨的人 / 每天也都有新鲜面孔"(宗城:《消失的人》)，"这么多人找不到家 / 却没有一则寻家启事……"(陈巨飞:《寻人启事》)。

　　也许每个北漂人都渴望这样的境遇，"多么希望有人喊我一声，门在身后 / 只需轻轻一推"(鲁橹《异乡》)。

　　《北漂诗篇》里的诗句正是这样猝不及防地出现在你眼前，正如思念已久的人突然现身眼前。幸福明明那么遥远，却又似乎很简单。

2021 年 7 月，北京

血脉相连的异乡人

——读《北漂诗篇》第四卷

徐蓓

前段时间收到一个包裹，打开是《北漂诗篇》第四卷，或许是因它不期而至激起的波澜，也可能为其编辑出版之不易，不由得轻叹出声："真好，又是一年。"随手翻开一页，入眼是一句"每个人都怀着一片雪"（冯朝军《微信里一片洁白》），和我一样，这位陌生的朋友也写了一组北京的雪，再翻两页，竟又是一组！随后觉得自己未免太过大惊小怪，可不是吗？我们这一群生活在古都的外乡人，共享着北京的风雪，怀念着远方的故乡，自然会在诗歌里有着惊人的默契。这应该也算是北漂诗歌的魅力之一吧，一群血脉相连的异乡人在诗歌里认亲，如"赫拉克勒斯石"的铁环，在一个磁场中紧紧相连。

北漂是异乡客，也是一群认真生活的普通人。《北漂诗篇》记录着我们对更好生活的渴求，文字间闪烁着希望的光亮，和阳光下翻动的杨树叶一样油亮火辣。七月友小虎在《且努力活得更好》中表达出对生活饱满的热情，"七月的热是我／必须接受和忠于的／／我无限忠于让我汗流浃背的每一天"，尽管他仍承受着最基本的生存压力，"疫情未了／／何况是我的诗／写得再好，也不能解决温饱"（《仍在疫情期》）。于是在食物之外，诗歌成了维持生命热量最重要的来源，"只要这一天／能留下这一首诗，寒风里／明媚的阳光就可以让／窗外的那棵大树／更具有震撼力"（《被我绑架的一天》）。"努力活得更好"，这是一群外乡人在北京最真实而朴素的想法，与血流一样每天循环更新着，成为维持生命的基本要素。尼采的话语远远地还在耳边响起："用你的心血写作吧，你将知道心血便是精神。"北漂诗人的精神就是这样在日复一日的生活里得以展现。

我们还是一群爱着这个世界的普通人。我们爱自己，爱他人，执着于日常生活的感动，以最柔情的目光对抗坚硬，在诗歌里折射出温情的人性光芒。项建新看到碗里干炸的小银鱼会想到远在大西洋的它们的母亲，滴落一滴雨会感叹它怎样跨越时空而来；周步听得到麦子被冻得号啕大哭，看得见小溪噗噗的热气……北漂并不是沉默的大多数，只是有着不被注意的万千面相。如果不读《北漂诗篇》，或许我们不会知道这些最日常的情景在哪一刻突然牵动了哪颗在外漂泊的多情的心，随着清风微雨轻颤。

我们更是一群具有凝聚力的陌生朋友。这座城市里的北漂各有各的生活，安静地散落在城市各地，空气里随时可能闻见别处的泥土气味。所有人都为了生活步履不停，然而每年的《北漂诗篇》朗读会总是热闹非凡，我们愿意停一停自己的脚步见见那些异乡亲友，正如安琪在诗中所说："陌生的朋友，我们在诗歌中相识／我们在绘画中相识／这一刻／你从微信里走下来／你在你青春的北京走走停停／我会陪你／在你曾经青春的北京待会儿"（《待会儿》）。

《北漂诗篇》还像以前一样需要卖力吆喝，但这不是一群人的内部消化，而是一个成长中的诗歌团体想在市场上生存所必做的努力。实际上《北漂诗篇》成长的速度是惊人的，它不仅逐渐进入学界的视野，成为诗界学案，其内部诗人群体的构成也在不断丰富。就近年的收录情况来看，《北漂诗篇》总体在投稿来源阶层广泛、核心群体保持稳定的基础上，高校诗人占比也逐渐增加。北漂诗人群正一步步壮大起来，这一年又一年的《北漂诗篇》，和北京这座城市一样，在灰色的水泥上生长，却绽出繁花的馥郁香气。

素未谋面的异乡亲友们，希望来年再见。

2021 年 6 月

梦想亮光里的舞蹈／安琪
2017-7-11

代后记｜北漂诗人的城市诗写

安　琪

"城市诗"在中国当代诗歌语境里并非一个陌生的概念，20世纪80年代，宋琳、张小波等人出版了《城市人》，并先后在《中国现代主义诗群大展》和《中国当代文学思潮》杂志上提出了鲜明的"城市诗"诗学主张，他们也因此被学者称为中国"城市诗"派。有意思的是，30多年来，"城市诗"一直不温不火，并未获得足够的重视，城市诗的书写者也相对稀缺。"中国古代长期处于自给自足的小农经济体制和格局中，古人与土地河川交往甚密"（张德明），古人们写起田园诗、农事诗堪称游刃有余，由此形成一系列相对稳定的美学词汇和象征指向一直影响到今日的新诗诗人。现今很多诗人的写作其实是旧体诗的白话译本，所写的事物、所抒发的情感、所向往的人生，就像活在当代的古人。但这类诗依旧拥有强大的作者群和读者群，刊物也中意这类诗作，毕竟每个中国人血液里流动着的依旧是传统的血，教育所输入、环境所熏陶，很难改变。所谓的"诗意"在中国当代，就是小桥流水、就是春暖花开，诗人们处理起农业文明的题材身手不凡，面对工业文明就不免捉襟见肘了。

"上海是中国首个现代化的城市，城市生活丰富多彩，许多生活内容与形式已经在根本上超越农业文明、田园隐逸范畴，对包括诗歌在内的艺术提出了挑战"，批评家许道军教授"挑战"一词道出了城市诗写与乡村诗写的关系，它不是继承而是另辟蹊径，城市诗写要寻找自己的意象、自己的表达方式，要打破习见的"诗意"，重新创造"诗意"，这是一个艰难的历程。经常见到的是，诗人们一面享受着工业文明、现代文明带给他们的便捷和舒适，譬如飞机、空调、电脑，乃至抽水马桶，一写诗就歌颂农业文明、咒骂工业文明，这里面有心态问题和写作能力问题，他们写不了城市诗歌，只能抱着农业诗歌粗壮的大腿不放，相比于城市诗，农业诗的大腿确实还很粗壮。真让这些诗人定居到农村去耕田种地，保证他们个个叫苦，迫不及待要回到城市。这就是当下我们的诗歌写作现状之一。

北京跟上海不同，有极其现代先锋的气息，中国各界最高端的人才几乎都汇聚到此，北京也有封建王朝的遗存，故宫、颐和园，都是帝制时代的产物，北京周边的农村也并未全部城市化，像宋庄这个艺术区，艺术家所租住的依旧是农民的房子。这一个混杂的复合型城市有一个庞大的群体称之为"北漂"。"北漂"这个词兴起于20世纪80年代改革开放初，历经几十年而不衰，迄今已成为一个固定词汇。北漂诗人群体的写作和北京这个城市一样，也是混杂而丰富，各类题材都有，本文我想分析的是北漂诗人的城市诗写作。

北漂诗人因着各种原因离开自己的家乡来到北京，对北京这座城市有何感受，认同还是拒绝？构成了北漂诗人城市书写的一个主题。诗人许多直接说，"北京就是我的家"，小海赋予北京一个新名词，"梦想之都"，于丹用"这是一个巨型城堡"来形容北京，郭福来"走在北京的路上"，身子虽然缩小成蚂蚁，心却拔得很高，这些青春与激情尚在的诗人，对北京充满着勃勃旺盛的想象，他们有行动力，有干劲，北京对他们而言，有未来，有奔头。诗写北京更多的是这么一种，从北京风物入手，写北京地理、北京风俗，李肇庆的"潭柘寺"、周瑟瑟的"动物园"、花语的"北京地铁"、张小云的"卧佛寺"、姜博瀚的"新街口"，角度独特令人过目难忘的还有杨北城的《散落在北京的朋友》，写了33个北京地名，每个地名又分别对照着与此地名构成反差或对应的朋友的体征，他让青光眼住在灯市口、弱听者住在锣鼓巷、左撇子住在右安门，等等，杨北城此诗可以列入城市诗写的典范。北漂诗人就这样用诗歌的形式把北京这座城市搬运到纸上，每一处地理都蕴含着写作者的生命体温和语言尝试。诗写北京还有这么一种，回向自己内心，体察自己与北京的关系，闭上眼睛对北京这个城市做冥想式的追问，对自己选择北漂做刨根问底的反思：杨拓在小寒日的京城街头，看见一丝不挂的乞丐，只能无奈地一声叹息；张后因为"你"不在了，就把北京当作"一座荒城"；蔡诚在北漂的宿舍里一遍一遍问自己，你"幸福了吗"？读之心酸；老巢在一次又一次的搬家之后终于明白，"和家一样可靠的名字是我租用的"，哀莫大于心死啊，连名字都不属于自己。

城市化进程的加快也是北漂队伍不断壮大的一个原因。打工遇到欠薪怎么办，读读孙恒的《天下打工是一家》《团结一心讨工钱》，一辈子稳稳地躲在体制的饭碗里的人当能从此诗看到另外一个世界。光怪陆离的城市生活，光怪陆离的人，沈浩波诗中的那个已婚女"马丽"，被老板一句"我爱你"哄住，死心塌地为他卖命，这样的人自然不仅北京这座城市有，此诗的现实意义也因而不仅局限于北京。

宋庄作为艺术家的集散地，它自成一个小世界，颓废、奋进、快乐、悲伤、一夜暴富、落荒而逃，这里每天都在上演着生活的悲喜剧，居住在这里的诗人群体自然是这个小世界最有力的观察者和书写者，沈亦然《活得简直就像一件艺术品》以自嘲的方式，写出了北漂者与家人的矛盾冲突；阿琪阿钰用"飘在宋庄的毛"来形容宋庄形形色色的艺术家无根的状态，特别有画面感；牧野则用文字记录下了一个反叛者的行为艺术（《关于冬天的回忆》）；潘漠子的"808路巴士"宋庄人都不陌生，这是通往宋庄的最著名的一趟巴士，在这趟巴士上，一切皆有可能……宋庄是一个真正"相逢何必曾相似"之地，在这里，你可以尽情释放你内心的魔鬼，宋庄当然也是需要你去挣养家活命的口粮，区别只在，在他处用体力，在此处用艺术、用脑力。我特别羡慕宋庄的艺术家们，羡慕他们时时行走在空气中都是艺术气味的宋庄。

2017年，我和师力斌博士联合编选了一部《北漂诗篇》，由中国言实出版社出版，这是北漂诗人的第一次诗歌集结，在编选过程中我发现，北漂诗人写乡村写田园的反而不多，这让我很有一种欣喜，仔细想想也正常，如果诗人们迷恋乡村、迷恋土地，他们自然不会选择北漂。北京是一个锻炼人的地方，诗人们投身于此，被各种不可测的遭遇击打所迸发的创作灵感，自然以北京这座城市所提供的生活种种为主，这是我认为的北漂诗人城市诗写的理由。而此时，居住在自己的城市安稳过日子的诗人们正闭门造他们的田园诗和乡村诗，那些诗，古典诗词里可以淘得出的。

　　研究城市诗不可绕过北漂诗人。当然，北漂诗人所有的，沪漂诗人也有，粤漂诗人也有……北漂之北，可替换为任何一座城市，如果你选择了漂。